清扬长篇小说

Qingyang Changpian Xiaoshuo

至爱/成伤

Zhi Ai Cheng Shang

清扬 著

作家出版社

图书在版编目（CIP）数据

至爱成伤 / 清扬著. -- 北京：作家出版社，2016.12（2022.1重印）

ISBN 978-7-5063-9271-6

Ⅰ. ①至… Ⅱ. ①清… Ⅲ. ①长篇小说 - 中国 - 当代 Ⅳ. ①I247.5

中国版本图书馆CIP数据核字（2016）第311428号

至爱成伤

作　　者：清　扬
责任编辑：邢宝丹
装帧设计：肖景然
出版发行：作家出版社
社　　址：北京农展馆南里10号　　**邮　　编**：100125
电话传真：86-10-65930756（出版发行部）
86-10-65004079（总编室）
86-10-65015116（邮购部）
E-mail:zuojia@zuojia.net.cn
http://www.haozuojia.com（作家在线）
印　　刷：唐山嘉德印刷有限公司
成品尺寸：142×210
字　　数：187千
印　　张：8.5
版　　次：2017年5月第1版
印　　次：2022年1月第2次印刷
ISBN　978-7-5063-9271-6
定　　价：32.00元

目录 Contents

1. 女人的聚会

“通常情况下，大家认为一个县委书记就是一方诸侯，总是前呼后拥，享有无限的荣耀和光辉，但事实上，责任与压力如同隐形的魔咒，如影随形……”

赵汉京微笑着走进教室，神态从容开讲时，天书有些吃惊，因为她参加了最近几次厅级领导的推荐测评会，赵汉京就是备选之一。全市优秀女领导干部培训班上，让他代表县委书记来讲课，其中自然也颇有深意。

“在座各位作为全市女性领导干部中的佼佼者，大家的组织协调能力、调查研究和综合分析能力、文字和口头表达能力、社会活动能力、形象表现能力都不差，我认为最需提升的，是要有统筹驾驭全局的能力，在以男性为中心的社会政治生活中，女性领导干部没有一种坚强自信、勇往直前的气概，‘领导’二字就无从谈起！”

天书和旁边的王胜蓝悄悄对视了一下，会心一笑：苏三爱着的这个男人，果然不同寻常！

接下来的时间，赵汉京完全不像其他领导那样照本宣科，他好像并没有刻意准备，思维随机而发却又切中要害。比如，他建议大家要学会化解“女强人综合征”。

“很多女强人的通病是喜欢事必躬亲，但未必能产生实效。要想处理和面对充满挑战的工作，就必须不断进行自我调适。首先，不做完美主义者。这个世界上没有完美的女人或是男人，只要工作，就不可能不出错。其次，分担责任和义务。这个世界离了你天塌不下来，你的肩膀是脆弱的骨头而不是钢条。再次，敢于表达消极的情绪，敢于做出否决、拒绝、批评、怀疑，最关键的，要学会照顾自己。成功的女性应该是健康的充满自信的，而我在你们的眼睛和表情里，看到的更多的是焦虑、抑郁、暴躁和尖锐，我希望在你们的家庭和工作事务中，排在首位的是要关心自己、照顾自己……”

讲课结束时，掌声热烈的程度甚至超过了开班典礼上市委书记的动员讲话，天书扫视了一下女士们推崇的眼神，似乎大家都成了他的粉丝。王胜蓝低声说：“我感觉这堂课好像就是对我讲的一样，要不是苏三，我也要爱上他了。我们政界终于有人能像奥巴马一样，讲话完全脱稿，思维严谨，语言流畅，几乎没有一句废话。”

接着是结业典礼。各种名目繁多的会议培训，只要天书参加，每次发言总是非她莫属。她不拿稿子也思路清晰，侃侃而谈，博得掌声如雷。但这天下午有些反常，她的眼皮一直莫名其妙跳得厉害，说左眼跳财，她工作二十多年来收入主要是工资，不义之财从不伸手，谈不上发财；说右眼跳祸，儿子在北京上大学，应该也出不了什么事儿，但眼皮肌肉在那里不由自主地扯来扯去，还是让她有些心神不安，只好规规矩矩照着稿子念。

从党校回家，不见周世忠回来的痕迹，她匆匆吃完昨天的剩饭，临走前习惯性地到卫生间，一股臭烘烘的气味扑面而来，马桶里依然泛着恶心的粪渣。她砰地拉上门，心中哗啦啦升腾起一股怒火。马桶已经坏了一周，周世忠天天答应着修而至今未通。水管工人的电话卡就放在他的床头。推门进去时，窗帘居然也没有拉开，漆黑的卧室里弥漫着浓烈的烟味、汗味、脚臭味，她不自觉地屏住了呼吸。摸索着去开台灯，按了几次开关还是毫无反应，她的怒火开始在胸口熊熊燃烧了。台灯已经坏了两个月，他在报社的工作可以说是闲散，但懒散邋遢到这个地步，实在让她心烦意乱。

赶到三生缘茶楼时，讲座已经开始了，坐在后排的森林站起来向她招手，天书悄悄走过去，刚落座，就有服务员送上茶，一股温润的香气扑鼻而来，是她最喜欢的冰岛茶。满室茶香氤氲，桌子上放着几盘绿豆糕、绿茶饼，天书环顾四周，见几个服务员全穿着青花瓷的长裙，更显得清秀婉约，茶楼从装饰纱幔、屏风到顶灯，沙发连同靠垫，甚至茶杯茶碗，举目所触全是莲花的主题元素，让人不由得调动起眼耳鼻舌身意来感受这份赏心悦目。

三生缘茶楼的聚会完全是自发的，由茶楼的主人苏三提议，无意之中兴起而延续至今，人也不多，从最初的三五人发展至现在的二三十位，都是情趣相投的朋友，每月一期，每期有一个主题，因苏三的茶楼装修停了几个月，装修结束后苏三盛情邀请，她本想给大家普及茶道知识，妇联主席王胜蓝出于职业本能，想到三八节临近，便把这期的主题确定为女性健康，老中医李儒明则是天书特意为大家邀请的。

“每个女人都想要自己美丽有魅力，前提是得有一个健康的身体。内部通透，能量充足，外表自然漂亮。比如肝气足眼睛明亮，心气足印堂发亮。尤其是中年女性，身体内部严重郁结，整天愁肠百结，必然面目灰暗。《黄帝内经》讲，女子为阴，生命节律以七为一个周期，女子七岁肾气盛而齿更发长。二七而天癸至，任脉通，太冲脉盛，月事以时下，故有子。即女子十四岁时开始有月经，乳房开始发育，有怀孕生子的能力。至二十一岁，女子的肾气已经长足，生发之机也到了顶点，应该嫁人了。到二十八岁时，女人的身体机能达到生命的顶点，所以古人提倡女子在二十八岁之前生育。五七阳明脉衰，面始焦，发始堕，即从三十五岁开始，女人开始长皱纹脱发，到四十二岁时生白发，四十九岁时闭经，生育功能也丧失了。

“而男子为阳，生命节律以八为一个周期，男子到八岁为第一阶段，到十六岁开始青春期，能有子，二十四岁是男子弱冠的年龄，虽成年但身体还比较弱，不适合结婚行房，男子最适合结婚的年纪是在三十二岁，这时身体达到成熟的顶点，所以古人提倡男子三十二岁娶妻。四十岁时，男人的身体开始走下坡路，到四十八岁真正开始衰老，到六十四岁进入老年。通过这样的对比，我们可明显看出，女人的身体开始衰老比男人早了五年，到正式进入老年时，男人和女人之间有十五年的差距，因此，女人养颜抗衰是刻不容缓的。”

李儒明是全市有名的老中医，是天书父亲生前的同事，年已古稀却是鹤发童颜，他以男女生命体的对比开局，一瞬间便抓住了全室女人的心，大家兴致盎然专注听讲，茶室里很安静。天书的目光找到苏三时，她正在后面的角落里低声和两个服务员说话，她穿着一件绿色的中袖长裙，衬出细腰白肤，尤其是胸部挺拔丰美，比往日更增一分袅娜风韵。

看身边的森林手托香腮有些心不在焉，天书低声问："怎么没精打采的？上次给你介绍的那位市政府的男孩感觉怎么样，听说他急不可待地想申请去见你的父母，有进展没有？人家可是复旦的研究生，别看现在只是个小秘书，将来的发展应该很好。"

森林懒洋洋叹了口气说："唉，我是想要先谈恋爱的，可是他却是直奔着结婚来的。按他的规划，第一次见面看是否合适，第二次就预谋接吻拥抱，第三次就该见父母，第四次商谈订婚结婚，这哪里是在恋爱，分明是在写工作计划嘛！"

天书忍不住笑起来："我的大小姐，你以为人人都有你这样的定力啊？你也体谅一下人家，给领导做秘书，时间都不是自己的，这说明人家更有诚意，难道就无穷无尽地恋爱下去而没有实质进展？没听人家说只恋爱不结婚是耍流氓吗？别忘了你已经三十五了！"

森林一脸的无所谓："姐姐啊，我的心理年龄永远是二十五岁，你不用杞人忧天。"她嬉笑着说："其实你的眼光不错，也许他是个适合结婚的对象，但不适合我。也许我永远遇不到我心目中的那个人，我想要欣喜的、期待的、甘之如饴的、被思念被热烈的爱慕，我期待被强烈地追求，从肉体到精神都被愉悦地征服，而不是用女人的娇羞包裹遮掩着自己，勉强嫁给一个大家看上去十分般配，而我自己毫无感觉的男人。他要的是平淡安静的生活，而我是只要没死就要精彩地活着。我只想活在当下，绝不会仅仅为了找个老年生活的伴侣，而去勉强接纳一个不咸不淡的男人，我压根儿没法去想十年二十年之后的事情——现在你明白了吧，我们是怀着完全不同的期许的。我不愿意要那种平俗的快乐，在柴米油盐中消磨掉所有的激情与热情。他是谦谦君子，而我宁愿要激情如火的痞子。生活陷于麻木厌倦的状态，实在是精神上的死亡，算不上活着。”

天书习惯了她的精神至上，无奈地摇摇头：“恋爱可以是浪漫的激情的，可婚姻的本质就是平淡地过日子，森林呵，我看你就一直单身好了，你只适合做一个不食人间烟火的仙女，而没法去做一个油盐酱醋的妻子。”

这时主题讲座已经结束了，看老中医站了起来，身家过亿的女企业家孙娜着急地说：“神医先别走，您看看我这水桶腰，请您给我们讲讲怎么减肥吧！”

大家都笑了起来。李儒明说：“其实很简单，影响减肥的最大问题就是肝郁和脾虚。肝郁使胆汁分泌不足，脾虚使胰腺功能减弱，而胆汁与胰腺正是消解人体多余脂肪的两位干将，只有把这两位的积极性调动起来，才能迅速解决肥胖问题。中医减肥不用你们节食那么辛苦，但因人而异。”

孙娜更着急：“您这讲得太玄乎，远水解不了近渴，看来我还得花上万块钱上美容院，才能把我这一身肥膘掠下来。”

天书看讲座的时间已经超了，便笑着说：“反正大家记着，好习惯才能造就好皮肤，保证充足睡眠，学会调适身心，保持愉悦心情，从食养、药养、神养、睡养等方面入手，才能全方位补气血。”

李儒明频频点头：“楚局长对养生很有研究，以后直接由您来给大家讲就好了。”

天书说：“在您面前班门弄斧呢，我说的也只是皮毛。”送老中医上车后回到茶厅里，大家好久不见，聊得正起劲。孙娜的前夫喜欢赌钱，离婚后和赌场上认识的一个少妇闪婚，盘下了一个赌场，索性过起了夜夜豪赌的生活。最近大家正给孙娜张罗相亲，她在那里发牢骚说："那些男人感兴趣的是我的钱而不是我，我看以后只能死心了，想要找个有责任有担当的男人，恐怕比登天还难。"

王胜蓝说："微信上不是说了嘛，从嫁人那天开始，嫁什么样的男人就注定过什么节，嫁对人，天天情人节；嫁个懒人，天天劳动节；嫁个有钱人，天天过春节；嫁个花心人，天天光棍节；嫁个幼稚人，天天儿童节；嫁个骗子，天天愚人节。"

大家都开怀大笑。苏三扭头问天书："我好不容易邀请大家聚一次，你这召集人怎么迟到了？"

天书笑着说："你要怪就怪王胜蓝，她们妇联举办的全市女领导干部培训班，特地邀请了你们那位赵书记。你可别说，他那一堂课下来，全体女学员都成他的粉丝了。"

苏三没料想她提赵汉京，表情有些复杂："没那么夸张吧，又想让我失眠啊。"

天书还没来得及解释，旁边的王胜蓝清了清嗓子，模仿赵汉京的嗓音说："女性不能单凭性别得到机会，如果女性总是希望男性给予同情、支持和额外的照顾，那是白日梦；如果女性固守在男强女弱的想象中，想依靠外在的魅力制胜，晋升的美梦必然落空。女性必须依靠实力、影响力和带领团队的能力，才能走得更远，更高。"

大家哄笑着给她鼓起掌来。天书说："再说下去，苏三就笑得只见牙不见眼了，那可有损她的优雅形象呢！"

苏三一反平日的大方，面如桃花般娇羞："他是他我是我，我可用不着得意。"她调转话头说："还是老中医讲得好，其实女人的病，说到底都是由男人惹起来的。”

森林闷头说：“苏姐是我们心中的情圣，她是以自己的切身体验，而且是生命体验来实践爱情的。”

苏三红了脸反驳：“森林没结婚就不要嘴硬，谁敢说自己的心病不是因为男人？”大家反倒静默了，都知道苏三是因为赵汉京而一个人过到现在，都体谅她的不易。

天书发现苏三圆润的身体今天分外凹凸有致，完美得出奇，便伸手摸了摸她的腰，果然触到一层紧紧的东西，苏三趴在她耳边悄悄说：“花一万多买的身材管理器，美容院说保证三周见效。”

天书咋舌：“你可真舍得！”她知道苏三春节前刚花一万多做了眼袋切割和眉毛提升：“我看以后美容院不用贴那些明星的照片了，你不就是活广告嘛！可是，你要这样下去，还让我们这些人活不？”

王胜蓝说：“是啊是啊，苏三现在可真是魔鬼身材、天使面孔，我这一脸斑要和她走在一起，那不是无盐和西施嘛。”

苏三佯作生气：“好啊，我好心请你们回来，你们可好，合起来攻击我。”

天书突然想起来，拉苏三到旁边问她：“女为悦己者容也要讲个尺度，起码以健康为原则吧，你不是有乳腺增生吗？胸部勒这么紧绷绷的，恐怕有副作用吧？”

苏三说：“我去看过心理医生，医生说我这叫四十岁女人焦虑症，是女人更年期的前期反应。管它呢，怎么折腾，也好过去吃抑郁药。”

森林拍手说：“苏姐这话好，女人就要有不怕折腾的勇气，要相信人生越折腾越精彩。”

天书敲她的头说："说得轻巧，折腾是四十岁之前的专利，女人过了四十，情感上平静无波，身体上每况愈下，哪折腾得起呵？你这个周末还是继续相亲吧！"

森林说："好姐姐，我相亲只是哄哄老妈，并不当真，我发现真的是应了那句话，喜欢的人不出现，出现的人不喜欢！说这个人人品好还有房有车，那个人是潜力股家里钱粮满仓，可是，没眼缘没感觉有什么办法？看看我们聚会的这些人，也算全市有代表性的优秀女性，可我看，你们更多的倒是由男人带来的伤心、由家庭带来的烦恼，细算下来，家庭幸福健全的倒只有你一个人，这算什么逻辑？"

天书听了森林的话倒愣住了，暗想，孙娜那女皇般的架势，总要让丈夫像员工一样服服帖帖，恐怕哪个男人都会受不了。王胜蓝的丈夫则说受不了她强悍的性格，爱上了一个小女生离了。自己的家庭看上去倒是人人羡慕，但甜蜜是什么味道，她已经很久没有品尝了，或者说无心品尝，更多的倒是颈椎腰椎时时带来的闪电一样波及全身的刺痛。

王胜蓝说："我的观点可能和大家不一样。我认为现在离婚率高，反倒说明咱们女人的地位提高了。你们想，古时候是嫁鸡随鸡嫁狗随狗，那时候女人就是传宗接代的工具，双方还没相互厌倦就已经老死了。现代人寿命普遍延长到七八十岁，两个人已经没有感情却还勉强维持，那不是作茧自缚吗？还不如离了各得其所。"

孙娜说："也不知现在这个社会是怎么了，男人们究竟是吃了兴奋剂，还是食物里性激素的成分超标，看看网络上那么多被情妇举报的官员，那么多一遇诱惑就弱智的男人，和那么多因男人一时兽性大发而消失的女孩子，我虽然现在越来越老丑，还是觉得这个社会女人是越来越不安全了。”

森林说：“现在的网络就没法看，人家不是说了嘛，看一天网络的混乱消极，要看七天《新闻联播》的正能量才补得回来。话说回来，我们这里不是才女就是美女富婆，组合起来有着颠覆时代的资本和能力，用广告词来形容是由内到外的美丽，用武侠小说的话说是内外兼修，形神兼备。如果我们的内心足够强大，我们的生活足够充实，那么男人就只是我们的补充和消遣。我觉得以后聚会主题要再明确一些：大家来的时候无论怎样失魂落魄，但从我们三生缘走出去的女人，个个都是身怀绝技、风情万种的女神，我们的事业和爱情风起云涌！”

大家哈哈大笑起来，这样的话也只有森林才说得出来。天书说：“森林，你赶紧嫁人吧，否则恐怕其他女人要在老公身上系根绳子才肯放心。”

森林满不在乎地说：“虽然我没嫁人，但我也没耽误生活啊，想去的地方都去了，或真或假的恋爱一场接一场，诗集一本一本地出，我用不着后悔。”

苏三说：“咱们言归正传，这次聚会的主题是健身养生，下次主题是什么？大家有什么好主意？”

算下来下月正是油菜花盛开的时节，孙娜说不一定等到下个月，最近西川樱桃沟一片烂漫花海。王胜蓝说勉县武侯祠的旱莲花正在盛开，乐城桃源的桃花也开得夭盛，不妨趁着春光明媚做一番游玩。虽然举棋不定，但有一点是明确的：大家都希望组织户外活动。最后倒是森林提出，清明时节集体赏花踏青，得到大家的一致赞同。

2．意外

天气并不热，天书却不停擦着额头上的汗水，如坐针毡。梁州生态环境优美，历史遗迹众多，旅游已成为全市优势产业，只是苦于秦岭阻隔，总如深谷幽兰不为外界所知。前几年高速初通，吸引全国各地的游客蜂拥而至，景区游客爆满井喷的后果是，不但市区，就连周边县区也一床难求，即使动员所有的足浴茶楼全部开放，许多游客也只能在车里蜷腿缩脚闷一夜。经过这几年的规范，旅游服务已有所提升，但这个清明小长假，受百万亩油菜花海盛开美景的诱惑，来梁州赏花的人络绎不绝，又出现新的问题：交通阻塞，宾馆食宿涨价，旅游区垃圾遍地，卫生间难以入脚，导致投诉密集，甚至引起省委领导的重视，批示要求梁州对旅游环境进行重点治理。

书记市长都参加会议，是今年会议规格中少见的。书记在讲话中指出，梁州是一江清水送北京的源头，不允许发展工业，客观上决定了旅游业就是今后的支柱性产业，旅游业既可以保护好梁州的生态，又可以拓展放大梁州的文化魅力，使绿水青山、文化底蕴转化为金山银山，实现生态美、文化兴与经济富的最佳结合。全市上下要改变旅游发展理念，实施从景点旅游模式向全域旅游模式的转变。随着几条高速公路和西成高铁的建设开通，梁州旅游业将迎来一个大众旅游的新时代。总之，一个大目标，就是把梁州打造成全国知名的生态旅游基地。

会议结束时已经七点，离开办公室关灯时才发现屋内一片黑暗，乌云在酝酿一场暴雨，匆匆下楼时，一道诡异的闪电划过市政府院子，院旁的香樟树在狂风中摇摆不定，树叶被吹到空中旋转着，黄豆大的雨点刷刷打落在头上和脖子上。

手机频繁振动，见有四个未接来电，天书才想起来今天是森林的生日，挂断电话，看着前边拥堵数十米的车阵，又暗吸了一口冷气，禁止公车私用以来，机关干部买车成狂，堵车亦成为梁州上下班高峰一景。

好在只堵了十多分钟，按照森林发来的地址匆促上楼，电梯闪开的瞬间她便冲了出去，急急推开一扇门，灯光迷离，并没有喧哗和烛光，隐约可见沙发上有人。天书知道错了，也是神差鬼使，想要退出的瞬间，眼睛的余光扫过去，却见女孩正跨坐在男人的双腿上，因为裙子太短，两条长腿肥白而刺目，加之上衣掀开露出的后背，整个人几乎是赤裸的。两个人正紧紧拥吻在一起。

她突然的推门而入让两个人都目瞪口呆。在男子扭头看她的一刹那，天书如被雷击，用翻江倒海万箭穿心也不足以说出她的感受，只觉得头轰然一响，整个世界就坍塌成天地玄黄、宇宙洪荒的苍凉。

她弄不清自己是怎样下的楼，雨已经停了，让人怀疑也许根本没下过雨，但路上的积水导致的堵车还是证实着刚才确实下过暴雨。但天书没有注意这些，她一脚踏进了水洼，雨水淹没了鞋面，那股冰凉顺着脚底直到胸口，让她禁不住打了个哆嗦。失魂落魄中茫然穿过红灯闪烁的路口，数辆车飞驰而来在她身边戛然停下，发出刺耳的刹车声。一个开车的男人探头朝她狠狠骂了一句粗话。

任凭外面的世界如何纷乱喧嚣，天书整个人都是麻木呆滞的。她机械地挪动脚步上楼，无力地倚靠在门上，失神之中抬眼看见门框上插着的艾蒿，她的眼泪才哗地流了满脸。

这个小区旁边就是老机场，是抗日战争时期美国援建的，当初美国飞虎队的飞机曾经在梁州上空多次阻击日机。现在新机场迁建到乐城，老机场跑道就成了梁州田园牧歌之中新增的一片休闲区。他们曾经多次在黄昏时到废弃的机场跑道上散步，打羽毛球，夜色迷离时他会蹲下来让她爬到背上在跑道上狂奔，引她尖叫。跑道两旁野草丛生，每年端午时艾草浓香熏人，他们便采一捆艾蒿回家插在门口，但这艾蒿的正气居然没能阻挡婚姻之外的邪气。

打开房门那一刻，她的心已像客厅那只碎瓷花瓶一样布满了裂纹。她关掉频频响起的手机，甚至连鞋也没脱就跳上床，扯掉挂在床头的那张补拍的婚纱照，再跳下床扯了床单被套枕套，找出两个大箱子，打开衣柜扔出他的外套衬衫睡衣内衣，甚至他的枕边书，所有与他有关的有接触的，能扔的全部扔掉，一直折腾到腰椎疼痛得如同斧锯加身才停下来。筋疲力尽坐在地板上，时针已指向凌晨一点，她呆呆看着客厅墙壁上那张大大的“缘”字，往昔的甜蜜温馨全都恶心得让她想吐。

最初的海誓山盟，神魂颠倒，婚后的相依相恋，在那一幕面前，都变得滑稽而荒谬，她甚至颇为荒唐地想，幸好自己生的是儿子而非女儿。如果生的是女儿，能放心让她嫁谁呢？这个世界还有可信赖的男子吗？婚书、法律、道德、金钱，其实所有的一切，都不能保证爱情的长久与永恒。

意外如险恶山口强盗的尖刀一样突然挥至，一切都变得匪夷所思。那个夜晚她几乎不能入睡，头痛欲裂，泪涌如泉，不明白这样的场景怎么会发生在自己身上。多少年来，她一直自信满满地认为，这个男人是在拿他的命来爱自己，他的爱就是她全部的支撑，她甚至常常想，自己的人生中有如此多偶然的幸运，正是因为有他的爱在滋养着自己。就连儿子立春在上大学前也开玩笑说，我就知道，在这个家里，我只是个小三，现在我要上学去了，你们俩就慢慢享受你们的二人世界吧！

然而，人生在四十三岁时撕开了温情脉脉的面纱，露出了冷酷而丑陋的面目，使她原本如春风暖阳般的情怀在这个夜晚变为冰天雪地的绝望。在情欲的欢愉面前，多少年稳固的婚姻也是那样不堪一击的脆弱，这个玩笑好像开得太大了，原来自己只是掩耳盗铃般自作多情，这才是生活的真相、男人的天性、婚姻的本质，过去的自己实在是太天真了，以为婚姻就是一劳永逸的安稳，以为就算全天下男人变色变心他也不会，这实在是自欺欺人的一个虚伪梦话。

心如死灰般躺在床上，却无丝毫睡意，起初的昏沉状态过去，大脑竟是分外的清醒。她很熟悉那个酒店，森林约的地方在五楼，回想起自己在匆忙中见电梯闪开便冲了出去，实际上应该是提前一层到了茶楼。若非如此偶然，那么她会对周世忠的背叛一无所知，始终被蒙在鼓里。想到这里，心如被一根深长的毒针刺中，疼痛更加绵延不绝。她回想起他那些醉意醺醺的晚归，那些有时深夜响起的电话，这时只恨自己的麻木与迟钝。她蜷缩着身体，看着窗外漆黑的夜色，眼泪早已湿透枕套。

这个静夜里，听得最多的，竟是对面楼上婴儿不依不饶的号啕声与马路上车辆的呼啸声。不错，人生不就是由哭泣和奔波组成的吗？当晨曦的微光透进房间，她擦掉眼泪，打开手机，只有森林和苏三几个人的电话，他甚至连一个道歉的短信都没有。如此冷静绝情，倒也坚定了她的想法，她赤脚跳下床，从抽屉里翻腾出稿纸，在清晨来临之前，草拟好了离婚协议。儿子已经成人，家里也没有多余的财产，她只有一个要求：请他离开这个家，眼不见为净。

周世忠是第二天上午回家的，满身浓烈的烟酒味。她已给办公室打了电话说身体不适没去上班，正在拆沙发上的布套，对他视若无睹。他知道她受了重伤，看着她在那里机械地忙碌，也不靠近她，看着满屋狼藉好像也不吃惊，也不慌乱，表情平静淡漠，拿起放在茶几上的离婚协议慢慢看着，边看边发出几声苦笑："是我的错，我并不求你的宽恕。昨天夜里，我也在想，我周世忠为什么会变成这样？我曾经以为天底下最幸福的男女莫过于我们，那种地老天荒的爱情，我们曾经拥有过。但是，那种依恋和信任的平静生活是从什么时候不再吸引我，我已经不记得了。这么多年，对你来说，工作永远是最重要的，无穷无尽的会议、加班、应酬、出差，这个家好像只是你的旅店，你忙你累我都知道，但不知你有没有回想和对比过，你每次生病，我无论多忙都要去陪你，而我肾结石发作痛得滚到地上，你也只是安慰性地摸了摸我的头，便依然去赶那永远也开不完的会。做爱是享受，在你那里好像是忍受是赏赐，也许你已经记不清上次做爱是什么时候了，但我记得，至少是三个月以前吧。我沉醉的时候，你不是无动于衷地看文件，就是絮絮叨叨说你工作上的烦心事，什么时候专注过?”

天书瞠目结舌地看着他，这个和她同床共枕二十年的男人，此刻是那样陌生，好像他们从来就没有认识过。她承认，这些年忙于工作，对于性事日益荒疏，尤其是这几年他发福以后，晚上睡觉鼾声如雷，迫于无奈只好分床而睡，两个人亲密的机会更少，但无论如何，即使没有同眠，他始终是让她安稳踏实入睡的一个保障。

她提出了自己一夜来的痛苦质疑：“她是谁？不会打击我说她只是个卖春的女孩子吧？你们在一起有多久了?”

好像不知道自己是如何恶毒残忍，周世忠继续说下去：“人们都说，女人是感情动物，其实，男人也是一种感情动物，我们也希望得到赞美和体贴，需要有人关心在乎。但是对你来说，每天你出门上班时都像充了电一样精神振奋，晚上回到家如霜打过的树叶一样恹恹地困倦不堪，你什么时候在意过我的生活、我的感受？不知你是否相信，有时候我觉得自己像回到了原始社会，和很多男人一样，性像食物和水一样成为一种身体上单纯快乐的过程，谁给你的无所谓，只要你得到它就行。彼此都只是一具肉体，一具令我产生快感的肉体，不再被囚禁在自己虚假的面目之中，我不知道自己是谁，对方是谁，自己的过去与未来都失去意义。不错，她只是个小女孩，但她会变着法子让我愉悦，讨我欢心，射精时我不用再看你那张蒙难般的脸，而是纵情恣意，哪儿都可以。但是也仅此而已，借此麻醉自己，因为在你那里，我找不到这个婚姻的意义、生活的意义、我自己存在的意义。”

他是那么坦诚，坦诚到毫不体恤她的承受力。天书震惊恼怒得全身发抖，劈手拿起茶几上的水果刀指向他，嘴唇哆嗦了半天，蹦出声嘶力竭的三个字："滚出去！"

也许他预料到她的震怒，也许他根本无所谓，一言不发地出去了。楚天书扑倒在沙发上，忍不住失声痛哭。

苏三的电话来时，她依然不能抑制自己的悲伤和愤怒："他甚至连起码的道歉和愧疚都没有，好像一切都是那样理所当然！"

苏三在电话那边半晌没有出声，听着天书在那里哭诉。平日里自信冷静的天书，遭遇到这场意外，这时也成了典型的怨妇。所有的一切都是假象，婚姻的忠诚甜蜜都是假象，什么都束缚不了男人的欲望，这从创世纪延续至今的欲望太强大太原始了，他可以这样为所欲为，更不必说其他男子，夜总会、酒吧、酒店、夜店、名目繁多的会所，这个社会为男人提供的诱惑太多了，遮挡屏障太厚重了，致使他的背叛延续了数年而自己竟然毫无所觉，这使她倍感羞辱。

直到听她说要和周世忠离婚，苏三才醒悟过来，忙抢过话来："别忘了你在政界，你还是在旅游局主持工作的代局长，你和我不同，婚姻的完整与否在政界还是蛮重要的一个衡量指标，真的离了，可能对你的前程造成一定的负面影响。其实什么是幸福呢？谁能下一个准确的定义？对森林来说，写出一首好诗就是一种幸福，对我来说，能和赵汉京生活在一起就是一种幸福。你和我们都不一样，你就是一个工作狂。我们认识这么多年，我看工作带给你的成就甚至超过丈夫儿子。再说你和周世忠是在大学谈的恋爱，至少还是有坚实的感情基础的，先不要那么决绝吧，在你潜意识里，还是希望他向你认错，告诉你这只是他一时糊涂犯的错而已，是吧？"

苏三停顿了片刻，加重语气说："我建议你还是慎重一些吧，毕竟还有儿子。克林顿和莱温斯基的绯闻闹得全球皆知，人家希拉里也没离婚啊，你知道，我是渴望了一辈子婚姻，也没得到婚姻的名分，可能我看问题的角度和你不同。以前和老赵分分合合闹了那么多年，现在明白，作为情人，我只能容忍在众多女人之中，也许我是最早的也是他心中最重的那个，还能强求什么呢？因为说到底，如果你希望哪个男人陪伴你走完余生，就尽可能睁一只眼闭一只眼。如果哪一天我真的功德圆满到可以和老赵结婚，名正言顺做他的妻子，我也只能对他那些艳遇装糊涂。太较真，痛苦的只能是自己。"

苏三的话虽然贴心，但对天书来说，她对于工作更多的是热爱而非政治上的野心，如果婚姻已失去了温暖和美好的内核，那么维持一个空洞的形式又有什么意义呢？她觉得，自己的婚姻好似一个看上去鲜艳夺目的红苹果，其实里面早已溃烂不堪了，而她现在，才刚刚切开苹果。

3．男人的对饮

李天宁匆匆上楼时，发现苏三在楼梯的转角处新供了一尊千手千眼的观音雕像，在袅袅的香氛中，神秘端庄而美丽。大厅里的陈设也有了变化，举目皆是莲花，宛如佛堂的清静素雅，服务生娇小玲珑、珠圆玉润，都是典型的梁州女子，身穿印染着青花瓷图案的素裙，十分赏心悦目。

推开房门，见周世忠仰靠在藤椅上，双目紧闭正在发呆，桌子上是四碟精致小菜，还有一瓶白酒，他知道老周善饮，看来是想要一醉方休了。

“这么急地催我过来，有什么好事?”

周世忠并不说话，顾不得欣赏酒瓶里精美的朱鹮雕塑，倒满后自己先猛喝了一杯：“先喝酒，不喝没法说!”

李天宁年轻时热爱诗歌，有一段时间每天都要写诗，而且常常在狂风呼啸的深夜爬起来伏枕疾书，不写好像就活不到第二天，那些如神灵附体一样突袭而至的诗歌，帮助他在那个偏远小镇的卫生院里继续活了下来。那时他常常以“老子”为笔名给当地报社的副刊投稿，他那富于哲理性的诗作只有十多行。一个名叫庄子的编辑回信给他，极端赞赏之余，就诗歌创作问题和他探讨足足有近十页，这件事使李天宁感动涕零，他们彼此都有些相识恨晚，和庄子的通信成为他在那荒山野岭生活中最重要的寄托。后来庄子约他在古汉台见面，庄子说，他手上会拿一本《诗刊》。

那天晚上李天宁激动到凌晨一点还没有睡意，好不容易睡了两三个小时，清晨醒来就想着，庄子的字龙飞凤舞，想必该是玉树临风飘逸洒脱的模样，实事求是地说，他渴盼与庄子相见的心情，远远高于后来与女朋友见面的热切。谁知等他辗转六小时坐车到梁州，再赶到古汉台，除了一个拿着巨笔在地上练字的老先生，和周边围观的零散游人，他怎么也找不到想象中那个俊逸不凡的庄子。环顾四周，见一个身材高大魁梧的男子坐在台阶上捧着一本书在读，满脸浓密的络腮胡子，不像庄子倒像是在长坂坡吼退曹军的张翼德，这与想象中的他距离实在是太大了。于是他绕着貌似张翼德的男子转了几圈，才走近他问："你是庄子？"

男子抬起头，威猛的脸上一双眼睛却很柔和，说："你是老子？"

那时李天宁还很清瘦，也还算英俊。也许庄子以为老子应该是仙风道骨银须飘飘的，两个人都很吃惊地看着落差太大的彼此，当然庄子实在太高大了，他从台阶上霍地站起身时，整整比李天宁高了一头，李天宁只能仰视着他。不过他们都很快接受了彼此，庄子伸出粗壮的手臂拍在他瘦骨嶙峋的肩膀上说："走，到我家去。"

庄子大步流星往前走，李天宁只好小跑着跟上去，庄子转身来等他时，掀起上衣往上提了提裤子，李天宁发现，那么魁梧的一个人，居然系着一条十分乡土的红色裤腰带。所谓的家也就是古汉台西边一个古旧院子里的一间半房子，窗台上养着几盆很精神的兰草，叶间还开着几朵洁白的兰花。李天宁闲极无聊时养过兰草，知道要侍弄好兰草需要耐心和技巧，更对庄子生了几分敬意。与庄子威猛的身材相比，房间显然是太局促了，但收拾得很干净利落，单是书架就占了两面墙壁，墙壁上还凌乱地贴着些小纸条，就连墙上的年画，上面也密密麻麻写满了字，李天宁凑近一看，全是字迹缭乱的诗句。后来知道，这是庄子的习惯，他喜欢将这些奇思妙想随笔记录下来，这倒有些像"诗鬼"李贺，不过因为庄子的诗歌过于追求美感和意境，反而失去震撼力，不能像李贺那样留名青史，只能做个报社编辑。

庄子端出一盘花生来，用他那粗大的手指把饱满硕大的抓给李天宁，瘪小的留给自己。那天他们聊得很投机，李天宁知道，庄子真名叫周世忠，是陕北榆林绥德人，为纪念抗金英雄韩世忠而取的这个毫无诗意的名字。妻子楚天书就在古汉台博物馆工作。他们在陕西师范大学读书时，在一次诗歌朗诵会上，楚天书朗诵的是叶芝那首《当你老了》。穿着一件白色长裙的天书，嗓音甜美而又深情，用周世忠自己的话说，看见天书的第一眼他就傻了，像丢了魂一样痴迷得一塌糊涂。他曾经天天晚上到女生楼下唱陕北民歌，引得一楼的女生都趴在阳台上给他鼓掌加油，甚至有女孩为他献花，当场向他求爱，成为全校笑谈。经过狂追不舍，他终于赢得天书的芳心。为了爱情，这个绥德的汉子就由天高地广的陕北来到了秦岭巴山之间的盆地陕南梁州。

楚天书下班后回家，就忙着给他们做饭，显然周世忠是经常带文朋诗友回来吃饭的。天书的身材高挑而清瘦，脸却圆润，看着周世忠时一脸甜蜜的笑，在平淡中有份出奇的和谐动人。她说今天博物馆里来了几个日本人，在石门十三品那个厅子里，对着那几通汉代碑石焚香叩首，涕泪纵横，虽然一想到日本侵华就令人憎恶，但他们对书法的顶礼膜拜倒也让人敬畏，因为我们梁州人了解石门十三品真正价值的屈指可数。

那个晚上他们烤着炭火第一次喝酒，周世忠特别开心："老李，我们是天生有缘的，你看，且不说你是老子我是庄子，你叫天宁，她叫天书，合该你是她哥哥，而且我们绥德就有个天宁寺，小时候我常常爬到寺庙后的大树上掏鸟窝，划破裤裆往往挨我妈一顿暴打。"

天宁问他："不是说米脂的婆姨绥德的汉嘛，你觉得陕北好还是梁州好?"

周世忠说："天书是梁州人，当然是梁州好啊，我们绥德梁峁坡垴上可没有梁州这样鲜翠的绿色，到处是坷垃垃的黄土，好容易长点稀稀拉拉的野草，叶子也是干巴巴的。我小时候就想着要去西口发大财，像我父亲一样，发了财回来用石头箍窑洞，箍好了窑洞就买最好的毛驴，然后给这毛驴头上拴上红绸带，叫上浩浩荡荡的亲朋好友，吹响唢呐，去把我的妹妹娶回家。"

楚天书劝说："别喝了，又跟老太婆一样唠叨那些陈年旧事。是不是后悔没娶上米脂的妹妹，反倒把自己嫁到梁州来了?"

周世忠伸手把天书揽到怀里："一辈子都不后悔!"天书红了脸，挣了半天才从他怀里钻出来。那时李天宁还没有女朋友，看着他们的亲热劲自己眼热心跳。他们喝的是用铜壶煨过的白酒，口感绵柔而酒力劲猛，周世忠是大杯大杯地豪饮，李天宁当然不是他的对手，几杯下来连凳子都坐不稳，只好斜躺到墙边的藤椅上。周世忠酒到酣处，仰起头就唱了起来：

走头头的那个骡子哟，

三盏盏的那个灯，

哎呀带上了那个铃儿来哦，

哇哇得的那个声……

天哪，世上还有这样的唱法，一会儿是高亢嘹亮粗犷奔放的山歌，一会儿是缠绵凄绝的小调，那是李天宁第一次听陕北民歌，一听就喜欢得要死，只觉淋漓尽致，通体舒坦，像大风满山野里吹，像日头满天地里晒，实在是撩得人过瘾！

从他歌声响起的那一刹那，天书就停下了手里正织的毛衣，像中毒一样眼神迷离地看着周世忠，好像全身都酥软得没有了筋骨。

李天宁正听得如醉如痴，周世忠却突然停了下来，窗外明显有动静，李天宁好奇之下打开窗子一看，院子外面的小广场上，黑压压站着上百人，都在静静地听周世忠唱歌！

周世忠得意地说："平窑里唱曲展不开，他们今天是沾了你的光，平时他们怎样求我，我没心情是不会唱的。"

就这样，他们俩的友谊延续了几十年，周世忠在报社里从编辑一直做到副主编，李天宁从山里那个小镇卫生院调到县医院，后来又从县医院调回市中心医院担任急诊科主任，现在任副院长。有一次几个文友见面，习惯性地问他最近在写什么读什么，李天宁摇头说："诗这东西要的就是激情，全靠年轻才喷得出来，等你们当了医生就知道，根本没必要看书，我每天看到的和听到的，是任何一个作家都想象不出来的东西，每个病人的生活都是一部长篇小说，在这方面，生活远远超过了艺术。这是真实的，因为医院的工作让我整天像陀螺一样转个不停，难以静心再沉浸到诗歌写作中去。”

当然天书更出人意料，她由博物馆的工作人员升职为馆长，后调到文物旅游局任科长，又参加全市公开选拔成为副局长，一年前开始主持工作。那个满脸柔情蜜意的天书现在增添了一份毫不迟疑的干练，如同淬炼之后的陶瓷，温润明净。

虽然现在李天宁和周世忠都被繁杂的事务纠缠着，很少有心思动笔写风花雪月的文章，但仍算得上是无话不谈的诗酒朋友。李天宁了解老周的性格，心里是藏不住事的，也不劝他。一瓶酒喝完，李天宁已有些微醺，老周要开第二瓶，被他拦住了：“有什么心事快说吧！这些年还没见你这么磨蹭过。”

老周把最后一杯酒倒进喉咙里，把酒杯重重砸到桌子上，果然开口了：“我们的婚姻完了！”

李天宁一时听蒙了。他回想起二十年前那个夜晚，那个被周世忠拥进怀里满脸绯红的天书。这些年其他朋友有离婚的，有正在闹离婚的，有绯闻此起彼伏的，有外面彩旗飘飘家里红旗不倒的，只有老周和天书两人一直和和美美，算是这一帮朋友的家庭楷模，现在居然也亮起了红灯？

“以天书的人品，总不至于她有外遇了？”

老周豹眼圆睁，好像人格受到了侮辱，坚决地否定：“没有！”

“这么说是你有外遇了？”

老周垂下了那硕大的脑袋：“就他妈说不清楚，我和一个女孩……”

“这就是你过分了，人有非分之想没关系，可抖搂出来就要惹祸，你看那纣王对女娲娘娘想入非非也罢了，偏偏要在墙上写首淫诗，结果导致亡国之乱。现在还有比纣王更愚蠢的官员，昏头昏脑给情妇写什么离婚保证书，还不是铁证如山？天书是谁？她是市政府院子里最年轻的女县级领导，你这不是羞辱她吗？她的心性你还不知道，宁可玉碎不可瓦全，她不和你闹才怪。事情很复杂吗？对方怀孕了？要挟你离婚？”

老周沮丧地摇摇头：“那倒没有。只是偏偏被天书撞上了。”

最危险的因素排除了，李天宁心里暗暗松了一口气：“连我们的老周同志也做不到归于平淡洁身自好，看来天下的男人都没救了。”

庄子，不，既然做不到逍遥于尘世之外而是纠缠于情欲之中，我们还是叫他的本名吧：周世忠。周世忠哭丧着脸无奈地说：“唉，你不知道给天书做丈夫的苦。她是光风霁月，我呢，总是感到沮丧，沮丧到对人生失去热情。我到梁州这二十年来，全社会都在大刀阔斧地推进工业化城镇化，这个过程中，很多原始的古村落古街镇都被千篇一律的高楼大厦所取代，现在又处心积虑地打造古镇，包装民居，复制一个又一个赝品，我不认为这样的工作是有意义的。她呢，反倒认为我思想守旧，不与时俱进，争执多了，我索性做哑巴。其实大家说生活要甘于平淡，只是一种自欺，你看看网上那些受到高度关注的人和事，哪个离得开金钱美色，谁能说自己内心不是向往着一种随心所欲的生活？只是生活中都把自己装在套子里，不敢露出真面目而已，就说我们热爱的诗歌，没有激情写得出来吗？”

李天宁笑了：“照你这样说，每个人都去纵情纵欲，那这天下岂不是像原始社会那样乱作一团？你也不能为了激情就丧失理智去伤害天书吧？既然是你有错在先，还是迁就迁就她吧，不行就先分开一段时间，反正儿子也上大学去了，家里就你们俩，制造点儿距离她觉得冷清自然又会想你的好。”

周世忠皱眉欲哭：“是啊，孩子一走，这房子里空空荡荡，两个人你看看我，我看看你，真像傻子一样。应该说这几年是我自己过于空虚才惹的祸，现在她门锁都换了，只说要和我离婚。”

李天宁欲言又止，想到他们俩一个深居简出宅到家，一个晕头转向忙工作，难免有不合拍的时候，猜测着说：“你怎么会发生这样的事？她这些年忙于工作，那方面是不是有点儿冷淡？你是不是也多看点书，改变改变方式？比如，每天多给她几次拥抱？学着探索一下她的喜好？”

周世忠连连摇头：“痴心妄想，她现在连碰都不让我碰，别的更不用说，只是逼着我离婚。你说怎么个离法？这几十年我跟她来到梁州，除了你们几个铁哥们儿，老家那边父母一过世，亲戚也都疏远生分了，你说让我怎么办？”

李天宁一时也想不出什么对策，他琢磨着，让老周就在外避一避拖着，看天书的反应，是真离还是假离。

周世忠仰靠在沙发上，长舒一口气说：“这些天我也在反思自己，为什么会走到这一步。康德曾说，当我们毫无障碍便可获得性满足时，爱便变得毫无价值，生命也呈现一片空虚。不同的是，当你频繁地找同一个人时，你的感觉会逐渐发生变化，你会自然而然地感激那个给予你的人。”

李天宁觉得性质有些严重了：“你爱上这个女孩了？”

周世忠一脸迟疑，说：“我弄不清这是不是爱，但我总是忍不住要去疼她。她给我带来了活力和激情……这个女孩，你是见过的。”

李天宁吃惊地看着他："我见过？我怎么毫不知情？要让天书知道，还以为我们串通了来欺负她，还不恨死我。"

周世忠说："我当时哪里想到后来的事啊，命运真是他妈的鬼！走吧，我们到江边去，我慢慢说给你听。"

李天宁看着周世忠说不出是悲是喜的脸，知道事情远比自己预料的复杂。他们走出茶楼，顺着天汉大道走到江边，音乐喷泉正随着一首梁州民歌蹁跹起舞，水雾迷蒙中如仪态万方姿态袅娜的梁州女子。沿着江堤走到一个僻静处，垂柳如烟，沿岸的灯光交相辉映，在水面上波动出无边的斑斓，演绎着汉江令人沉醉的夜色。

李天宁在河堤的软草上坐下来，周世忠说，我这心里闷得慌，给你唱歌吧！他面对着暮色中烟雾笼罩的江面，放开喉咙唱了起来，一时天也静寂，星也黯淡，天地间只有他的歌声飘落在江面上。

4. 哲学家的魅力

准备好第二天的课件，森林仰靠在椅子后背上，点燃一支爱喜烟，嗅着烟香闭上眼睛享受着这份闲暇。明天要讲魏晋时期，饮酒，服药，清谈，竹林之下的纵情酣饮，嵇康的《广陵散》，王羲之的东床袒腹，有很多有趣的故事。每周不多的几节课，口若悬河之中，她常常习惯了以历史来对照现实，激发学生在交流中增强独立思考，这也是她的讲座常常爆满的原因之一。而工作之余，像这样的夜晚，神游八极，展开对文字的幻想，则又是另一份享受，她觉得自己的生活与工作方式算是比较理想。

父母的牵挂和唠叨让她厌烦，不要睡得那么晚，不要看那么多书，不要在相亲时穿那么古怪的衣服，化那么张扬的妆。那种买菜做饭洗碗散步的日常生活，好像一眼从恋爱就看到了暮年，他们浸泡在这种周而复始的生活中，津津有味，温暖祥和，这对她却毫无吸引力。她刻意和他们保持一段距离，在校园分期付款买了一套小房子。床是桃红的，窗帘是粉绿的，书桌是浅蓝色的，餐厅是橘黄色的，墙壁上挂着梵高的向日葵、高更的塔希提岛上那些赤裸的女人、工笔的莲花和牡丹。

颜色足够的乱，衣物足够的乱，她在其中狂喜发笑或是悲伤绝望，买一瓶喜欢的香水然后发现半个月里都囊中空空，在阳台上看落日的余晖在江面上绚烂波动，在浴缸里泡几个小时直到全身慵懒无力，看通宵电影，自饮自酌一瓶葡萄酒倒在地毯上睡到次日，或是一丝不挂坐在床上伏枕疾书，深夜里高声诵读几首里尔克或是弗罗斯特的诗。总之，她在这个属于自己的小窝里自在自足，与谁都无关，神出鬼没或是臭名昭著，都无所谓。幸福是什么样子呢？既然她不喜欢所谓婚姻的虚假外壳，那么，她觉得自己的独身生活就是幸福的，不是吗？

窗外是一片响亮的蛙声。这是属于恋爱的季节，生机蓬勃的初夏，她轻轻哼起一首老歌："在那美丽的五月，你告诉我你爱我……"随后又笑自己。随着时光的飞逝，曾经的激情如嫦娥一样飞向天外，每一个夜晚都是那样冷寂，尤其是在深夜醒来，如置身另一个空漠的星球，深重的孤独如无边的黑暗压迫包裹着她，让她有时甚至有厉声尖叫的冲动。

从前爱到骨髓里的诗歌，现在好像也不那么重要了，因为每一首诗都是灵魂的绽放，她不想让大家看清楚那个裸露的自己。当她投入一段感情，也许是用心的，但当一段感情结束，她又极为无情，这种转换让那些与她相遇的男子震惊万分。每次都是新一轮的失望，每次都是内心的更加脆弱与外表的更加坚强。现实的规范，传统与道德，她都尊重，但都不服从和遵守。当她孤零零一个人躺在床上，她甚至觉得谁都不会去想念，那些或真或假对她痴迷的男子，都只成了一个个虚幻的符号。在情绪失控时，她会关闭手机，痛哭一场，独自享受这份静夜里的孤独，清晨醒来就跳到游泳池里去，在冰凉的水中过滤掉暗夜里的悲伤或是激情，精神焕发去上班，她展示给大家的，永远是最阳光灿烂的一面。

在生活上、物质上，她都可以隐忍，唯独爱情，她却始终执着于梦幻，不肯降格以求。爱情是庸常生活之上的梦想，没有这种飞翔带来的狂喜，人生便没有意义。她是最典型的天蝎座，期待的不仅仅是肉体的相遇与燃烧，还有灵魂的相通，灵肉相融的情爱才可以征服她看似平静实则狂妄的心。

她一直喜欢爱喜烟薄荷味入口的清凉，每天起床倚枕先抽上一支烟，晚上临睡前再抽一支烟，是她的习惯。但今天抽完还是毫无睡意，便上了QQ。那个叫“哲学家”的男子早已献上一束璀璨无比的百合，并发了一首小诗：

我爱着，什么也不说
我爱着，只我心里知觉
我珍惜我的秘密
我也珍惜我的痛苦
我曾宣誓，我爱着，不怀任何希望
但并不是没有幸福
只要能看到你
我就感到满足

她有些吃惊。这位“哲学家”以智达见解成为她的深度聊友，这样极具诱惑的文字倒是第一次出现。见她上线，他发出一张惊喜的笑脸：“一直在等你！”

“这句话说给很多人了吧？”

“不是每个人都能让我产生棋逢对手的感觉。我记得木心老师说过，诗是天鹅，哲学是死胡同。天鹅一展翅，全都碰壁，而哲学家全是壁虎。但我这只壁虎，却对你这只天鹅特别有感觉。”

她笑，因为她亦有同感：“哲学家，和我聊聊你对婚姻和爱情的看法吧！”

他说：“烟火人间，‘食色’二字而已。萨冈说，爱情是奢侈品，有可以，没有也能活。我手机上有条短信：以前提到结婚，想到天长地久，现在结婚想的是能撑多久；婚前，爱情是神话，婚后，爱情是笑话；婚前，男人花钱是为了让女人高兴，婚后，女人花钱是因为男人让她不高兴；婚前，男人在餐厅等女人，婚后，女人在客厅等男人。”

“虽然经典，但太平俗，说深一点儿。”

“就我的理解吧，这个世界上，没有一桩婚姻真正达到人们想象的美满程度。不管是自由恋爱还是相亲，都是长相身高学历家庭背景经济基础等综合因素权衡的结果。婚姻不但是爱情的坟墓，还会破坏所有你对男人的向往。同样，它也破坏所有男人对女人的期望。要让一个男人对结婚十年二十年的女人保持始终如一的激情，只能是白痴做梦。他不可能面对着一个眼袋浮肿、皮肤松弛的女人，在一分钟内还勃起，那只是天方夜谭。”

她喜欢他的真率：“但是许多男人和女人即使不再相爱，他们还是继续在一起生活，即使对生活和爱情没有信心，他们还是生下孩子来寄托希望。这样的婚姻，真让人惧怕。再给我说说爱情吧。”

“我有点儿苏格拉底收弟子的感觉了。照我来看，爱是一种非常奇妙的相遇，只要是真正的爱情，本身无罪。如同张爱玲爱上胡兰成，阿伦特爱上与纳粹互送秋波的海德格尔，爱情会超越道德，甚至正义，应该是人生中最值得珍视的体验和记忆。”

她从内心深处如觅知音一般满足：“同意您的观点。您怎么看爱情在婚姻里的作用呢？”

“前不久我还专门研读过《婚姻法》，不知你注意过没有，《婚姻法》是这样说的：夫妻双方自愿婚姻，互相扶养，财产管理，禁止已婚者与他人同居——看清楚了吧，婚姻法对婚姻约束的是财产和性，这才是婚姻的本质。用哲学的观点来看，婚姻是属于物质范畴的。爱情是什么？爱情是对某个特定的人高于一切的激情，是属于精神范畴的。爱情是婚姻的黏合剂之一，但不是婚姻的本质。婚姻不对爱情进行管理，只要结了婚就会明白，要求一个人一生忠实是很困难的事，如同要求一个人一辈子只吃苹果而不吃其他水果，即使你明白苹果营养丰富，吃起来也会觉得味同嚼蜡，并对其他水果充满想象和向往。”

“您的诠释验证了我选择的正确性。可以说说您自己的婚姻吗？”

他沉默了片刻，回答：“女人到了更年期不好招惹，她每天瞧哪儿都不顺眼，回家就不停地打扫房间，不停地洗东洗西，洗得那一双手像松树皮！这还不算，晚上有想法时她逼着我洗澡，洗一遍还不行，洗两遍她嗅着还不清爽，现在分居也乐得清净。你也不用吃惊，我到医院咨询过，医生说很多婚姻都是这样，没什么好悲哀的。”

这就是一个婚姻的现状。她干脆问到底：“那您怎么看无性的婚姻呢？又怎么看无爱的欲望呢？”

他说：“从来没有遇见你这样尖锐的，幸好不是电视直播。我特别喜欢罗素，是因为他曾说过，爱情使我们整个的生命更新，正如大旱之后的甘霖对于植物一样，没有爱的性行为，却全无这等力量，一霎欢娱过后，剩下的是疲倦厌恶，以及生命空虚之感。”

这个哲学家，真是不同凡响。她想起了闺蜜天书在丈夫背叛后的悲伤，又问：“那您怎么看婚姻的背叛呢？”

他说：“这个问题好像很复杂，其实很简单，你是诗人，有位外国诗人说，灵之对肉，并不多于肉之对灵，也许这话对男人再合适不过。你大概也听说过安茹伯爵若弗鲁瓦·马泰尔的故事，他每次拥有一个情妇后，就建造一个修道院，现实的欲火在可怕的地狱火焰之前并不退却。你一定也知道希腊神话中的阿芙洛狄忒，她是由男人的睾丸变成的，年轻美貌的女子对男人有刺激性欲的作用，哪个男人能抵抗住诱惑呢？”

看她沉默，他问：“你对我的采访暂告一段落，现在轮到我采访一下你吧！请问，你对婚姻和爱情怎么看？”

森林竟然有点儿慌乱，但还是坦白说：“从周围朋友的婚姻里，我看见的幸福不多，更多的倒是无穷无尽的烦恼。虽然不喜欢婚姻，但还是喜欢恋爱的，我比较喜欢高大宽厚的男子，感觉比较温暖和安全。但是太晚了，现在看得过眼的，都已经是别人的丈夫，而对我感兴趣的男孩子，实在让我毫无兴致。事实上我宁可选择孤独，也不会选择婚姻。”

森林说的是实话。她就喜欢徐静蕾，喜欢她的淡定，当然更喜欢她的不婚主义。徐静蕾说，我不觉得人应该要结婚，过去讲婚姻是保障，我不需要保障。从情感上讲我不需要保障，经济上更不需要谁保障我。我的生活挺圆满的，谁规定人生角色一定要有婚姻才圆满？

“看来诗人的特点就是永远不会成熟。苏格拉底生就扁鼻子厚嘴唇凸眼睛，身材笨拙矮小，但他在我心目中是不亚于释迦牟尼的伟男子。表面上看你是拒绝和蔑视婚姻，但实际上你是惧怕婚姻。大多数人会为了摆脱孤独去和一个人结婚，而你是因为惧怕和一个人的朝夕相处而选择孤独。到底是一个人的孤独比较容易忍受，还是去和一个男人生活更容易忍受，只有经历过才知道。为什么不试一试?”

她承认他的睿智：“问题是我宁愿选择一个人面对这个世界，也不愿意去面对某一个特定的男子。康德不就说，我是孤独的，我是自由的，我就是自己的帝王。但我的内心并没有那么强大，每天深夜入睡要安慰自己又承受了一天的孤独，每天清晨睁开眼睛要鼓励自己面对新一天的开始。”

“所以我还是想提醒你，巴尔扎克说过，三十岁的女人是成熟的果子，得赶紧品尝。”

“那是相对男人而言的，与我无关，因为我并不是任何男子的备选。我虽然一直不喜欢政治家，但认为列宁可谓是我们女人的知音，他在1919年就说过，尽管所有解放妇女的法律都有，但家庭的经济条件压榨和窒息着她们，她们只好被愚蠢耻辱地绑在厨房和孩子的房间里不得分身，在完全非生产性的家务中操劳，变得小心眼神经质、呆头呆脑和精神不振。也许我更喜欢波伏娃，她说，我很有运气，逃脱大部分受奴役妇女的命运：生育和家务。”

“其实这是一种偏激的观点，我们谁能否认，从小到大，母亲的厨房总是我们温暖记忆的一部分？难道你想像卡夫卡那样，在结婚成家还是独处写作之间长期挣扎？女人和男人不同，我并不认为选择婚姻和正常的家庭生活与写作之间有什么矛盾，我很希望你能纠正你的想法。那你难道不期望一个新的生命吗？一个女人不能体会做母亲的快乐是一种缺憾吧！新生命的诞生会带给女人不可磨灭的满足呢!”

“我对自己的婚姻没有信心，何谈孩子呢？也曾经想过和某个喜欢的男子来制造一个孩子，但是我惧怕琐碎的家务，更惧怕孩子活在没有父亲的心理缺陷里，岂非给这个世界又增添一个抑郁寡欢的小怪物？再说现在的体制也不允许我生一个私生子。要我为这个孩子放弃工作，单纯写诗来养他，那恐怕只能饿死。也许我这一辈子就没有这个福分吧。”

“‘婦’字不就由‘女’和‘帚’这两个字组成，意为拿扫帚的女人吗？何况为孩子忙碌也是幸福的。如果你愿意，我倒希望成为这个男子，你也不必有饿死的恐慌。”

她大笑，笑他的善解人意，也为他或真或假的勇气感动。

“如果我猜得不错，你应该是典型的天蝎座。喜欢深秋的寂静，更喜欢独享一个人的孤独。对于爱情宁缺毋滥，有着宗教般虔诚的爱情信仰。必须是精神上吸引你、身体上征服你的男人，才是你钟情的伴侣。网上说，天蝎座如果不是最激进的现代人，就是最另类的原始人，苦于红尘无知音，不如隐形爱孤独。内心敏锐而外形沉静，但爆发起来又足以置人死地。”

“你好像由哲学家变成星相学家了，还有着一分巫婆般的诡异。我的朋友也说，我要么早生了三千年，要么晚生了五百年，而且生错了性别。女人只要活着，恐怕最爱的除了孩子，就是衣服。而我，除了衣服，最爱的就是旅行。旅行的时候，感觉自己是在跟这个世界的每一个景点谈恋爱。周庄的温柔、拉萨的虔诚、丽江的娇艳、喀什的异彩，每一个地方都那么不同，却又同样迷人，令人留恋不愿返。”

他说：“一起去旅行吧！我很乐意做你免费的司机和仆人。如果不放心，就先进行面试吧！我没有恐龙那么可怕。”

她笑了："哲学家的理性消失了？不见是我们深聊前的约定，您忘了吗？"

他回答："男人在钟爱的女人面前，从来没有理性。在我看来，女人本来就是一首诗，而作为诗人活在这个尘世间的女人，便是女人之中的女人。"

她没有回答就下了线，心里却莫名地有些不安。

她喜欢他的直率。作为大龄剩女，森林常常会收到不同类型的男人和男孩的信息，对已婚男子恬不知耻的诱惑明目张胆的求爱，她一概置之不理。而那些适龄的男孩，却又往往如鸵鸟一样将头埋在土里，畏缩不前，见面很久了，还是那样不咸不淡，说没意思吧，有时深夜会来个暧昧信息，说有意思吧，却又那样欲言又止。

有一次学校回来个留德博士，三十七岁而未娶，正是不立业不成家的典型，同事们热心张罗，对方显然也是喜欢森林的，每天嘘寒问暖，但依然含含糊糊不明确态度。一个月之后，森林毫不客气直接拉黑对方。博士反复申请重新加她。森林说，想做朋友就加，想做情侣就不加。博士说，我认真研读了你这些年的博客，你心里有暗伤。森林再次拉黑对方。想当心理学家呵，没有暗伤早就儿子齐肩了，干吗拖到三十五岁还不结婚。

所以森林和同事开玩笑说，这个世界本来没有女汉子，因为男人越来越娘了，女人才不得不汉起来。

但是，只有她自己明白，生命中曾经有过那么一次痛彻心扉的离别，后面这些只是泡沫，也许对他们不公平，但实在算不上什么。她的心从那次坠落之后，从来都没有升起过，那个精力充沛的森林，只是迷惑大家的一个假象。

5. 苏三的渴望

这是个春风沉醉的夜晚，因为知道赵汉京要回来，苏三早早从茶楼回家，收拾好房间，有些神不守舍地一次次站到阳台上张望。楼下传来一群孩子的笑声。那笑声是那样欢畅，那样动听，如一串美妙的音符飘荡在这早春的黄昏，一刹那间，这雾气迷蒙的大地，这夜色渐渐低笼的夜空，都变得轻盈、甜蜜。

这是个临江的小区，楼上便可一览无余看到蜿蜒如带的汉江，当初选房时苏三站在阳台上看着悠悠江水，觉得开阔辽远，心中的郁闷一扫而空，当即就交了定金，而赵汉京原本怕她选在闹市区进进出出遇见一些朋友尴尬，自然很喜欢这里的幽静清新。

终于看见他的身影出现在楼下的小路上，因为缺少摄像机照相机及众目睽睽的逼视，他的步伐甚至算得上轻快，身姿也似乎透着一股愉悦。苏三稍稍有些紧张，在相见的兴奋与欢喜之外，还因为她有一个秘密的预谋。

他的脚步刚踏到门口，房门就打开了，苏三只穿着红色的睡裙，关上房门两只雪白的手臂就缠吊在他脖子上："想死我了，晚上不许走，也不许响一声电话！"

赵汉京将她紧紧搂压进怀里，闷在她的头发里嗅着："你赶我我也不走，电话响不响可由不得我。”

“我不管，响了也不许接不许走！”

“好好，不走不走！你快放开我吧，你以为我还是小伙子呀！”

苏三松开手臂，贪婪地看着他。如果让她给爱情下一个定义，爱情就是对一个人无以复加的强烈思念，是看见他就晕头晕脑地欢喜，是明知飞蛾扑火还是不管不顾。有时她觉得，感情如同性爱，男人可以迅速进入，也可以轻易抽离，而女人也许是很慢地陷入，却是很深地沉沦。

在前面二十年里，她都活在日复一日的等待之中，从他离开这个房间开始，就期待他再次回来，盼望他的身影重新出现，渴望他的脚步踏响这个楼梯，倾听他的敲门声，迫不及待扑进他的怀抱被他的气息淹没。他就是她的整个生命，他热烈的激情便是她黯淡生活中的唯一阳光。

带着喝酒后微微的醉意，赵汉京搂着她一边往卧室走一边得意地说：“醒握天下权，醉卧美人边。”一挨床便急不可待地把她压倒在床上。

苏三急着想要推开他：“说过多少次不要喝酒，还是满身酒气。猴急什么，一点儿前奏也没有，今天晚上很重要。”

赵汉京笑了：“和你在一起哪个晚上不重要？我从酒宴上出来往这里走前奏就开始了。我可是怀着英勇就义的决心来的。”他后面还想说一句“要让纪委抓个正着，我就全完了”，想了想还是咽了回去，免得煞风景。

但是苏三不肯依他，按着自己的节奏进行，要他慢慢地吻她，连绵不断地说很多的甜言蜜语，她明白，每当情绪低沉时，身体也会随之变得迟钝起来，只有当自己完全放松，无限强烈地渴望他时才可以达到极致。

因为下午的会议上他已被明确为厅级领导推荐人选，赵汉京今天心情特别好，他心满意足地配合着她，闭着眼任她在那里折腾。他笑着说："我这个万人之上的县委书记现在只是你为所欲为的性奴，说出去可是惊天新闻。"

那股汹涌的海水扑过来淹没了她，有一瞬间，她好像脱离了这个世界而飘移在太空之上，沉陷在一种美妙的晕眩感中，她气喘吁吁无法自控地咬向他的肩膀，喃喃地说："你不是什么县委书记，你只是一个男人，一个让我愿意为你去死的男人。"

他忍着疼痛吻她，又笑着骂她："真变成虐待狂了，你要变成雌蜘蛛把我吃掉才肯罢休啊！"

苏三赖在他的身上不愿下来，那种让她失去存在感的麻醉感渐渐消失，急促的呼吸渐渐平缓下来，她突然想起来一个问题，睁开眼睛问他："你最近没有再抽烟吧？"

赵汉京抚摸着她绯红的面颊，很明确地说："没有。我可是严格执行禁烟规定的典范。"

苏三知道赵汉京说得不假，以前他是每天两包烟，在她强烈抗议下减为每天一包，后来就不肯再减了，那时他狡辩说，烟就是你的替代品，我孤独的时候你不在身边，烟陪着我总比其他女人陪着我好吧。现在竟然说戒就戒了。她笑着说："我说一千遍也不及上级说一遍，从这一点上说，我比你更爱上级。"

赵汉京刮她的鼻子："你懂什么！没见网上在炒领导抽天价烟吗，领导抽烟就有人送好烟，这也是反腐的一个细节，我是一县之主，当然要以身作则了。现在做领导不容易啊，就要百毒不侵，什么嗜好都没有，别人才无空可钻。你别说，戒掉之后咽炎也好了很多，讲话也不像以前那样咳得厉害。”

“那太好了，我最恨你随地吐痰。再有风度的男人吐痰也让人恶心，穿再高级的西装也优雅不起来。不是说也不让喝酒了嘛，知道要到我这里来，还喝那么多酒，什么时候酒也戒了才好。”

赵汉京说：“这个难，不是我想喝，是一些场子必须得喝，你说上级领导到县上来，我总要尽地主之谊吧，无酒不成宴啊。不过你放心，现在喝酒的场合已经很少了。”一阵醉意涌上来，他闭上了眼睛，苏三从他身上溜下来躺在他臂弯里。他搂她更紧，习惯性地安慰她：“我知道你关心我，你再忍一忍，快要换届了，我可能会调整一下职务，一旦轻松下来，就有更多的时间陪你。”

苏三听得无动于衷，因为这样的话他已说了二十年，他一直在仕途上永无止境地攀爬，职务在步步升高，但总是钻不出那个苏三憎恨的蜘蛛网。几分钟后他的鼾声已起，而她想说的话还没说出口，只好在静夜里俯下身仔细看他，激情的浪潮平息下来，深夜中的她大脑空空，觉得无论一对男女如何相爱，他们之间也永远隔着一条河流，他并不能真正理解她，而她也无法完全去体谅他。这使她感到孤独，有一种被遗弃的荒凉。

只有暴烈的激情才可以抚慰她，缓释她的焦虑、困顿，但现在总是很难如愿。有时他刚刚进门还没来得及拥抱便有重要的工作或是接待，吞一把药之后匆匆离去。有时正在云雨欢爱他的电话会频繁响起，让她索然无味。而且他的身体每况愈下，难以重现往日的雄风，更多的是匆匆完事后呼呼睡去，留她自已在那里看着那张疲惫不堪的脸半夜发呆。

她黯然神伤。也许她喜欢的只是一个虚幻的男子，眼前这个人，他的声音、他的工作、他的生活，都是她所不喜欢的。这个玩笑可能太大了，因为，眼前这个男子，她喜欢了整整二十年。从看见他的第一眼起。每年四月，都成为他们的蜜月。啊，阳光灿烂的四月，鲜花盛开的四月，万物复苏天地清新的四月，心醉神迷的四月。而现在，无聊，期待，失望，希望，似乎成为他们关系的循环往复。偶尔，他会送来衣服或是首饰，片刻的开心笑语之后，生活依然如此，她在孤寂和贫乏中消磨着每一天的生命。这爱是她的强心剂，但同时也是腐蚀剂，让她丧失对自己的信心，对生活的信心。

这一夜，她睡得并不安稳，夜间无端地醒来几次，后来索性枕了他的胳膊。当他醒来时，她依偎了上去："我的好朋友天书要绝经了。"

这没头没脑的话并没引起他的警觉，他迷迷糊糊地说："女人绝经很正常嘛，男人女人都是要衰老的。"

苏三说："可是，我只比她小四岁。"

他搂她更紧，惺忪的眼睛还是没睁："你才多大啊，比我小一轮呢，别胡思乱想。"

苏三急了，一骨碌坐起来："还小啊，我马上就四十了！女人四十豆腐渣，你真不知我的心思？我们要个孩子吧！"

她是认真的、慎重的、极为恳切的，她也看清了，他的脸上闪过满足之后嘲弄与否定的笑，好像这件事不容商议，不值一提："怎么又说这个？过去我们已经讨论过多次了。这件事的风险太大，尤其是现在……"

苏三急了，她有些咄咄逼人："那你告诉我，什么时候才可以呢？从我二十二岁开始，流产多少次你是清楚的，我的子宫不但脆弱而且也在衰老，如果你不能给我一个孩子，难道你真忍心让我一个人孤苦伶仃过晚年吗？”

赵汉京这才清醒过来，他猛地坐了起来，表情严肃，不容分辩地说：“我这次来就是想告诉你，马上要换届，昨天会议上已经明确我为厅级领导的推荐人选，组织马上就要考察，这是我从政一生最重要的也是最后一次机会，顾及各方面的因素，后一段时间我不可能过来，你自己多保重。将来一旦退休，我的顾忌就小得多。”他发现这样说太郑重了，缓和下来嬉笑着说：“晚年如果不能和你在一起生活，我也活不长，你放心吧，我会尽可能地多陪伴你，至于孩子，确实不合适考虑，你不要再任性了！”

“赵汉京，你给我滚出去！”苏三勃然大怒，霍地跳起来一把掀开他的被子，往日的温柔荡然无存，脸上每一寸肌肤都透着凶残，让他感到陌生和可怕。赵汉京爬起来穿上衣服，脸也不洗，怒气冲冲走到门口又停了下来，回头认真看着她，目光柔和下来：“下月是你的生日，自己去买几件衣服吧，我不在身边，照顾好自己！”

他叹了一口气，表情变得有些凝重，掏出一个信封放在鞋柜上：“好好去买点儿东西吧，胸衣一定要买最好的，才对得起你自己的身体。”他不忍回头看她的泪脸，说：“我对不起你。”转身打开门走了。

这样的争吵以前也发生过多次，但是这一次，却让苏三真的感到了决绝。掀开被子那一刹那，其实苏三自己也感到了恐惧。他赤裸的上身依然壮硕，肩膀依然宽阔，但他的双臂，曾经可以一把举起她旋转飞舞带给她晕眩快感的手臂，是明显的细弱无力，手上青筋暴露，而且有了褐色的斑点。那曾经如大象一样壮健的双腿，现在是虚弱而干瘪了，松弛的皮肤耷拉下来晃荡着，生命的衰老让人触目惊心。这就是政界所有人的通病，用透支身体摧残身心赢得世俗的成功，而病痛的折磨、内心的孤苦，只有自己慢慢体验。这就是她痴爱一生的男子。

她躲在窗纱后面看着他的背影渐渐远去，对面阳台上走出一个穿着粉色碎花睡裙的母亲，看上去年轻俏丽，她亲昵地对怀中号啕大哭的孩子说："宝贝，妈妈不小心让你摔了，对不起，来，打妈妈一下。"她拉了那孩子胖胖的小手轻轻打到自己脸上，然后说，"好，妈妈向你道歉了，现在亲妈妈一下，妈妈爱你，宝贝也爱妈妈。"那孩子果然将娇嫩的嘴唇重重地亲到母亲的脸上。

苏三的眼泪再一次汹涌而出。不知为什么，最近特别容易流泪，为那搭错车失踪遇害的少女，为那被拐卖的孩子，为那电视中走失的老人，为那在街边乞讨的残疾人，甚至为那在狂风中飘荡的树叶，她觉得自己越来越敏感，越来越脆弱。她想起刚才他说的话，她想，我真的已经开始衰老了，我已经失去把自己打扮得更加性感漂亮的冲动。

看着窗户外一辆车拖着另一辆撞得惨不忍睹的车缓缓经过，她想，这个世界上，也许从来没有完美的家庭。她觉得自己要被悲伤吞噬了，但在悲伤之余，她也怀着暗暗的希望。

那天晚上，她真的到莲湖路为自己买了不少衣服，女人在花钱时总有一种压抑之后的快乐，虽然那快乐只是奔腾在生活河流表面的泡沫。她也真的闷坐在美发厅里，在软发剂定型剂染发剂的浓烈气味中花四个小时做了新的发型，回家以后，看着镜中那个美丽时尚的女人，虽然明白他的脚步声敲门声不会响起，却依然习惯性地为他留着门厅那盏柔黄的壁灯。

凌晨两点，她从迷迷糊糊的梦境醒来，房间里一片静寂，深夜的街道也是静寂的，她倚在床头想，自己期待什么呢？十几年前那么选择时，就预见了现在的一切，决定了必须有石头般的迟钝与木头般的麻木。

现在，与他相见，她总是感到甜蜜之后的绝望。

那样狂热地爱着恋着，一日不见如隔三秋的痴狂，好像都成了一场春梦。年轻时的孤注一掷、义无反顾，决定了这一生的孤独。这场实质与婚姻无异的情感，真是一场旷日持久的战役，她从来不敢步步紧逼，不敢发狂发野发疯，只怕闹得满城风雨让他狼狈。她体谅他，所以只能隐忍，隐忍他的不可能离婚，隐忍所有的节日都只能自己孤孤单单一个人过，含痛带泪一次又一次人流，只要能拥有他的爱，她都能隐忍。但是现在，他们的爱已如同高原的氧气，越来越稀薄了，稀薄到让她呼吸都感到困难。曾经以为，这份爱是纯真不渝、与众不同的，但在他的天平上，她付出一生时间和感情的情爱，显然远远没有他苦心经营的权力地位名誉重。

她抬起泪眼，看着墙壁上的那幅照片，眼泪又忍不住夺眶而出。几年前他带她去太白山，那天索道突然发生事故，他们滞留在缆车里长达三个小时。山上的风呼啸而来，缆车在风中摇来晃去，索道下那些杜鹃花盛开得那样热烈奔放。苏三觉得自然的魔力突然在自己身体里复活了，她遥望着连绵的远山、起伏的山丘和春风荡漾的草地，突然双颊绯红，急不可待地去扯他的皮带。他吓了一跳，有些慌乱地四顾张望，前后缆车上都没有发现人影，才说："你疯了啊？"

"给我一个孩子，我要一个孩子！"她喃喃地说，急急地说。

他没有回答她，只是迅速地将她按在身下，在阳光照耀的山野之上的缆车里，他说，我现在就给你那个孩子，给你一个像这太白山一样雄壮的男孩子。等他停下来喘息，却看见苏三满脸泪水，这才想起她前边刚刚经历了一次人流，因为惧怕那份痛苦而带了节育环，不可能孕育那个想象中的孩子。

他痛惜地将她拥在怀里，听她轻轻说："我不愿意一辈子活在等待里，活在海市蜃楼的爱情里，我只想要一个孩子，看他新鲜地成长。"

那时，他曾信誓旦旦地安慰她，在合适的时机里，一定会让她养一个孩子。这个时机一等再等，一晃，她已行将衰老。

她做梦都想要一个孩子。那是生命的诞生，是苏醒，是新鲜的成长，是柔软的娇嫩，是生命中的奇迹。现在，就看上苍的安排了，能否将这份妄想转化成真。在这万籁俱寂的夜里，她双手合十，默默地为自己祈祷。

6. 森林的爱情

虽然是电视电话会，却依然冗长而沉闷，空调温度开得很低，有人不停喝水然后不停如厕，更多的人和森林一样低头玩着手机。

森林是临时顶卯，被主任抓住来替会。她一到会场就把单位的桌牌调到最后一排，观察着会议室里长期在机关工作的女性，衣着或华贵或简朴，表情或焦虑或舒缓，她总是一眼看出对方的生活状态。因为每个人身上好似都贴着有形无形的标签，自觉不自觉地被那些政界的陈规陋习束缚着。

森林最怕各种会议，看了一眼屏幕上正在发言表态的男人，她想，这个男人怎么可以长这么丑，实在是人类变迁中的一个遗憾和意外。她想起崇信佛教多年的老妈曾经说过，那些长相丑陋的人，是因为他前世的罪孽都堆积在生命的过程中，沉淀之后呈现出来，如果此生他不懂得修行施善，可能继续遗传在下一代身上来吓唬世人，必须付出毕生的努力，才可能在那丑陋之上升华出祥和来。

手机振动了一下，是天书的短信："完全被悲哀淹没了，是清楚自己不可能与他生活下去的悲，是不知人生之意义却还要继续下去的哀。"天书就在六楼，并不知道她在楼上开会。她不想再听那毫无实质内容的表态，悄悄从后门走出去，电梯在一分钟之内将她从九楼送到了六楼。

森林兴冲冲走进天书办公室："怎么样，我们是不是心有灵犀啊？"天书正如一尊雕塑，神情专注看着电脑屏幕，抬头见她惊喜万分："过来了也不告诉我！"

"这么烦恼吗？市政府少一个工作狂天也不会塌下来，不行就出去散散心，反正对你来说游山逛水都是工作。"

天书苦着脸说："谁敢和你比啊，一个月只带屈指可数的几堂课，到处天马行空地游荡，诗集源源不断地出版，这样的理想生活，我这辈子可没福分。这不，"她用下巴点了点电脑，"我们市被确定为国家全域旅游示范区，正在看具体实施方案，还有一堆项目等着审查上报呢！"

天书看她穿着白色的高腰小西装，笑说："真是难得，你总算穿了一件正式一点儿的衣服。"

森林说："是我们主任千叮咛万嘱咐的，必须穿西装，再说，这个院子里的男人太中规中矩，我也缺少迷惑众生的心情。"她伸手翻着桌边的《旅游战略管理》，拿了一张《中国旅游报》边浏览边说："要说咱们梁州的景区啊，就像天生丽质的美人，但是脸上身上是脏的，那美就大打折扣。不说别的，进了景区干净整洁，出了景区到处都是垃圾，更不用说景区的厕所，真是臭不可闻，比农村的茅厕还不如。你说油菜花海美吧，但旅游大巴和自驾游客都挤得一塌糊涂。我觉得现在不是怎样吸引游客来，而是让游客来了以后玩得好吃得好住得好的问题，旅游图的就是开心，要是乘兴而来，败兴而归，谁还愿意再来。"

天书笑说："诗人的眼光就是敏锐，我们请游客每季度进行评议，游客也真是毫不客气，说我们梁州旅游就是一流资源，二流开发，三流管理，四流服务。你说得对，我们今年的重点就是完善油菜花海景观线路的道路标识和休息场所，以后每三十公里路段至少会有一处停车场、一座旅游厕所和一个旅游景点。至于厕所，目前初步计划要建近二百个厕所，旅游界要进行一次旅游公厕革命。”

森林说：“不单单是旅游公厕，旅游规划更重要啊，说实话，每次来了文朋诗友，我总是极力劝阻人家去武侯墓，偏偏孔明先生魅力无穷，他们非去不可。景区周边那穿梭不息的货车，那钢铁厂的轰鸣声，那黑沉沉灰蒙蒙的天空，真不知诸葛先生怎样安眠？我真觉得，去武侯墓就是对梁州旅游的一种羞辱。不过现在总算有个诸葛古镇，算是对两汉三国文化的一个慰藉。”

虽然森林对那天生日聚会上天书的缺席愤愤不平，但知道了天书第二天便闹离婚也是万分震惊。她记得第一次认识天书，是在西川樱花烂漫的时节，那天本以为她是最早上山赏花的，不想走到半山腰，却见两个人闲闲散散地从花丛中走了出来。男的高大魁伟，她参加过文联的笔会，认得是报刊的副主编、诗人周世忠。他身旁的女子清秀洒脱，那时她还想，总算见到一对神仙眷侣，谁知现在也是这番光景。

见天书一脸颓败相，森林在她对面坐下来，怜惜之下一时倒不知说什么好。眼前不是那个冷静自信的女强人天书了，婚姻变故带来的焦虑与烦恼侵蚀着她的容颜，使她的脸上渗透出阴郁和痛苦，但也因此更增添出一分意外的忧伤之美。从古汉台博物馆馆长到全市关注的文物旅游局代局长，天书好像有天神护佑一般仕途顺畅，而现在，她像一只折断翅膀的蝴蝶，像一匹陷在沼泽烂泥里的马，失去飞翔的可能和前进的方向。

森林听天书说那天愤怒之下甚至举刀相向，不禁大笑起来："谁能相信我们优雅沉静的楚局长会拿刀刺自己的丈夫呢？可算是梁州第一新闻。"

话落又觉得不能雪上加霜，便叹气说："想想中国传统的爱情故事，就没有一个好的结局。你看梁山伯与祝英台，是员外之女痴情于贫穷书生，尘世间容不下他们的爱情，只好化作一对翩翩的蝴蝶。许仙与白娘子，是蛇精爱上柔弱郎中，原本就正邪不两立，只好被压到雷峰塔下面，永世不得翻身。杜十娘为什么怒沉百宝箱？也是因为男人临阵逃脱。这些故事，都是女人主动热烈、勇敢笃定，男人犹豫软弱，被动接受后还不知所措给不出一个承诺。这几天我还想，好像中国男人天性就孱弱，古典的爱情是苍白无力，现代的爱情是病态暴力，就像网上发生的故事，求婚不成就往女孩脸上泼硫酸，我得不到就毁坏你，中国历史上就没有智力相当的爱情，就连汉唐盛世，打不过东夷西戎南蛮北狄，竟也让女人去和亲。帝王很多时候也是孱弱的。"

天书听她在那里掉史料袋子，笑着说："皇帝也有不得已的时候，其实和亲也是很高超的政治策略，至少在相当一段时间维持了少数民族地区的稳定。"说完又沉浸在忧戚之中："也许你是对的，一个人如果真正看清婚姻本质，就不会轻易涉足感情，更不会轻率踏进婚姻。现在有一种说法，认为一个健康的男人或女人，不可能不被漂亮的异性所触动，也不可能不因为精神和心灵的交流契合而与异性产生情感的飞跃，这是事实，但也说明现代人对爱情更没有定力。现在看来，你逃避婚姻也是对的，婚姻真是消磨人的东西。"

森林敲敲桌子说："其实，女人是不值得为一个男人去伤心的。一个男人如果真正爱一个女人，他就不忍心去做让她伤心的事，既然他这样肆无忌惮，只能说他已经不爱你了。其实你们曾经相爱那么多年，人生也值得了，总比我这孤家寡人好吧！"

天书明白森林说得不错，只是清楚自己不能接受这样残酷的事实，不能接受自己的丈夫竟然会那样无耻。她看着森林那一头乌黑蓬松的长发，看着身旁墙壁的镜子里自己齐耳短发的刻板发型，再想自己如陀螺一般周而复始在机关忙碌的工作，苦笑说："现在想来，他不再爱我也很正常，干行政工作时间长了，人真跟机器一样，自己都觉得自己单调乏味，更别说男人。其实人生像你这样也未尝不好。"

森林淡然地说："你啊，幸福的时候只怕可怜我还来不及，受了伤才来同情我，太虚伪了吧！"她摇着杯中的绿茶说，"其实有时候回想这些年，真不知道我是怎么稀里糊涂过来的。我已经不习惯任何人和我睡在同一张床上，莫名其妙的病会突袭而至，纠缠数日或是数月，然后又突然而去，完全如同鬼魅缠身。上周到我堂妹家，看妹夫弹着吉他，侄子打着游戏，堂妹边看电视边打毛衣，忽然间就觉得，也许婚姻就是这样，平静、平淡，却温馨。唉，命运如此，真应了金庸小说的一句话：一见杨过误终身。"

天书明白，森林年轻时是谈过一场真正的恋爱的。

那一年，她大学毕业前到一个跨国公司实习，那个公司的女老总见森林第一面就非常喜欢她。遗憾的是女老总在一个月后被调往法国总部，她离开时还特意告诉森林，接替自己的是个哈佛大学毕业的华裔男孩，因为要来西安，他还特意给自己取了个中文名字，叫唐长安。她说，我已经向他推荐你，相信你也一定会喜欢他。

果然，见唐长安第一眼，森林才明白神魂颠倒光芒四射这些词汇的意义，即使十年之后，她依然清楚地记得，他穿着蓝色的暗格纹衬衫、白色的休闲裤，意气风发走进来的样子。共事的那段时间里，森林好像生活在一个虚幻的梦境里，每天清晨醒来，想到将会看见他，她会忍不住嘴角上翘笑出声来。

在公司周年庆典上，每四人一组上台表演节目，也许是心有灵犀，唐长安等几个男孩即兴表演的是反串角色，男孩们蒙着面纱身穿曼妙的纱丽妖娆飘出，而森林和几个女孩子身穿深色西装头戴礼帽从另一侧款款走出，全场轰动，欢呼成一片。唐长安眼睛那样光辉地看向她，说：“希望每年庆典团聚你都在这里。”她知道，这意味着留下，当然满心欢喜地答应了。

后来，他们陷入爱恋之中，森林心甘情愿，迫不及待地交出了自己。对森林来说，那是一段狂喜如梦的记忆，因为太美好，总让她觉得虚幻如雾般不真实，但同时，即使在一起万般缠绵千般爱抚，唐长安会发誓说只爱她一个，但从不承诺给她婚姻。他的态度很明确：他不会结婚，他的人生中不需要婚姻。原本以为找到了自己真命天子的森林觉得不可理喻，她向往的只是在每个夜晚伏枕相对，永不厌倦的彼此缠绕水乳交融，这样的要求并不过分。但他并不愿给她更多的解释。

那是森林人生中最痛苦纠结的一段时光，她不愿放弃这段情感，但又不甘心毫无名分地和他在一起。这时命运帮助她做出了选择。母亲突然检查出子宫癌，坚持要她回老家工作守在身边。她只好回了梁州，而他辞职去了北京，这段感情无疾而终。最后一次在一起时，在生离死别般的激情之中，她冷不防咬破了他的左臂内侧，痛得他大叫出声："为什么要这样狠？"

森林那时满脸是泪："你在我身上留下了烙印，我也要在你身上留下烙印，这样才公平。"

唐长安的回答让她一直难忘，是因为他说："你放心，我这辈子不会结婚。"

天书问："难道你们后来一直没有联系过吗？"

森林说："他曾经告诉过我他的号码，而我始终没有和他联系过。在受挫的时候，在黑夜中痛哭的时候，也有过冲动，想要放弃一切去北京找他。但是，随着时光慢慢流逝，我在生活的惰性中麻醉着，也会怀疑，放弃这种安逸舒适的工作与生活，去拼命跟上他的步伐，还有没有幸福的可能。分手时我也曾质问他为什么没有坚持，如果他坚持，也许我会放弃一切跟着他。但是他说，他是真的爱我才没有坚持，因为他命中注定不会结婚，他不想去害一个爱着的女孩子。我没有办法辨别他的话是真是假，但是从北京朋友处辗转得来的消息，说他至今也没有结婚，却是真的。

"就这样，他在我心里盘踞了十多年，因为梦境太过华丽，而尘世是如此黯然。我觉得人生没有意义，婚姻毫无价值，勉强找一个人生活完全是慢性自杀。男人对我来说完全多余，但是我还是想要一个孩子，看他新鲜的生命成长，来证明我曾经来过。"

天书说："如果你真的想有个孩子，前提是得有个喜欢的男子吧，可你整天闷在屋里苦思冥想，又怎么可能遇到那个人呢？"

"这正是我不想出去的原因，朋友亲戚见了少不了表示同情，相亲好像是直奔结婚去的，而且有的男子你见了直想吐，对方还再三地要约你见面，岂不是自讨烦恼？"

森林又开始吞云吐雾，天书说："还是少抽点儿吧，离你一米远就闻到你嘴巴里的烟味了，哪个男人敢吻你啊？”

“可别说我不像个女人，说实话，至今我也没遇见几个真正像个男人的男人呢！个个都是人模人样，可是内心呢，孱弱得可怜，平庸得让人失望，正应了《红楼梦》上那句，银样镴枪头。有时我也想做一个恋爱狂，可就遇不着一个值得让我硬下心去嫁的男人。那种视你为珍宝、宠你为宝贝的爱，已经经历过了，享受过那种完全颠覆你的爱情观让你心醉神迷的爱之后，一切都太平淡了，找一个只是合适生活的伴侣，我是不甘心的。还是蒙田说得好：男人是一个极其没用、复杂而多变的东西。你要么原谅他，要么放弃他，只是看你怎么选择。”

天书又想起自己推门而入的那一幕，他竟然那样着急，那样激情难控，甚至忘记了锁门。她的心里充满了憎恨和羞辱，断然说：“我永远都不会原谅他！”

7. 天书与心理师

周世忠从家里消失了，也从她的生活中消失了，没有电话，没有短信，她看过柴房里的箱子，他甚至没有回来取过任何衣物。

天书在家里也仔细看过，唯一不见的，是陪伴儿子立春一起长大的炕头石狮。立春出生后，周世忠特意回了一次陕北，请人给儿子打了这么一个小狮子带回来。他说炕头石狮是陕北民间的一种吉祥物，是老百姓祈求孩子平安长大成人的守护神。家里子息不旺，娃娃就特别贵气，打个石狮子，用朱砂点眼，红布一裹，拴住娃娃，邪魔一看就不来了。拴娃娃狮子要喜，那个小狮子就是喜气盈盈的，眼圈突起，两只美丽的丹凤眼，身上还有漩涡形的图案，纹路错落有致，一直拴到立春十二岁，周世忠说孩子魂全了邪魔抢不了才从衣服上解下来。

因此，天书想，他也许是去了北京找儿子，也许是回了陕北。他倒是有自知之明，知道自己对他的憎恨终生不会消失，所以直接销匿。在静夜里，躺在新买的床上，一个人对着空寂的房间，她也试图去重新想他的好，但是很快就被那一幕所毁灭，也记得他最后一次回家爆出的事实，他甚至没有丝毫悔改之意，好像发生的一切都理所当然。

儿子立春每个周末会从北京打来电话，最近说父亲的电话总是打不通。天书最初只说周世忠出差了，再后来犹豫良久，还是告诉他，父母已经分手了。立春在电话里震惊得哭出了声："你们为什么分手？你们眼里还有没有我这个儿子？这样大的事居然不征求我的意见?!"在后来的几周时间里，他甚至连一个电话也不肯再打了。

这天，关于中心城区旅游规划的座谈会上，经过再三讨论，确定了一江两岸滨江旅游文化园、龙岗文化生态旅游园、西汉三遗址汉文化展示区、兴元汉文化国家旅游休闲度假区等思路。在办公室又审查对比几个团队的规划编制，回到家已很晚。楼道里漆黑一团，天书习惯了静悄悄爬楼梯，上了四楼，她停下来从包里摸出钥匙准备开门时，突然听见楼道里有声响，她本能地有些紧张，伸手触向开关。灯亮的瞬间，她看见一对男女在楼道拐角处正搂作一团吻在一起，好像恨不得将对方吸进自己肚子里。让她意外的是，那是楼上的一对新婚夫妻，虽然只几步上去就是他们的新居。天书反倒有些害羞，忙扭头开门，闪身进门后心脏还在狂跳。

一个人躺在空空荡荡的房子里，天书虽然乐得清净，但原本敏感的睡眠更加恶化。夜雨，惊风，隔壁的开门声，楼梯里的脚步声，都会让她的睡眠戛然而止难以再次入梦。楼上传来持续的咣当吱呀声和呻吟声，传递着那两具年轻身体源源不止的激情。

她大睁着两只空洞的眼睛想，什么时候起，她已不再是他心中的女神，不再是玫瑰和百合、清泉和月光，而成为一个机械妻子的代名词呢？回想起来，周世忠呼噜震天响两人分开睡后，她好像渐渐对男女之事失去了兴趣。周世忠说得对，他们之间的频度越来越低，而且每次她都处于敷衍了事的状态中，只希望尽快结束。在深夜里回想这些事，她的内心一片死寂，感觉自己如大海中的一叶浮萍，而身边全是巨大的漩涡，那飞速的旋转让她完全被黑洞吞没了。风帆已毁，生活之船不知该驶向哪里，她失去了方向，感到前所未有的迷茫。生活在继续，伤却永远在那里。

清晨醒来思维仍是呆滞的，她想，难道这种规范的、程序的、高度理性、平庸而又现实的生活是自己想要的吗？她站在阳台上看着楼下簇拥的人群与穿梭的车辆，想到进入办公室后必然要面临的忙碌，一瞬间竟有即刻跃身跳下的冲动。这忽然冒上来的念头让她吓出一身冷汗，双手双腿竟不自觉地开始颤抖。

打开衣柜，目光从高高低低的衣架上掠过，她喜欢简洁的服饰，最喜欢的颜色除了少量的白色就是大片的黑色和灰色，照周世忠的说法，是行政生活将她由那个浪漫的女孩子改造成了一个政治机器。好像从结婚以后，她几乎就没有穿过红色的衣服。天书有着丰胸细腰，但她的服装都偏重于含蓄典雅，很少显山露水。曾经的一头长发剪到耳根，露出宽平的额头，表情温婉平静，甚至连会衬托出她姣好身材曲线的高跟鞋她也很少穿，尽量显得更稳重谨慎一些。在那或大或小名目繁多的会议室里，往往只有屈指可数的两三位女性，而她，习惯了就这样包裹着自己，以融合进那片黑灰主调的男人世界里。

刚走出小区门口，见一群人正在围观一辆绿色的路虎车。她瞥了一眼，那辆车被砸了窗玻璃，让人哑然失笑的是，车上贴着红色的醒目标牌，上面写着："本车已被砸了八次，实在没什么贵重东西，请兄弟手下留情。"现在，它遭遇了第九次被砸的命运。天书看着街上的车水马龙，生活表面一切都是那么安全有序，但也许每个人心中都充满着愤怒和质疑、失意和孤独。

上楼进了办公室刚打开电脑，老苏局长突然进来，看着她的脸吃惊地说："天书，你是不是生病了？才几周不见，怎么瘦成这样？眼睛都陷下去了，真吓人，赶紧去做个检查。工作是永远也干不完的，身体可是自己的，你要汲取我的教训。"

苏局长是在去年的年度工作会上突然昏迷，送到医院里一查，是高血压引发的脑梗，还有冠心病和糖尿病。医生很感叹，说如果不是送得及时很可能导致全身瘫痪。住院之后，他好像也看透了一切，坚决要求提前离岗，并向组织推荐了由天书主持工作。

天书忙给他沏茶："最近身体好吗？这些天忙着应付工作，也没来得及去看您。"

苏局长挥着手说："现在这一摊子都交给你，也够难为你的。现在要发展全域旅游，逢到清明、五一这些小长假，梁州旅游不成熟不完善的环节就全部暴露出来了，你的担子不轻啊。"

天书知道老局长亲自来局里一定有事，便问："有什么事您吩咐一声，我过去就行了，还劳驾您亲自过来？让其他朋友看见，还不说我不懂事吗？"

苏局长笑说："你在市政府贤名远扬，又是我自己鼎力推荐的，谁会说你？"他端起茶喝了一口，才慢慢说出来意。下半年要换届，听说最近要研究一批干部，他刚才已到市委向主要领导推荐了天书，希望她这段时间主动工作，争取顺利过渡到局长职位上来。

天书自然感激万分："真是让您费心，您知道我的性格，就缺少主动到领导那儿去的勇气，可千万别说我是扶不起的阿斗，不过工作上您尽管放心，绝不会给您丢脸。看您的微信一会儿去汉江边打太极，一会儿到山里和道长们品茶论道，同事们都笑，过去的工作狂突然变成隐士，您这变化也太大了。我看您的微信名改成了‘庄周梦蝶’，最近在读庄子吧？”

苏局长笑说：“你就是聪明，前边几十年都在为工作摸爬滚打，我现在的任务就是修身养性，益寿延年。上月闲着没事去天台山，在塔南坡遇到杨道长，真是一副仙风道骨的模样，他建议我多读读庄子。一读之下，真觉得奥妙无穷，说到底就是‘自然’二字，反思我们以前的工作，人为的因素太多，这‘人为’两个字合起来就是伪字，与自然相背离，只能自食恶果。这些年做旅游工作开山辟路，大家都说我雷厉风行，但现在到山野里闲逛，没人的地方都清净，到了村头村尾都是垃圾，全往那河沟里倒，这个世界一天要产生多少废物，真不敢想，这人就是污染源。以前让梁州名扬四海就是我的理想，但现在我宁愿梁州就这样封闭下去，千年万年之后，依然是山高林密、水肥草美的天府之国。这高速高铁虽然便捷，但滚滚而来的人流，带来的必然是对生态的破坏。”

天书忍不住大笑说：“照这样说，您觉得我们应该去过桃花源里那种鸡犬之声相闻，老死不相往来的生活才好？”

苏局长说：“也不完全是这个意思。过去我们说吾生而有涯，而知也无涯，就像你只看着远处的山峰努力攀登，却不知欣赏身旁盛开的野花和那变幻的云彩，忽略了很多美好的事物。读了庄子我才明白，活在当下才是最重要的。过去总觉得人生足够漫长，去年这一病，加上一些同事朋友陆续离开，就觉得人生应该把有限的时间浪费在美好的事物上才值得。就像我们做旅游工作，旅游不但是身游，更重要的是心游，即心灵和自然的交融，梁州在这方面有着天然的优势，游客一来就能享受身处自然的愉悦。天地与我并生，万物与我为一，这是什么境界？多读读庄子对你有好处。”

苏局长走后，天书琢磨着最近是否找相关领导，但内心还是有些迟疑，她听说有几个县的副书记在谋取这个职位。她一向信奉凡事顺缘而动，不愿去勉强。送走老局长，召集各科室和下属单位又开了一个专题会，商讨了迎接五一小长假旅游的相关焦点工作。到下班时，办公室胡玫来提醒她，今天下属单位的一个领导娶儿媳，天书才想起来她答应去给当证婚人的。合上文件夹想要站起来时，颈椎僵直刺痛使她大叫出声，幸好胡玫懂得经络，帮她按摩了一会儿，她才敢动身下楼。

天书在婚礼上颁证致贺时，看着大厅里的玫瑰花棚，看着美轮美奂的新娘，感到的不是喜悦和甜蜜，而是暗自的悲悯，这段婚姻能持续多久呢？白头偕老地久天长海枯石烂永结同心所有这些祝福的语言是多么美好，面临背叛时却是那样苍白空洞。莱辛说，一个男人从一个女人走向另一个女人，不是这个女人不好，而是爱太无力。而现在，没有爱情，只是欲望就使男人走向一个又一个女人。

新娘子也在中心医院工作。婚礼上李天宁恰好和天书同桌，他低声说：“赶紧来做个检查吧，我怕你这样下去真要垮掉了。”天书已经很久没有认真看过自己，晚上洗了澡站在浴室里，以前还算圆润的身体现在形销骨立，髋骨锁骨盆骨全突出在外面，那副僵硬的骨架说不出的憔悴可怜。

于是她真的去做了一个全面检查，查出除了颈椎腰椎这些职业病，还有抑郁症倾向。李天宁看着检查单说：“你看，很多指标都处于临界点上，内分泌紊乱失衡，身体器官组织结构和生理功能衰退的程度和你的实际年龄不相符，这是典型的亚健康。那些治疗抑郁症的药不吃为好，要不我给你介绍个心理医生吧，是我的一个老朋友，叫鲁泰山，他最擅长应对的正是各种婚姻出现问题的男女。”

天书说：“有必要吗？我不至于那么脆弱吧？要找就找你得了。”

李天宁低声说：“你们真的离婚了吗？怎么这么冲动呢！最近一直联系不上他，不知他去了哪儿，我到单位去也没找到他。”

天书心里还是沉了一下：“我一直没有和他联系。人变化起来真不可思议，算起来你是他最知心的朋友，可我们都不算真正了解他。”她微仰起头，没让泪水流下来：“每次来医院病人都像蚂蚁一样多，我以后真要增强养生观念了。”

鲁泰山却主动和她联系了，电话里的声音很温和，邀她下班后喝茶，说一定要给他这个面子，这是李天宁交给他的政治任务，如果不能让天书恢复从前的开朗，就要去砸了他的店面招牌。天书还没来得及拒绝，他已爽朗地大笑起来，然后又低声说：“其实很多心理问题的关键都是自己的心结未解，我希望你能快乐起来。”

下班时他主动来接她，正遇上梁州少有的堵车，鲁泰山说，他在三年前曾断言，梁州这样富有田园闲散之美的城市如果像西安那样堵车，那么这份美丽就降低了一半，现在这个预言果真应验了。车速虽然慢如蜗牛，但也可看出他在拥挤如蚁的人流车流中腾挪技术不错：“开轿车的怕开出租的，开出租的怕开电动车的，如同生物圈子，这世界就怕疯子和无赖。”

在茶楼坐下来，天书仔细看他，显然经过锻炼的身材恰到好处的健美，黑框眼镜使他透出几分儒雅，笑容充满温情，镜片后的眼睛却像蒙着一层雾气，带着份探索意味的深沉。他说："有人把工作分成三种境界，第一种境界是迫于为人打工赚钱，每天上班是必须要面对而不是自己愿意做的事，谈不上个人实现。第二种境界是把工作当成事业，除了财富的积累还会关注事业的发展，如职务的升迁、社会地位的提高、人们的尊重度等。第三种境界，对工作是发自内心的热爱，财富职位只是工作的副产品，更重要的是在工作中实现自我，获得充实感成就感和幸福感。如果我猜得不错，你应该是第三种。"

天书点头默认。鲁泰山接着说："其实很多婚姻出现问题，是因为女人并不真正懂得男人，而男人也并不真正了解女人。"他说起男女之事也毫不隐讳："弗洛伊德说，在人类发展历史上，人体从头到脚皆顺着美的方向发展，唯独性器官本身例外，它仍保有其属兽性的形象，所以不论在今天，在往昔，爱欲的本质一向总是兽性的，想改变情欲的本能委实是太艰难了。我并不了解你先生的具体情况，但是以你们婚姻的基础分析，出现那样的情况，一定是内心出现了问题。"

天书说："其实坦白讲，我现在内心很无力，总是被一种莫名其妙的焦虑纠缠着。你说的问题在我们之间并不是真正的分歧，真正的隔膜应该是这些年我的时间和精力更多地倾注在工作上，儿子都是靠他照顾的，这两年儿子一走，他好像失去了生活的目标。发现他有外遇的最初，我是无法控制的愤恨，现在回想起来，我们的婚姻走到现在，我也是有责任的。我不能承受的，是事情发生后他居然还振振有词、恶语相向，这对我的伤害是无可挽回的。"

鲁泰山露出欣喜的笑容："你能这样反省自己，天宁给我的任务就能轻松完成了。我给你讲个故事吧！在希腊神话里，奥德修斯是最贤明的男人，珀涅罗珀是最聪明的女人，他们是希腊人心目中最理想的一对。奥德修斯离家整整二十年，历经的所有灾难都没有阻止他回家的脚步。当他遇上卡吕普索时，他在她的床上痴迷了七年，但他的内心并没有忘记珀涅罗珀。当他执意决定离开时，卡吕普索问他：我自信在身段和姿色上，没有哪个女神能和我匹敌，为什么我的魅力还不足以吸引你？奥德修斯说：尊敬的女神，我知道和你相比，她既不高贵，也不美丽，作为凡人，她的生命是有限的，而你既不会衰老也不会死去，永远这样青春永驻。可每天我所祈祷的就是回到她那里，这么多年来，我一直等着回家的那一天！在这个故事里，奥德修斯就代表着所有的男子。一方面，他们在性行为的不忠中保持着心的忠诚，另一方面，男人的快乐在婚姻之外。其实婚姻发生问题，双方都应该冷静下来反思，分开一段时间是有必要的，但直接离婚或是将丈夫逐出家门，这种处理方式还是过于草率了。在你们的婚姻生活里，也许你太执着于工作而忽视了他的存在。从心理学的角度分析，一个对家庭生活失去热情的男人，可能会陷入沮丧无助的状态里，最简单的办法，就是去找一个可以重新激发他的女人。他那样对你，正是出于一种负罪感，只是想让你对他更加失望，因为他对自己也已经失望透顶。"

周世忠会有负罪感吗？那个性感的女孩无疑比她更有吸引力，天书想，也许自己的决绝反倒成全了他们。如果说男人的快乐在婚姻之外，那么女人的快乐呢？其实一个男人的爱就可以让我们心满意足。

让她意外的是，鲁泰山还给她提出一些工作上的建议。鲁泰山说："外地打造了那么多人造景观，而我们梁州是放着历史真迹而无动于衷，那么多的两汉三国文化遗址都和剩女一样不为人知。比如张骞墓，已经申请为世界文化遗产了，就要充分利用这块金字招牌大做文章。目前来梁州的自驾游偏多，应该多建些旅游厕所和自驾车营地。说秦巴无闲草，梁州就是天然的药库，应该充分发挥生态优势，让梁州既是旅游天堂，也是养生天堂。我国正在进入老龄化社会，老年人旅游市场潜力很大，应该以摄影、绘画、书法等主题，开发一些老年休闲游、疗养游、养生游等旅游项目。"

和鲁泰山分别后，天书走在天汉大道上，在迷离的灯光下，她看着身边女孩超短裙下雪白的长腿、墙壁上男女拥吻的电影宣传画、灯光暧昧的橘色成人用品商店、街旁小亭子里杂志上的红唇和长发，不禁暗笑，现实的生活中，性真是无处不在。

回家之后，她还专门上网搜到鲁泰山提到的中国性学专家李银河女士的相关博文，李银河把西方和东方做了比较研究，在西方越是让他们感到焦虑的事就越要去说，去研究去表现，所以西方有那么多的文学艺术影视传媒，铺天盖地在表现这个主题，性成为政治学社会学历史学哲学最为关注的话题之一。而在中国，人们是谈性色变的，除在酒桌上讲讲黄段子逗大家开心，性的问题基本上还囿于私人卧室之中，是难言的个人隐私，中国的女人不会像西方的女人那样因为达不到高潮就去看医生，大家认为这个问题只能躲在阴暗的角落，不登大雅之堂，很多夫妻就是因为这个问题而离婚的。

关掉电脑，她没有开灯，任黑暗吞噬了一切。花园里从清晨就开始鸣唱的小鸟想必钻进了温暖的小窝，这时也静默了下来，小区的灯柱亮了起来。她在几个房间走来走去，仿佛只有这样才能按捺住内心的孤寂，当终于想不出再做什么时，她呆呆坐在餐桌旁的椅子上，那份孤寂与沉默渗透着整个房子，在地板上、窗帘后、墙壁间飘动。她抚摸着无名指上的戒指，有一种空洞在内心里蔓延，仿佛这个世界已不复存在，只有一个被孤独汹涌包围的自己。

她想，也许鲁泰山说得对，自己对周世忠是太过绝情了。

8. 赵汉京的过往

世上三百六十行，同事们有时戏言说医生是比牛马还苦的职业，牛马还有歇息的时候，医生忙碌起来就成了机器人。尤其是李天宁当急诊室主任那几年，经常半夜三更起床，或者是刚回家躺下又第二次第三次赶到医院，一年算下来，睡囫囵觉的时间就超不过一个月。所以李天宁就说过，我的儿子、孙子、孙子的孙子，十辈子都不要再做医生。说是说，但他的敬业精神、医术的精湛，却也是大家公认的。

难得有个周末，睡一场自然醒的酣畅懒觉，就是全身心放松的最佳方式。李天宁被妻子田圆叫醒已经是中午十一点，他穿衣时就听到田圆在唠叨女儿："你看看你，就是三天打鱼两天晒网的德行！早上醒不来，晚上睡不去，哪个单位肯要你？简直就是个懒猪，害我为你几天几夜睡不着觉，你倒一点儿也不着急。"

小悦的声音也高了起来："你那是更年期综合征，别把所有的罪名都扣到我头上。当初我说不回来，你们死乞白赖非要我回来，现在又怪我，没考上的也不止我一个，你要不待见，我还是去广州打工好了，让你眼不见为净。"

田圆闷着头不说话了，李天宁看小悦一脸委屈，眼泪已经在眼眶里打转了，忙打圆场说："在西方国家，大学精英毕业后不是进法律界就是进商界，只有平庸之辈才去政府当公务员呢。条条大路通罗马，公务员考不上还可以做其他的。我闺女我愿意养，懒说明我闺女有福气，将来就是女王的命，是不？"

小悦破涕为笑，抱住他的脸亲了一口："还是老爸好！公务员那种循规蹈矩的生活对我来说就是一种折磨。"

"那就找个你喜欢的事做吧，老闷在家里，我这院长就要蹲在家里降级做家庭调解员了。你有什么想法？"都说闺女和爸亲，小悦就是不喜欢听母亲的唠叨。李天宁就是这母女俩的消防员。

小悦说："我闷在家里不是无所事事玩游戏，是在考察项目！"她把李天宁和田圆都拉到沙发上坐好，郑重其事地说："报告爸爸妈妈，经过慎重考虑，我要开个租衣公司。"

田圆说："什么叫租衣公司？我从来没听过。"

小悦兴致勃勃地说："对女人来说，衣柜里永远少件衣服，但新衣服买回来却穿不了几次造成浪费，也有一些女性因囊中羞涩买不起心仪的服装，所以这种租衣公司就应运而生了。这种公司在美国、日本等国家都有，但在我们国家还没有。你们想，如果有一个重要的面试或是会议，只需花五十元就可租下标价三五千元的名牌服装，有什么必要花那么多钱去买呢？我看过《福布斯》杂志的介绍，说参加奥巴马总统就职典礼的女性中，有百分之八十五都是租衣网站的客户。为了增强说服力，我想在开网店的同时，再开一家实体店，你们觉得怎样？"

李天宁听得不是很明白，但看着小悦充满期待的目光，他努力去理解："你是说想开一个女性用户的租衣店，对那些时尚女性来说倒是节俭消费的一种方式，但是，服装毕竟是贴身衣物，恐怕大家会介意去穿陌生人穿过的衣服。”

小悦说：“这个我想过了，我们选择的都是国内外知名品牌，客户穿过的衣服我们会进行专业的清洁和消毒。”

田圆迟疑地说：“可是那些婚纱店也有好多衣服提供租赁，街上那么多服装店，怎么样都可以选择适合自己的衣服，我为什么要去租衣？我怕你就算开了也要吃闭门羹。”

小悦气急败坏地说：“妈妈，我待在家里你看着心急，我要创业你又来泄气，你能不能给我一次正能量，鼓励我一次？婚纱店的衣服很多场合是不合适的，满街的服装店谁也没那么多时间和精力去选择啊，消费习惯是可以培养和改变的。我的实体店和网站都向客户提供包月包年服务，请专业造型师针对不同场合、不同职业进行搭配组合，我还是有信心的。”

李天宁说：“现在不是讲创新创业模式嘛，我支持你。”

小悦高兴地在客厅飞速转了几个圈：“谢谢老爸！”转身一溜烟跑出了门。

田圆怨他说：“这不是天方夜谭吗？你就宠她惯她，以后我不管了，你的丫头你来管！”

李天宁知道女儿这次参加公务员考试笔试又没过，妻子心里生气，就安慰她说：“小悦学的是服装设计，你非让她考公务员，她就没用心思，哪考得上。强扭的瓜不甜，她想开服装店就让她开吧！年轻人折腾折腾对她也是一种锻炼。老赵今天请客，你和我一起去散散心吧！”

田圆没好气：“我没心情去！”

“这么好的天气，我和女儿都出去了，你自己在家生闷气，我多心疼啊，走吧走吧！”李天宁哄着田圆换了衣服一起出门。他是天生的好脾气，当初调到梁州来三十岁才成的家，田圆比他小六岁，这么多年他都是哄着让着田圆的。

赵汉京的邀请是上周就约好的。清明时节正是梁州最美丽的时候，油菜花儿盛开的田野热烈浓艳，好像大地也变成了沉醉在恋爱中的多情少女。李天宁夫妇沿着汉江河堤慢慢走到汉风园，赵汉京也刚下车，看他步行过来，就埋怨他不早说，好让司机去接。

赵汉京指着身边穿白色风衣的女孩子，介绍说叫朱珠。那女孩清秀的瓜子脸上两只圆亮的眼睛，像这个春天一样蓬勃清新。李天宁知道，这是赵汉京原来在县上曾经扶助过的一个孩子：“前几年有次去你办公室，墙上有幅画是不是她画的?”

赵汉京笑说：“你真是好记性，就是她画的，她把我画成了心宽体胖又高又大的慈祥老爷爷。”

朱珠害羞地说：“那年春节赵叔叔来看望我们，我和弟弟第一次穿上了羽绒服，又轻快又暖和，就画了那幅画，让你们见笑了。”

李天宁觉得这个女孩有些面熟，但一时想不起来在哪里见过。朱珠显然很乖巧，见了田圆就亲热地挽着她聊起来。

园子里青砖古瓦，一树雪白的梨花开得正盛，赵汉京带他进房间时，李天宁觉得有些煞风景：“这个季节外面花团锦簇，坐在屋子里多沉闷啊!”赵汉京也不勉强，两个人就往后院走。朱珠跟在后面说，那就坐在海棠花棚里吧！果然，满院的海棠正在盛开，红色的花朵喜气洋洋，他们就坐在花荫下喝茶。

赵汉京说，朱珠马上要从医学院毕业了，想在李天宁那里实习。李天宁自然满口答应。赵汉京是李天宁通过周世忠认识的朋友。他的父亲是个老革命，“文革”时遭受汉王刘邦一样的命运被发配到梁州，后来落实政策时，两个弟弟都随父亲回到北京，而赵汉京已经在梁州结婚生子，就没有再走。魁伟的身材加上字正腔圆的京味普通话，赵汉京在全市是很受关注的一个人物。

赵汉京的妻子曹小君长得很漂亮，做得一手好饭，刚认识时李天宁还是单身，赵汉京经常请李天宁去家里吃饭，每天中午吃完，他都会叮嘱说，明天给你把饭做上，一定要来啊。李天宁那时也很迟钝，邀请就去，有时也会出现饭做好而他去不了，他去了夫妻俩已吃完的情况。曹小君就有些不耐烦，但她还是欢迎他去的。有一次赵汉京有事先走，她对李天宁说，老赵在家从来没有笑容，在单位也是不苟言笑，但是只要见了李天宁周世忠，他必定是谈笑风生的。

后来李天宁偶然得知，赵汉京曾因曹小君的不耐烦，在他走后把妻子暴打了一顿。李天宁心里觉得歉疚，就再也没有去蹭饭。赵汉京就经常邀李天宁和周世忠去他的单位，天南海北地神聊。

大约在九三年前后，有一天，赵汉京对他说，和曹小君过不下去了，之后就杳无音讯。三四个月后，他收到赵汉京来自海口的一封信，还没拆开信封，老赵就打电话过来说他已经回来了。那天相见他们喝了很多酒，老赵黑了许多，瘦了许多，但神情也开朗了许多。他说其实他并不知道海口在哪里，坐着闷罐子火车走啊走，整整坐了两天两夜，又从湛江坐轮船才到海口。他的一个堂弟在海口市做市长，来接他去那里的文化局上班。他每天在墙上画一个横杠代表一天，到新生活的第九十七个横杠时，曹小君如天兵天将从天而降，举着刀子说，你不回去我就死在你面前！赵汉京那么魁梧的身材，居然扑通跪在她面前，说，我已经不爱你了，你放过我吧！他以为曹小君只是作势逼他，没想到她真的一刀抹了过去，幸好被堂弟拦住。有了这壮烈的一幕，他只好灰溜溜如一具木偶跟着她回家。堂弟送他们到渡口，叹息说，你们既然不爱了何必死缠在一起！

米兰·昆德拉说，没有一点儿疯狂，生活就不值得过。但是，没有一个健康的身体和强大的内心，就不可能有勇气跳出原来的生活轨迹，投入另一段新鲜人生。虽然赵汉京原籍是北京，但他生长生活在梁州啊。这个秦岭巴山之间的小盆地，滋养出的百姓就喜欢在这鱼米之乡里知足常乐，早晨起来吃一碗面皮菜豆腐，没事喝两口乐城特曲，打两把小麻将，瞎折腾什么啊，怎么过都是生活。

日子依然半死不活地过，直到赵汉京遇上苏三。

有一次赵汉京去梁州以西的勉阳参加社会主义教育活动，邀请李天宁去看他。李天宁到后，村上干部安排他和老赵到群众家里吃派饭，那几天里他们天天有肉吃有酒喝。晚上两个人在乡村的夜晚里游逛，在银色的月光下谈论文学和人生，畅快时赵汉京会给他唱段京剧。李天宁只听过秦腔和汉调桄桄，并不懂得京剧，但听他唱的戏文句句都是诗词歌赋，便也很喜欢。国庆节时市剧团来演出，先是唱的秦腔，《三滴血》《铡美案》，都是老百姓喜欢看的，节目主持人是个端庄而风趣的女子，在演出结束前，自告奋勇为大家唱一段京剧《苏三起解》，老赵和李天宁坐在第一排，看着她在那儿唱：

苏三离了洪洞县，将身来在大街前。

未曾开言我心好惨，过往的君子听我言。

哪一位去往南京转，与我那三郎把信传。

就说苏三把命断，来生变犬马我当报还……

那女孩从唱的那一刻起，身姿纤细轻灵，宛如变了一个人。李天宁觉得如饮甘泉，如品美酒，正要向赵汉京请教她唱的什么故事，却见赵汉京呆看着台上的苏三，如同灵魂出窍般如痴如醉，竟然跟着她唱了起来：

公子他走后奴常思念，望穿秋水把郎盼。

朝盼郎君食无味，夜盼郎君难成眠；

望断月缺望月圆，望尽花开望花残；

几多魂离烟花院，几多梦游紫金山，

紫金山上会君颜，衣锦荣归接苏三，

千般盼万般念……

李天宁说，我不懂京剧，但那个苏三唱得太好了。老赵欣喜地说，你有双慧眼，那苏三的演技大有于细微处见功力的妙处，你想不想认识她？

老赵带他到村委会，果然见到了演苏三的女演员，刚刚卸了装，虽没有舞台上那样惊艳，却是丰满圆润，声音十分甜美，笑时如同一股春风，让人不觉在她的笑容里融化。李天宁便向她请教京剧美在哪里。苏三说，听赵局长说你喜欢文学，京剧的唱词就是韵律感极强的诗化语言。比如，红娘带着莺莺小姐逛花园，红娘出来唱了四句：春色撩人自消遣，深闺喜得片时闲，香尘芳径过庭院，呖呖鹦鹉巧笑言。把红娘活泼的心情唱得入木三分。

但莺莺小姐心情郁闷，她怎么唱呢？落花流水春无限，休对鹦鹉把心事传。同样的良辰美景，同样的鹦鹉，就六句唱词，把人物身份、个性心境、天气景致全部淋漓尽致地表现出来，是不是和你们写作一个道理？

不单单唱词美，苏三接着说，京戏还融会了古典美：京戏中的人物从化妆、服装到身姿、动作、语言都蕴藏着含蓄内敛的气质之美。每个人物亮相都有特殊的手势，她四指并拢说，这叫庄重；五指张开，这叫豪放；兰花指，表现女性的娇丽，更不用说文场音乐婉转悠扬，武场音乐铿锵有力。

李天宁大为吃惊，这小女子不但好看，文学功底还不差，心下便大为叹服。

后来他们经常三个人一起见面，李天宁从赵汉京那里了解到，苏三的母亲是上海著名的京剧表演艺术家，因为丈夫是国民党将领，解放前夕去了台湾，她母亲在“文革”期间被戴上“特嫌”的帽子，从上海发配到了梁州，不堪忍受无休无止的批斗和凌辱，最终从三楼窗口纵身跳下。造反派从窗口看下去，见从她身下流出大摊猩红的血，都以为她必死无疑，不想黑夜里被一个烧锅炉的老师傅偷偷救下。她的母亲在老师傅的悉心照料下竟然活了下来，在病榻瘫痪两三年之久，后来居然也能下地行走，只是右足略跛。这个老师傅，后来就成为苏三的父亲。二十世纪八十年代末，苏三的母亲还是选择了去台湾和那个分离数十年的丈夫团聚，李天宁认识苏三时，她那烧锅炉的父亲刚刚去世，苏三是孤身一人。

李天宁虽然迟钝，但还是在无意中发现，苏三总是那样深情地看着老赵，才知道他们两人是深深相爱的，只是为了避免他人的口舌，才拉上他做个陪衬。

有一次苏三当着李天宁的面对老赵说："你的生活全被酒泡着，你知道吗？我们认识不足五年，但你的体形和相貌都发生了很大的变化，这样下去会老得很快的。"

老赵说："天啊，健康要像姚明，富裕要像李嘉诚，英俊要像黎明，你的要求也太苛刻了吧。"说是这样说，他的脸上却全是欢喜。

李天宁在心里也曾做过比较，曹小君也很漂亮，但是那种僵硬肤浅的漂亮，不像苏三，举手投足间都是赏心悦目，你见了她就觉得春风荡漾。也许看出他的纳闷，赵汉京有一次酒后说起他和曹小君的婚姻，说，那时太年轻，哪里懂得，一时冲动就没法挽回。

当然，后来苏三常常打趣，说自己为赵汉京一失足成千古恨，因为曹小君听说了他们相好，在一个深夜带了一帮亲戚破门而入，将赵汉京堵在苏三的被窝里，要不是赵汉京如狮子般暴怒，以曹小君的性子，是要在苏三脸上划上血淋淋的几刀才肯罢休的。这件事在梁州一时闹得沸沸扬扬，最终的结果是，曹小君说她死也不会离婚，而苏三在文化局没有办法再待下去，索性辞职出来开了三生缘茶楼。

一哭二闹三上吊，这些招数曹小君都使过，她甚至查出苏三新搬的地方，进门泼过苏三一脸一身的粪水。那几年里，在这个小城，曹小君几乎就是一个泼妇怨妇的代名词。她闹的这些招数不但没有奏效，反倒增加了赵汉京对她的憎恶，索性明目张胆和苏三同居了，除了看儿子回那个家，他们的婚姻完全成了形式。闹过几年以后，曹小君安静了下来，好像把这些事都想通了：这个世界除了男人就是女人，赵汉京就算不为苏三动心，也肯定会为苏四或是周五着迷。想清楚之后，她迅速衰老了下来，眼角嘴角都布满了愤怒仇恨的皱纹。

总之，这个婚姻将赵汉京变成了一个有家暴恶名的男人，而将曹小君变成了一个三天两头要哭闹一番的泼妇。他们俩像是一对转错了节奏的齿轮，除了剧烈的摩擦，完全没办法吻合在一起。这就是错误婚姻的后果，它会把双方隐藏的最恶劣的一面揪扯出来，让彼此都觉得面目可憎。

这是旧话。此刻坐在海棠花棚下，赵汉京看李天宁右脸上的瘀青，笑说："我还不知道，弟妹有家暴倾向呢，这可要不得，好歹给我们男人留点面子嘛。"

田圆吓了一跳，忙辩解说："给我一百个胆我也不敢啊，我这失业妇女可还靠人家养着呢！"田圆所在的国有企业破产了，现在一家医药超市临时找了份工作。

李天宁忙说："没她的事，是我自己倒霉。昨晚重症监护室有个病人突然去世，同事太困睡觉起来慢了一点儿，被家属按着打得鼻青脸肿，我去劝阻也一并挨上了。病人家属挥拳过来就打碎了我的眼镜，眼睛没受伤就万幸了，和田圆没关系。这样的事情每年都要上演几次，病人进来只骂医院贵医院黑，有个三长两短医生就成了出气包。不但重症监护室，骨科、妇产科都是医疗纠纷的敏感科室，我在急诊室那几年，八个医生至少有五个被暴打过，其中一个医生曾经被打成重伤。"他看了一眼朱珠及腰的长发，笑说，"你最好把头发剪短，上次有个病人家属发作起来，抓着我们护士的头发就打，直接揪掉了一大把，好多护士有了心理阴影，不敢留长发了。"

朱珠吓得伸长了舌头："难怪上周我过去找一个同学，还看见你们医院门口摆满了花圈呢。”

赵汉京感叹说：“说到底还是管理不规范的问题，我们政府也是这样，说是依法治国吧，无论发生什么事故，老百姓都来围堵政府，就想用激烈的方式快速获得解决。”

赵汉京也诧异和周世忠联系不上，李天宁就说了周世忠和楚天书的婚姻红灯起因，赵汉京不以为然：“天书也太较真，现在的社会，老周算是个纯正的好男人了。我知道一些男人，这个城市里的每个酒吧每个夜总会都去过，他们自己也数不清沾染过多少女孩子。”

“最近苏三怎么样？”这是李天宁习惯性的问候，那个真正的嫂子倒常常忽略了。

赵汉京的神情不太自然：“还好吧，最近没有见面。”

李天宁有些吃惊，他知道这二十年来苏三并没有结婚，而曹小君即使明白真相，也执意不肯离婚放老赵去逍遥自在：“你不至于有新情况了吧？”

“没有，情人还是老的好，这点我还是知道的。这些年她也不容易，你不必为我们担心。”老赵的表情显然有些踌躇，“马上换届，我这书记已经当了两届，正在节骨眼上，信访满天飞，顾不上她。”

9. 快乐女人的方式

天书睡得正香，手机响了，迷迷糊糊接上电话，是森林："我已经到你楼下了，比男朋友还准时吧?"

天书闭着眼睛昏昏沉沉回答她："昨晚有些失眠，半夜醒了几个钟头，刚刚正在做梦又被你吵醒，恨你都来不及呢!"

森林说："既然醒了就别再睡了，小区的健身器材不错，我在这里锻炼等你。"

自从那件事情发生，天书的心情好似被渣土车碾轧过扬起的尘土，混乱而浑浊，和从前清明恬静的心境相距甚远。森林已经约了她几次，天书都没有兴致，最后说动她，是因为森林说："你好像好久没有买衣服了，也好久没有换发型了，我敢肯定你的胸衣也不像以前那样讲究了。不管有没有男人爱我们，我们先要好好爱自己啊!"

天书被她说中，不自觉地缩了缩肩膀，不错，她至少一年多没有买过内衣了，于是说好今天一起去逛街，然后去美容院，按森林的说法，既然李天宁为天书请了心理师，那么她的任务就是从外部入手来改造她。

天书只好睡眼惺忪爬起来，简单收拾后下楼，森林正在单杠上做引体向上，数到十跳下来："看你暮气沉沉的样子，建议你以后还是要多锻炼才好，最好的整容就是读书和运动。心理学家把定期锻炼称为心理治疗上的灵丹妙药，运动可以排出我们大脑中有害的化学物质，作用相当于抗抑郁和抗焦虑的药物。今天你就跟着我走吧，我要把快乐重新注进你心里。"

两人一起先到老城墙吃面皮，天书问她："你那天访谈说男人最吸引女人的功夫是潘驴邓小闲是什么意思？邓小闲是谁？是不是韩剧里哪个男孩子？"

森林已笑弯了腰，说："你真是孤陋寡闻，这是《金瓶梅》里那个害人的王婆说的，意思是，男人要有潘安之貌、驴的生殖器、邓通之财，小心周到，闲得有工夫伺候女人，保准让女人服服帖帖跟着自己。"

天书正在吃面皮，听她这么解释，笑得几乎喷饭："那是电视访谈啊，你也真是什么都敢说。"

森林一脸的无所谓："我又不像你在政界，用不着谨小慎微，怕什么，既然是诗人的身份，就畅所欲言直抒胸臆呗。"

天书说："我听着脸都红呢，不过我们三生缘圈子里的女人都说很过瘾。孙娜就说，街上的男人都人模人样，可是一遇到事情，就全是窝窝囊囊的。"

森林说："那有什么稀奇的，你回顾一下中国的历史，有血性的男人在元朝已经被成吉思汗杀死一批。鲁迅先生曾说，有清杀尽了汉人的骨气廉耻，可见清兵入关时又被杀死一批，抗日战争都清楚，又被小日本杀死那么多的精英先烈，到了'文革'就不用我说了，不能忍辱苟活的又被红卫兵折磨斗死一批，这样算下来，剩下来的不都是懦弱胆小明哲保身的吗？"说完自鸣得意地笑了。

森林有一个观点，是中国男人缺少男子气，古典小说中惹女孩子怀春的是贾宝玉那样的白脸小生、柳梦梅那样的文弱书生，即使现在，也是男人重权在握、财大气粗就是成功，女人嘛，女子无才便是德，做漂亮温顺的花瓶就好，这完全是两套不同的评判标准。

问到她自己对婚姻的想法，森林说，看看本姑娘，一米六六的身高，皮肤白皙，素颜也可惊为天人，历史系研究生毕业，围棋业余四段，书法可上厅堂，中外名著无所不知，但至今和婚姻无缘，不知是我的遗憾还是男士的遗憾。中国男性喜欢男强女弱，老婆最好比他差，A男娶B女，B男娶C女，C男娶D女，所以呢，我这样的A女一不留神就成了剩女。听说中国未婚大龄女青年基本落入四种结局：孤寡、后妈、拉拉、出家，我可是全部不想要。

主持人问：你觉得对女人来说，什么最重要？

森林说，经济基础决定上层建筑，经济独立最重要。不一定非要当家财万贯的富婆，但至少有个工作能养活自己，还得像伍尔夫说的，女人得有个完全属于自己的房子，想怎么折腾就怎么折腾，不用考虑别人的感受。目前我的理想是畅游世界各国，如果换季时还有足够的钱买自己心仪的裙子穿就更完美。第二是身体健康。既然靠不上男人就只好靠自己了，不能像林妹妹那样整天咳嗽吐血，望月伤心。因为身体一生病就特别容易陷在悲伤脆弱的情绪里，渴望有个厚实的肩膀靠着，我可不想为了这种虚幻的渴望干出让自己头发上指的蠢事。第三是内心得强大，这样才能抵御生命中的邪风妖气。我也想过了，如果真的遇不到我想象的那个真命天子，就一个人过一辈子吧，幸运的是我身边有一大群充满正能量的闺蜜，到晚年我们结成社会主义互助组，一起喝茶饮酒、读书旅行，不知老之将至。

这就是三八节森林作为全省著名的女诗人接受省电视台的访谈言论，虽不能说惊世骇俗，但也足以引起网络数万条热议。

吃完面皮，便开始今天的第一件计划：买衣服。森林的观点是："衣服对我的诱惑力远远高于男人，饭可以不吃，但衣服绝不可以不买。"喜欢一件衣服而不买，她是连觉也睡不着的。森林对时尚流行元素有着特别的敏感度，对服饰修饰有着一种近乎天成的独特驾驭能力。她总是能选出最能体现自己个性、突显自己气质的服装，让她走在哪里都显得卓尔不群。

看森林兴致盎然地一件又一件试衣服，天书觉得自己像缚在壳子里的虫子，年轻时看着外面的光亮还想破壳而出，现在则习惯了将自己裹得更紧更厚。她是生活的怀疑者，永远都达不到自己所向往的淡定智慧的境界。

森林已选了两条裙子，在镜子前左转右转欣赏着自己的身影："说到底，风格就是静观变化无常的潮流，坚持最适合自己的东西。我认为最优雅的女人，就是发现了自己个人风格的女人，了解什么最适合自己，并且信守不懈。女人是要靠衣服来改变心情的，你要不买，我哪有成就感啊。女为悦己者容是不对的，难道女人到老年就不穿漂亮衣服了？你看看跳广场舞的大妈们，一个个姹紫嫣红的，只要活着，就要漂亮，这是我的生活准则！"

天书是很久没有逛街买衣服了，但她的确想不起来想要买什么，见旁边是爱慕内衣，便走进去："买内衣也算完成任务吧，我好像有两年没有买内衣了。"

森林咋舌："天，内衣是半年就应该换的，你可真是亏待你的两个宝贝。”她看中了一套绿色的内衣，回头见天书老是看黑色的，便说：“亲，黑色的文胸虽然性感，但从卫生健康的角度，内衣颜色越浅染料用得越少，穿起来才越安全。”

天书只好听她的建议，选了一套浅粉色的内衣。这还不算，森林又拉着她挨家看，逼着她脱了穿穿了脱，好容易选了一件银白色的风衣、一枚树叶形状的水晶胸针、两条真丝围巾、一打丝袜、一个绿色的包，这才算大功告成。

逛了几条街，又是腹内空空了，选了一家韩国料理进去，森林一见菜单乐了：“这菜名有意思，‘女人四十’是什么菜，我倒想见识见识。”一时好奇点了，她们猜想，也许是一盘豆腐渣，端上来一看，森林开口大笑，天书是抽了一口冷气：原来是一盘黄花菜。

森林丧气说：“要让我来设计，‘女人四十’应该是银杏炒百合，一颗颗晶莹剔透，像钻石一般闪耀才对。”

天书的手机在响，一看，收到一首机关干部的打油诗：

外人看来稳定不累，心中苦闷谁能体会。
收入不高假装富贵，文凭很高天天开会。
加班加点吃苦受累，逢年过节亲人难会。
号称白领自我陶醉，回到家里倒头就睡。
八项规定空手而归，不让经商不发礼品。
涨点工资全民反对，无良专家还说延退。
一到月底囊中羞愧，外表光鲜心都操碎。
既然很累为啥不退，除了这行啥都不会。
其中艰辛自己品味，再说多了都是眼泪。

森林不禁莞尔而笑，说："别那么悲观，没见微信上在热炒公务员要涨工资嘛。"

天书说："你还真信啊，你知道我的同事怎么说？他们说如果涨工资，应该在二〇一六年七月。"

"什么意思？"

"猴年马月。"

吃完饭进行第二项任务：到美容院。天书很烦那些伶牙俐齿的美容师不停在耳边推荐产品，把休闲变成烦恼。森林说："你放心，我跟那些女孩子打过招呼了，她们绝对不会聒噪的。"

一进美容院，五六个女孩子异口同声热情相迎，个个花容月貌。原本预留的房间已躺满了人，她们只好进了一个三人间。天书躺在美容床上，闻见森林那边飘来浓郁的玫瑰精油香气。森林说："玫瑰可使你成为女人中的女人，玫瑰加上茉莉，可以使房间充满浪漫气氛，说不定当初武则天把高宗迷得神魂颠倒，用的就是这一招，当然如果没有男朋友就千万别试，免得一夜失眠明天上不了班。"

美容师轻柔地给天书洗脸，悄悄问她："姐，你这鼻子敢不敢按？"

"这有什么敢不敢的？"

"您的鼻子又高又直，我以为是假的。"

天书笑："看惯了虚假就不相信真实，你还真高估了我的勇气。"

美容师这才加了按摩的力度，只是过不了几分钟就叹气。天书说："如花似玉的年龄，叹什么气呢？"

另一个美容师笑说："提到男朋友她就烦心，最近有两个男孩子向她献殷勤，一个天天送花，一个天天送饭，她左右为难不知怎么选择呢！”

天书笑说：“这多幸福啊，生活就是油盐酱醋，恋爱时当然觉得送花浪漫，可是两个人总是要结婚的，选丈夫嘛，我倒觉得还是送饭的男孩稳当实在，你要觉得他太过沉闷，自己多买些花回家增添一些诗意不就行了？”

女孩也笑：“我这脑瓜就是不开窍，老觉得两个人都不完美，您这一说，我倒觉得简单了。”

天书说：“你们这代人是看琼瑶小说长大的，但是不要以为婚姻就是鲜花香水和甜蜜的吻，婚姻的本质就是搭伙过日子，到了中年，生活真变得像一锅温热的死水。”

旁边躺着的女人从进来便在那里长吁短叹，美容师说：“姐姐，你又叹什么气啊，你老公上次还开着宝马来接你，我们羡慕还来不及呢！我要有你那么多钱，就把名牌化妆品摆满我的梳妆台，每天看着那些瓶瓶罐罐就开心。当然了，我还要进美容院全身上下做个遍！你看你这多久没来了，脸上皱纹都跑出来了。”

女人有气无力地说：“你们都太天真了，男人都是靠不住的。当初我嫁给他的时候，他家里四壁空空，我爹妈死活不同意，我只好和他偷偷私奔，生米做成熟饭才结的婚。当时白手起家，困难的时候有十几天连一片菜叶子都买不起。现在可好，公司越开越大，他也嫌弃我了，开始还躲躲闪闪哄着我，现在是明目张胆，现在的女孩也都贱，只要有钱，什么都肯做，厉害到隔三岔五给我打电话，说她已经怀孕了，我老公爱的是她不是我，逼着我和老公离婚。说实话，不是你那天打电话约我，我连死的心都有了，只是放心不下两个孩子，你不知道，我这些天躺在家里，就想着怎么个死法好，反正也不能便宜了那小婊子，大不了来个同归于尽，想来想去下不了决心，哪有心思洗脸。”

天书吃了一惊，想自己在那里纠结，原来还有比自己更受折磨的。

美容师说：“姐姐你才傻，他对不起你是他的错，你怎么能帮他糟蹋自己呢？难道女人离开男人就活不了啦？能过就过，不能过了离，两人共同创的业，财产有你一半，你自己活得精精神神，气死他。要再狠一点，就告他个重婚罪，让他们俩都没好果子吃。”

“离婚不是没有想过，只是一对儿女可怜。”女人正说着，电话响了，因为距离近，大家都听见电话里说：“你是何虎润的家长吗？你儿子这次期中考试数学只考了二十分，明天下午七点的家长会结束后，我想和你好好谈一谈。”

女人的手颤抖了起来：“二十分？怎么只考了二十分？老师，我没脸见你，明天的家长会我没法参加。”她挂断电话就呜呜哭了起来，两个小姑娘都愣在那里，不知怎样安慰她。

天书说：“你哭有什么用啊，孩子成绩不好和家庭环境是有关系的，问题总要去面对的。”

女人说：“是我对不起孩子，这段时间心神恍惚，只顾着和他吵闹，心力交瘁，根本就没有管孩子。”

天书说：“是啊，你这样悲观失望，父母之间吵吵闹闹，孩子怎么可能有心情学习呢？为孩子着想，你也应该打起精神来。”

女人说：“你说得太好了！哎呀，幸好我今天来美容院了，要还躺在家里，说不定真去喝药向阎王报到了，人家将来娶个年轻美貌的，可怜的还是我的孩子。唉，人这一辈子，年轻时整天就想着买房买车，现在有了豪房名车，可是整天这么痛苦，都是钱烧的。”

森林说：“你总算醒悟了，在这里怨山神怨土地无助于生活的改变，重要的是要改变你自己。”

10. 天书的失落

虽然天书越来越喜欢享受独处的妙处，但一个人的家显得空空荡荡，分外清冷。夜半无眠打开电视，寒鸦演绎了完美的夫妻形象，它们的婚姻牢不可破，六七十年如一日，相濡以沫，柔情似水，比男人和女人的情感还要久远。在长达半个多世纪的共同生活后，雄鸟和雌鸟之间还在温柔地抚慰彼此，如同它们爱情的第一个春天。

早晨起来，依然需要CC霜来遮盖眼下的细纹和黑眼圈。刚进市政府大门就遇上报社夏总编，是低她一级的校友，看见她喜出望外："学姐，听说你快升职了，我可是翘首以待啊！"

天书还没顾上回答，他就压低声音说："我倒正想问你，你的如意郎君到底去哪儿了，给我扔了一张假条就消失了，这几个月就没见个影儿，我这总编在他眼里就不值一两重嘛，如果要换单位，你好歹也要告诉我一声。"

天书满脸尴尬，没想到周世忠会如此行事，一时也不知从何解释："最近老父亲病得比较严重，他回陕北老家了，可能一时半会儿没有好转，你就宽恕一下吧，等他回来向你负荆请罪。"

总编走出几步远后，她才回过神来，周世忠的父母已经去世多年了，她还在这里咒老人家生病，只好暗打自己的嘴巴。那么他究竟会去哪里，竟然真的毫无音讯，也实在出乎意料。坐在办公室，想起李天宁的话，她拿着手机思虑再三，还是拨出了那串想要刻意忘记的号码，但是，果然如天宁所说，电话无法接通。虽然她为自己不用和他对话而长舒了一口气，心中却还是隐隐感到不安。

办公室秘书胡玫进来放下文件转身要走时，天书发现她脖子上青紫的痕迹，就开玩笑说“最近老公回来了很甜蜜啊!”

不想胡玫满眼涌上泪水，叹气说：“还甜蜜呢，真是地狱一般的日子。”

胡玫考进旅游局时，天书也是考官之一。胡玫是单亲家庭长大的女孩，从小父亲去世，她的母亲为了供她上大学，吃了不少苦。胡玫遇到现在的老公时，说实话，他真不是她理想中的那个男子，但是他对她真是好，用胡玫的说法，就是从来没有哪个男人对她那么好过。她想都没想过的化妆品、LV包、衣服、鞋子，不管她喜欢不喜欢，他都一堆一堆地买给她。胡玫说，他满足了我所有的虚荣心，到后来只好以身相许。

胡玫的老公也真是宠她，苹果6S在梁州还没听说她就用上了，宝马X4刚出厂她就开上了，每年在美容院就花三四万的美容费，但是同事们都知道，胡玫并不幸福。结婚之后，老公的一些陋习冒出来，让她始料未及。钱你可以任性地花，衣服可以随心所欲地买，但是，必须听话。他所有的决定，合理不合理的，全部要听。听话的时候，她就是他的心肝宝贝，不听话的时候，她连路边的狗屎都不如。虽然没有拳脚相加，但他可以一两个月不说一句话，几个月不回家，让胡玫受尽煎熬。

这两年两人最大的争执，就是老公让她辞职。老公说当初娶她，一是她的确漂亮带得出去，二是她的公务员身份。但现在，比胡玫漂亮的女孩子多了，他公司里都是年轻漂亮的大学生，研究生博士生都有，招之即来挥之即去，也不稀奇。再说她的公务员身份，现在几乎成了弱势群体的代名词。这么多年，胡玫已经被他宠坏了，雅诗兰黛、娇兰用惯了，再降到国产品牌就受不了，每月的工资连她自己也养不活，全靠老公在养着。他的项目工程多在外省，在外奔波得多，回家就想让胡玫好好伺候自己，每次胡玫加班后回家，迎接她的都是一张怒气冲冲的黑脸。

当然，无论他怎样逼迫，胡玫就是不愿辞职，当初她考上公务员，能到市政府上班，母亲激动得流泪，每次回到村子里乡亲们羡慕的眼神不说，更重要的是工作带给她的充实感，是她不愿放弃的。

胡玫抽泣着说："最近闹的时候，老公说得最多的就是，你给老子滚！"照老公的说法，婚前他早在律师那里公证过了，家里的财产全是他的，没有胡玫的份儿。

天书听得心酸，安慰胡玫先忍让着，冷静一段时间再做决断。她看着文件夹中的旅游小吃资料，想，也许婚姻就像华阳景区的神仙豆腐，用心捶打搓捣之后才有那样清凉爽口的滋味，否则便只是一种普通的树叶。

正忙着，鲁泰山突然敲门而入，原来他还是市人大代表，刚刚受邀参加完一个食品安全方面的会议。他说："现在真是吃动物怕激素，吃植物怕毒素，喝饮料怕色素，能吃什么心中没数。真有意思，政府满院子出出进进的车辆，又满院子上访哭闹的百姓，对于政界的人来说，拜见领导和访贫问苦，是你们节日的工作内容之一，孝敬上级和温暖群众同样重要，但更重要的是自己的身体健康，一起吃饭吧。”

天书婉言谢绝了他的邀请：“明天上午要去西安开会，还要做经验交流发言，晚上要准备一下，谢谢你的好意。说起群众上访，以前是过年过节堵政府门，后来是每周星期一堵，现在堵门成了家常便饭，说起政府说起官员好像成了过街老鼠，有时候真困惑，这个社会怎么了？我们的群众怎么了？”

鲁泰山说：“不要怪群众，要怪只怪我们的政府长期以来都是无限责任的大包大揽，短时期想要改变过来很困难。你不见网上三天两头儿报道，提起官员不是自杀就是跳楼，不是腐败就是通奸嘛，领导们追求短期政绩，企业家看重眼前利益，学者贪慕一时虚名，整个社会都在追求功名利禄，渴望升官发财，羡慕人前显贵，这就是现在的世风。当一个社会一味用钱来衡量一切的时候，社会信任也就很大程度上会被消融掉，这才是最可怕的。虽然大家关注查多少贪官污吏，但对普通老百姓来说，更关注的还是买得起房、上得起学、看得起病、吃无毒的食物、喝干净的水、呼吸新鲜的空气，更需要的是公平的制度和社会监督。当然还是有希望的，我们这个社会，现在已经进入人人都有摄像机、人人都有麦克风的时代了，以后你们这些官员可是无处遁形、人人自危呢。”

看天书很吃惊地看着自己，鲁泰山才停了下来：“你的精神有所好转，但还是需要提升。对你自己而言一方面内心需要沉静，另一方面需要一个男士的感召，对女人来说，恋爱就是永葆青春的秘密武器。如果觉得我还不是那么低劣，我愿意随时奉陪。但对于工作而言，我还是有必要提醒你，听说你的职位很受人关注，如果不留心，可能会失去一次升职的好机会。不要守株待兔，一定要努力争取。”

天书淡然而笑：“大家都想争着过独木桥，总有人要掉下去，回想过去我是太在意了，为重要的会议失眠，为重大的项目焦虑，甚至连婚姻都弄丢了，现在觉得，其实这些都不重要。”

鲁泰山说：“这是两码事，我和政界女性接触比较多，觉得你们对成功的期待值比较低。很多女性容易满足现有岗位，把尽职尽责完成工作当成自己的努力目标，把平衡各种关系作为主要工作内容，但如何赢得公众和上级更多信任和支持，是女性干部普遍欠缺的一个问题。据医学专家说，从核磁共振成像脑部扫描图分析，女性有十四至十六块大脑区域具有帮助她们完成评估他人行为的功能，而男性大脑只有四至六块。因此，女性有一种与生俱来的洞察和破译无声信号的能力，在交流和沟通方面的能力也远胜于男性，你该充分发挥这些优势才对。”

这天下午参加市里的接待活动，王胜蓝一把拉住她低声说：“这男女之间就从来没有公平过，就说婚外情吧，男人是在保持阵地不丢失的稳定前提下追求婚姻之外的刺激和快乐，咱们女人可是把所有的鸡蛋都放在一个篮子里，要想在婚外找点慰藉，只能鸡飞蛋打，臭名远扬——说到底还是男人狡猾女人天真，你可要挺住。”

她应该是从苏三那里知道的，天书无言以对。也许是内心孤苦，她突然之间很厌倦奢华喧闹的场景，以前参加一些重要的场合还是蛮兴奋的，或真或假地调情示爱，热情奔放地喝酒，她在酒桌上往往也是掀起高潮的人物之一，现在参加聚会，她反倒显得落落寡合。

王胜蓝在她耳边低语说你太拘谨了，要洒脱些大胆些，别忘了好几个人盯着你的位子呢！但怎样算是洒脱呢，是随意和任何男子都喝交杯酒引大家起哄，还是那些真真假假的游戏与暧昧，实在是太乏味了。在觥筹交错的喧闹中，她突然想起前晚读到的一首诗：我们都是空空洞洞的人，我们都是稻草做成的人，当我们彼此耳语时，声音毫无起伏，毫无意义，像风吹在干草上，像老鼠爬在地窖里的碎玻璃上。

这种情绪里，她还是喜欢工作的，至少工作可以让她忘掉忧伤惶惑。和周世忠离婚的事他们相约了不告诉任何亲人，但母亲说梦见她生病了不放心，突然来看她。偏偏省上来检查工作，她每天都是早出晚归，有天晚上回到家已经十二点了，母亲还和衣靠在客厅的沙发上，劈头问她："你和世忠有问题了？我来这几天他连面都不见。"

天书愣了片刻，说："他出差到北京了。"

母亲说："就算出差也应该来个电话吧！你连他提都没提。"

天书说："妈，我们的事我们自己处理，你不要太操心。"

母亲说："世忠是你自己选的，对那些亲戚也是贴心贴意，有什么过不去的坎？你是女人的身子男人的命，不要整天只知忙工作，我在这房里住着都觉得冷清，你什么时候知道把自己养胖些我才放心。"

忙就容易出错，其实也不完全怪她。那天有一个新闻发布会，作为单位的新闻发言人，天书一直很受媒体的好评。但前一天晚上刚加过班，头痛而昏沉，便想中午午睡片刻弥补一下精神。不料午睡后到政府门口偏偏又遇上群众集体上访，她绕到后门时，发现连后门也堵上了，真让人心急如焚。等赶进会场已迟到了近十分钟，虽然新闻发布会还算顺利，但之后网上便发出了对她迟到的种种苛责和质疑，网友甚至夸大了她青黄的脸色和浓重的黑眼圈，“人老珠黄”之类攻击之词令人心寒。幸好外界还不知道她离婚的事，否则还不知被泼上多少脏水。

在办公室坐到窗外一片漆黑，天书拖着沉重的脚步走出政府大门，见门口停着几辆面包车，不知哪个县的几个干部正在好言好语劝上访的群众上车回家。她想，其实，自己的遭遇实在不算什么，这些基层干部远比自己更辛苦。

雨意连绵的天气，感觉非常阴郁潮湿。领导找她谈话时，她已经预感到了结局。谈话结束走出来，她看着楼道拐角处镜中的自己，优雅干练，脸上浮着冷静的微笑，这就是尘世中虚假的天书，真实的自己是不堪一击的脆弱。她踏着厚厚的地毯，努力不让自己摔倒，过道里摆放着蓬勃盎然的绿萝，但她还是觉得呼吸困难，直到走出大厅，走进绿荫浓郁的树林，她才长舒了一口气。

很奇怪，之前她一直很惶惑，此刻反倒觉得如释重负。天书给老苏局长发了短信，说：“辜负您的期望了，但我觉得做副职乐在其中。”

老苏局长回复说：“领导们有时仅仅为解决某个人的待遇而做出任命，无法顾及其学识胸怀视野的不足给这个领域带来的负面影响。顺其自然吧，上善若水，水善利万物而不争。夫唯不争，故天下莫能与之争。”

天书觉得太过玄奥，但也很感动。

组织部来宣布班子时，同事们都把目光投向天书，她平静地对新来的陈局长致辞欢迎。短暂的会议很快结束了，各自回到办公室，机关里出奇的安静。

胡玫来送文件时悄悄说："真难接受您这样辛苦只是为他人作嫁衣裳，让别人坐享其成。"

天书坦然笑着说："谢谢大家的安慰，要相信组织的安排是正确的。我欠缺的东西还很多，陈局长在县上工作多年，经验丰富，也很有魄力，肯定能开创新的工作局面。"

胡玫说："您说得可轻巧，对我们这些小喽啰来说，遇到什么样的领导，就决定着所有人的心理幸福值。刚才坐在会议室看我们新来的主，我突然想明白什么是官了。你看看'官'这个字，不就是官帽子下面两张口嘛，上口对上恭，下口对下倨，这就是官场处世哲学。在上级面前卑躬屈膝，转身对我们趾高气扬，以后有压抑的日子过。"

天书制止她说："哪个领导想这样分裂啊，但是没办法，工作要得到支持，想争取更多的项目资金，前途命运都掌握在上级手里，对上恭敬是应该的。推动工作就需要一些霸气，像我这样太温和你们都支持我还罢了，放到有的部门去，下属只会推诿找借口，使工作大打折扣。你这么年轻，可不敢这样说新任领导的不是。"

胡玫本来是想安慰她的，不想天书反过来宽解她。胡玫心里叹服天书的胸怀，摇摇头走了。

这天上班天书和陈局长一起等电梯时，市长也到了。走进电梯天书按了自己所在的六楼，又按了市长要去的九楼，陈局长迅速伸手取消了六楼，说，领导时间宝贵。他们陪着市长先到电视电话会议室所在的九楼，再返回六楼。天书的脸像火烧一般。

生命的蜕变是从这个国庆节开始的。一夜的秋风秋雨，如同到了初冬。身体有些年老般的怯冷，总觉得哪里不对，天书想了半天突然发现，自己已经两个月没有来例假了，显然不是怀孕，那么意味着绝经吗？她不敢相信，自己还不满四十三岁，怎么可能绝经呢？

有些慌乱地去医院检查，走上四楼，她倒抽了一口冷气，前后十几排座位全部密压压坐满了人。年轻时尚的女孩或是腰背佝偻的老妇，长发或是短发，全都因身体的各种稀奇古怪的问题会聚在这里，拥堵了楼道，除了体态臃肿的孕妇，个个脸色灰黄，布满斑点的脸上焦虑愁苦。天书旁边的妇女五十多岁，拿着厚厚一沓子检查资料，说是得了卵巢囊肿。轮到她进去，医生看了检查结果，淡然地说："唉，应该是更年期综合征的前期表现。女人到这个时候会经历一系列复杂的心理和生理变化，这些变化的性质和程度因人而异。像你这样的女性，工作生活压力造成心理负荷加重，精神压力过大，很可能提前闭经，现在三四十岁绝经闭经的大有人在，增加营养，调适心态，加强锻炼，适当补充雌性激素，没有什么更好的办法。"

天书苦笑，如果自己也像其他人那样，把工作当作谋生的手段，也就不会如此失落。捧着一大袋名字稀奇古怪的药品回家，内心开始对未来有了畏怯感。打电话回去，母亲说："我五十四岁绝的经，你才多大？上次去看你瘦得脱了一层壳，就琢磨着不是好事，都是操心多了才伤的身，工作哪有干得完的。你赶紧去给我看中医，好好煎几服中药调理，长胖些才有福气。"

相识以来，鲁泰山每天清晨都会发来短信问好。他的信息十分灵通，局长任命的当天，他就一再邀请她，天书颇有些犹豫，但她觉得心里是盼望见到他的。在平淡的生活中有所盼望，而自己也想要从首如飞蓬的状态里重新焕发出来，这总是一件好事，并不是每个人都有这样的力量。

在热带雨林相对，看着他温和的笑容，天书很有些感动："对不起，让你久等。"

"等待一个有魅力的女人是一种幸福，我很享受这种幸福。"他说。

"看来你不但适合做心理咨询师，更适合从政呢，你的政治敏锐性很高。但是这个结局我也并不失望，旅游工作说起来重要，但实际是做事时全求人，做成了全给人，想推进工作不但在体力上消耗巨大，有时在人格上也备受摧残，现在至少我轻松了很多。"

鲁泰山说："虽然我置身事外，但官场有它的潜规则，你没有真正走进那个圈子，当然会被排除在圈子以外。中国人在灵魂深处都惧怕政治而又热衷政治，其实每个人内心深处都有着对权力的渴望，即使经受的是无穷无尽的煎熬，大家还是会羡慕身处高位的光鲜。"

天书说："你足够睿智。"

他们听着歌手用吉他弹奏《卡萨布兰卡》。她无意中看他时，发现他正凝视着自己，空气悄然发生着某种变化，有那么一瞬，她突然有想要去握住他手的冲动。

天书有些慌张，避开了他的目光。鲁泰山开玩笑地问："能否允许我走进你的内心呢？感觉你像一座孤独的冰山。如果每个人都没有朋友，没有隐私，眼睛里都是躲闪戒备，那才是最可怕的。"他停顿了片刻，接着说："如果我们之间发生什么，你会怎样？"

天书吃了一惊，说："我们这样就很好，虽然见面，但是没有单独相处的机会，这样也就避免了冲动的可能，这是我和男性相处的一个基本方式。”她很诧异他这样问她，便又回问：“你会怎样?”

他轻轻笑起来：“都说男人为性，女人为情，但也未必。如果发生什么，我想我们之间会更亲密更牢固，但是这种事对男人无所谓，对女人意义重大，我担心你被一些悔恨的情绪困扰。你是个表面坚强，其实内心十分脆弱矛盾的女人。你的心理还没有那么强悍的承受力。”

天书点头表示叹服，她现在明白，天宁给她请的这个心理师名副其实。

11. 哲学家的真相

如约相见，是在一个古典风格的茶楼里。森林推开门时，那位网络中的“哲学家”从沙发上站起来迎接她。看清他脸的一刹那，她惊异地张大了嘴巴：“范院长，是您?”她甚至有转身就走的惊慌，同时也有一种莫名的被蒙骗的恼恨，“您知道是我，对吗?”

范理涵是学院里主管教学的副院长，他的父亲曾经做过学院的院长，在院里有着很高的威望。院里还有一位分管人事的副院长，曾经被人拍过从酒店出来搂着年轻女孩酒气熏天踉踉跄跄的视频，而引发全国各大媒体对这个学院的高密度曝光。范理涵的妻子在三年前到法国做访问学者，听说和一个小她八岁的男孩热恋，两人因此离婚，这成为学院里至今热议的一个话题。他的婚姻因此备受关注，这正是森林惊慌的原因。

范理涵倒很平静，他请她坐下：“请别生气，我知道是你，也知道这样和你相见很不坦诚，但是，我还是鼓足勇气想要和你当面谈谈，我在聊天时所说的一切发自真心。”

他选的房间里，墙壁上有大幅的山水，朦胧的山野、弥漫的云雾，窗下有架古琴。这位网上的“哲学家”比她想象的年轻，气质儒雅，眉毛粗犷，眼睛却很温和，端起茶壶为她添茶的手掌修长而宽大。

森林禁不住暗笑自己，来都来了，怕什么，不能让他小看自己："感觉您不像一个哲学家，倒像是一个出色的导演。为什么选择我？为什么要和我见面？"

他把一颗剥好的开心果放在她的掌心："就算是同事，见面应该也很正常吧？这个世界就是这样，原本正常的一切，在很多人眼里就不正常。就像你，原本是一个正常的女孩子，但在很多人眼里，因为至今单身而显得不正常。"

他停了一下，看着她阴沉下来的脸色，忙补充说："哦，你别介意，这不代表我的看法和想法，我反倒认为，现在的社会，很多人缺少的，恰恰是你坚持做自己的这份勇气。"

森林说："这个社会对男人女人的评定标准本来就不一致，剩女大家会觉得她有问题，而剩男大家会觉得他很有事业心。有的人因为害怕孤独而结婚，而我，是因为害怕婚姻而选择孤独。也许每个人爱的能力真的有强弱之分，我没有办法像别人一样随遇而安，去包容一个我并不真心喜欢的男子，甚至去忍受一种痛苦折磨之下的婚姻。也许不再奢望，也许还在苦苦等待，但对我来说，有爱和没爱在我心中是像黑和白一样分明的，我做不到欺骗自己。"

为了驱除内心的紧张，她起身去看那架古琴，不想他随身坐在琴凳上，闭目凝神片刻，抬腕轻轻按拨下去，一串串时而清扬婉转、时而朴实凝重的音符飘出，一曲终了，余音幽远。森林听出是《明月几时有》，十分讶异："想不到院长竟然如此清雅，在下叹服之至！相形之下，我这种人实在只能算是不可点化的顽石而已。"

范理涵笑说：“献丑了，我母亲喜欢古琴，我只是受她影响略知一二而已。”他轻抚着那红漆斑驳的琴面说：“古琴长三尺六寸五分，代表着一年有三百六十五天；琴面为弧形，象征着天圆，琴底为平，喻意为地方；古琴有十三个标志泛音位置的徽，代表着一年有十二个月及闰月。古琴最初有五根弦，象征着金木水火土五行，约公元前一千多年，周文王为了悼念他死去的儿子伯邑考，增加了一根弦，武王伐纣时，为了提振士气，又增加了一根弦，因此古琴又称为文武七弦琴。”

森林双手合十做膜拜状：“看来我不但自负，而且无知。不过我还是质疑，那些关于天蝎座的妙论，并非你有那么高超的洞察力吧。”

他轻轻笑了：“在天蝎座面前没法瞒天过海，我是特意看过你的档案。”

“难得你如此用心。”她挖苦他。她想，但他是出于真诚。又想，无所谓，反正以后不会再见了。

他的脸上闪过一丝被人看破秘密的尴尬：“你是不是想，以后再也不会和我见面了？”

她吃惊地抬起头：“你好像比天蝎还像女巫呢！”

范理涵愣了一下：“先别下定论。其实我也不是特别勇敢的人，今天和你见面，我也是鼓足勇气，先在心里申请了几百次，又向你申请了几个月，才得到你恩准的。我应该谢谢你给我这份荣幸。”

森林被他逗笑了。

范理涵说：“看来一个人无论内心怎样超脱，在现实面前还是怯懦的。”

森林说："并不是怯懦，而是我不愿为一些无谓的人和事去浪费时间和心情。"说完又觉得自己过于冒失。

范理涵并没有生气，他说："那样绝对吗？至少我在网上是可以给你愉悦感的吧？"

那倒是事实。但那是内心隐秘的欢喜，森林还是不能接受以这种方式和自己的上司约会。她原本以为不过又是一场烟云，偷瞄了一眼自己胸低到乳沟的裙子，暗自觉得羞愧，想，他会不会觉得我是个放纵的女人？

他们一起吃饭，很素淡的四个小菜。范理涵说，他特别在意家庭的温馨氛围，也许因为欠缺。他和妻子是因为父辈情谊而建立的婚姻，她是一个军人家庭成长起来的女人，接受的教育与家庭的环境都很正统，她一直不习惯一些温情的动作或表达。结婚这么多年，无论是他还是儿子，偶然拥抱一下她她也会暴怒，但她却接受了一个小她八岁的法国男孩的热烈追求，世界就是这样不可思议。

范理涵说，也许她内心里从来就没有爱过他。"有人说婚姻如一局围棋，双方的段位越近，棋局切磋的时间就越长。这种段位包含了学识、修养、性格乃至出身等因素。但在实际的婚姻生活中，有很多的细节比如消费的方式、生活的习惯等就决定了婚姻生活是否和谐。我只是想说，其实我们展示给别人的，永远都只是外在的东西，真实的状况，如人饮水，冷暖自知，只有自己体味得最清楚。"

森林想不到他这样坦诚，反倒让她有些忐忑："上次聊天你说的那位有洁癖的女士是谁呢？看来你很适合写小说呢。"

范理涵笑了起来："其实那是我的朋友，就住在我隔壁，他家里那位真是典型的河东狮吼，满楼道都听得见两人的争吵。朋友被骂得灰头土脸，就跑到我这里来诉苦。有时我觉得自己完全不了解女人，因为女人和女人竟然这样不同。”他的表情很愉悦，好像说到的都是有趣的事情，“说到小说，我就喜欢读池莉的小说，她写的就是市井的凡尘烟火、鸡毛蒜皮，沉静舒缓地诉说那些生活中最细微深入的感受。其实生活就是这样琐碎庸常但又必须面对。就像我们整天身处在物质世界中，但相对来说还是要保持一份心态上的超离，才不至于陷入那些纷争与复杂中。我读过你博客上的一些诗，有着强烈的孤独，同时又充满激情，你的写作习惯是怎样的，我倒很好奇。”

森林没想到他问这个：“曾经有一段时间，灵感的光芒像闪电一样扫过，我只能半夜起来写，诗歌如同神灵，它来时你不得不写，它不来时刀架在脖子上也写不了。也有一段时间每天都写，好像不写就不意味活着，有些走火入魔。诗歌对我来说如同一种信仰，帮助我过滤掉很多痛苦。”

她不想再说下去，便转移话题：“大家都传你是院长的候选人之一，是真的吗?”

范理涵淡淡一笑：“前年我去德国考察过，德国的孩子也许是世界上学习最轻松的。中小学生只上半天课并且没有家庭作业，但德国人几乎包揽了一半的诺贝尔奖。我们座谈时，德国的教育专家认为，填塞过多的知识会使孩子的大脑变成计算机的硬盘，如同储存器，缺少主动思考，缺少想象空间，失去创新创造力。我认为我们的教育改革是失败的，最严重的就是心智教育缺失，从中小学到大学，依然以应试教育为主。我们的孩子缺少跟社会的接触，缺失社会责任的培育、对他人责任的培育，这是很可怕的，我觉得选一个院长比选一个市长重要得多，我自认还欠缺很多条件。”

“在我面前用不着这样谦虚啊，听同事们议论说，大家给你介绍的女朋友很多。”

他开心地笑了起来：“连我们的女诗人也这么八卦啊！这个说法是真实的，但是中意的几乎没有，不是她们不好，而是这两年我一直在想，其实前半生我都是在按照父母的安排，按照别人的意愿在生活。这一次，我想遵照我自己的内心来选择一个人，共同度过后半生的生活。”

“我这个大家眼里的怪胎是你的备选吗？”森林直言不讳。

范理涵也并不回避：“是的。也许大家认为我应该选择一个温良贤淑的，但是我更想选择一个有思想有情趣的女子，其实面对你这样的女孩子，对男人是很有挑战性的。”

“那你认为我应该满怀感激地接受你吗？”

“我倒没有那份奢望，你是我的一个备选，同样，我也只是你的一个备选，但我想相对其他人，也许我更合适你，因为我更懂你，或者说，我更愿意懂你。”

她看向他的眼睛，明白他有足够的诚意：“你说得不错，过去一些朋友还鼓励我去掠夺别人的老公，面对你倒可以让我少一份这样的罪恶感。”

他如释重负：“那就好了。难道你对自己的婚姻从来没有焦虑吗？”

“焦虑的年龄已经过去了。年轻时有过一段梦，梦里那个人如同佛祖一样金光四射，之后就觉得现实生活中的男子都只是泥做的俗物难以入眼，渐渐也就不急了。就像小时候写作文那样，如果在一个合适的时间、合适的地点，遇见一个合适的人，恰巧自己还很喜欢，那就是上帝对我的恩赐了，但从来没想到会是同事，尤其是你。兔子不吃窝边草，你不怕别人笑你?”

“受你的影响，我也想成为一个特立独行的人啊，何况感情的事，本来只有自己最清楚。最近我也读了不少诗人的作品，有很多感慨。很多艺术家身上都有着神的一面，也有魔的一面。就像顾城、梵高、兰波、海子，他们的性格都孤独于常人之外，太过极端和强烈。据说顾城戴着一顶用裤腿改成的帽子，说是为了避免尘世污染了他的思想。读顾城的诗感觉他真像不沾染尘世的神，‘黑夜给了我黑色的眼睛，我却用它来寻找光明’是顾城有名的现代诗句。他的古体诗我也很喜欢。他写李白说：‘自嫌天地小，却道山海空。’写李清照说：‘词若清泉酒，命如黄花消。’这都不是普通人可以写出的。但当他挥起斧子砍杀谢烨时，他就是丧失理性的魔鬼。”

森林有些意外：“看来你不仅是哲学家，还可以做评论家呢。诗人的感情都很丰富，就像海子爱过几个女子，每次爱情都是一次灾难和悲剧，和诗人谈恋爱是要有超强承受力的。”

手机响了一声，她扫了一眼，却震惊了。王菲与谢霆锋复合，遭众人热议。他看她表情大变，正要问她，她给他看那则新闻：“我从来是不追星的，唯一喜欢的就是王菲，无论别人怎样骂她，我倒喜欢她的真性情。”看看娱乐圈，乐基儿可以忍受非同寻常的痛楚，文黑色蝴蝶来取悦黎明，张柏芝曾经将谢霆锋的名字绣在脚跟证实将终生相随。女人痴迷起来真是匪夷所思。但是现在，她们的恋情都已如同烟花散尽。这只是备受关注的明星的婚姻，其实这个世界上每天都有无数的男女坠入情网或是走进婚姻，也有无数的夫妻曲终人散甚至终生不愿再见。

范理涵说："有时会觉得，生活像一个魔术师，最初的海誓山盟、神魂颠倒，婚后的相依相恋、缠绵悱恻，都难以抵挡变幻莫测的命运变数。现在梁州城的别墅越修越多，豪车越来越多，但我总觉得，我们现在仅仅是活着，谈不上生活。即使我们身处梁州城最高学府，女士走出来未必有气质，男士的谈吐未必渊博，我们和大街上的老百姓一样，更多关注的还是住多大的房子、穿什么品牌的衣服。有时聚会听着大家的话题让我真有些悲哀，倒不是说我有多么脱俗，但你看看宋代文人学士的聚会，绝不像我们现在这样，一味地互相劝酒，喝得醉醺醺，或是存着种种办事求人的心思在酒桌上惴惴不安。人家那种赋诗作词的学养是从小积淀下来的，即使青楼女子，走出来也是琴棋书画妙趣横生的。我总觉得虽然时代进步了，但我们的生活品质更粗糙了，我们的内心是更机械沉闷了，这样的人生，即使活一百岁也没有什么意义。所以，虽然你在大家眼中是个异类，但在我眼里，却弥足珍贵。"

森林原本只是想敷衍片刻就离开的，不料他说出这堆话来，而她是完全同意他的观点的，不由得静下心来听他说下去。

范理涵继续说："经历过失败的婚姻，我一度很不自信，觉得自己并不了解女人。有时回想起来，我好像并没有经历过真正的爱情，前半生已经大打折扣了，因此，后半生我希望能活得值得。放弃那段让人窒息的婚姻，我觉得自己在精神与情感的自由中反倒开始苏醒了。当然，爱不是生活的全部，但我认为没有爱的生活本身就是苍白空洞的。婚姻和家庭无论对男人还是对女人，都不应该成为桎梏，而应该成为人生之旅中不可缺少的灵魂栖息地，而不是小心谨慎、委曲求全、勉强维持的一种局面。其实人生中，男女之间曾经爱过，曾经拥有过，曾经付出过，便无悔。”

她承认他说得不错，婚姻如鞋，舒适与否，只有当事人知晓体会其中的滋味。她觉得心里的不安始终还盘踞在那里，便不断看表，想要离开。

他轻轻按住她的手腕：“我希望你能考虑，试着和我相处，如果我始终不能取代你心里那个闪着金光的男子，我可以陪你一起寻找，可以吗？”

她为他的诚意和胸怀而感动，不自觉地点了点头。她站起身走向门口，他走过来突然轻轻拥住她，他们的身体几乎没有碰触，她有些失措。他的拥抱极为含蓄，极为温存，却不知道她更喜欢带有侵略与征服的狂热的爱，暴风般的肆虐，高烧般的呓语，烈焰般的燃烧。为了这样的爱，即使被深渊般的痛苦吞噬也在所不惜。

回家后，接连收到他的短信，他说：“在书店里发现海子的诗集，已经买下准备下次送你。

“回来又喝酒了，好想和你在一起，看着你。

“几年郁闷消失，全缘自你的魅力，我很欢喜。

“这么多年，我对身边的女子都可以无动于衷，对你却难以控制。我的身体已很久形同槁木，却因你而有了蓬勃春意。我……”

他没有再说下去。她亦无语。她一直认为，男人与女人之间，尤其是网上认识的男女之间，除了欲望，还有什么？但此刻，她却信了他所说的话。

他说：“现在回想起来，其实很多年前你第一次来学校报到时，我就喜欢上了你。那天你穿着一条宝蓝色的长裙，戴着一顶白色的小圆帽，那份典雅，我至今还记得，你戴帽子真的很好看。”

森林有些吃惊，因为连她自己也忘记了从前。他说得不错，她是个名副其实的帽子控，柜子里至少有近百顶帽子。但她还是挖苦他：“看来哲学家也难以脱俗。”

他并不在意，说：“与从前的清纯明艳相比，现在的你感觉温润如玉，虽然内在还是那样锋芒毕露。”

森林说：“‘温润如玉’这个词让我想起一个历史故事，人们往往用‘貌若潘安’形容美男，其实历史上第一美男并非潘安，而是与其同时代的卫玠。据说卫玠的舅舅与卫玠同游，感觉好似明珠在侧，朗然照人，因此被称赞为‘玉润’。潘安出去不过是被女人们往马车里扔些水果满载而归罢了，那卫玠每次出游都造成洛阳城交通瘫痪，不幸的是，他偏偏天生体弱，有一次外出，竟然被女人围住看了三天三夜，回家后香消玉殒。女人的美是可以想象的，但一个男子居然美到被女人活活看死，实在难以想象。”

范理涵笑说：“大概只有女诗人是这样学习历史的。你既然说到美男，我就说说美女。历史上的美女多了，但最有名的恐怕还是夏姬，男人见了她都神魂颠倒，更可怕的是她来者不拒，人尽可夫，可算是女人中的奇葩，从她身上可知极美而又极无头脑的女人是多么可怕。另一个是隋炀帝的萧皇后，居然陪了六任皇帝，就连三十三岁的李世民也对这位四十八岁的女人陶醉不已，就更加不可思议了。”

他说：“男人对喜欢的女人不仅仅是欣赏，最高境界是拥有，柏拉图式的爱只存在于哲学中，现实中的男女几乎不可能，我希望能尽快见到你。”

12. 心理师的诱惑

西安会议结束后，天书接着参加一个短期培训，倒还轻松。晚饭后出去散步，独自走在梧桐树叶飘飞的路上，一个高大俊朗的外国男子朝她微笑着擦肩而过，她也回之一笑，但是，那种年轻时期待某种邂逅的情绪，永远没有了，她想，心静无澜，毫无期待，说明自己是真的老了。

上次医院检查后虽然补充了激素，但例假依旧迟迟没有痕迹，她反倒坦然了，不来就不来吧，绝经不就意味着衰老嘛，不就说明自己不再是一个年轻性感的女人嘛，这没什么。所有的女人终有一天都要经历这个过程，都要接受这个事实，只是自己略早了一些而已。

坐到路旁的长椅上浏览网页，天书不禁暗笑，看看现在的网络，影星车模们整天在比拼谁的杯大。她青春期时，对于日益丰腴的身体感到惶恐不安，尤其是日渐膨胀的胸部，她曾经用纱巾一层层严严实实地裹起来想要遮掩它，或是双肩前拢来试图隐藏。但是它依然是那样醒目地突现着，有一段时间，她羞怯到自闭的境地，因为只要一出去，就觉得所有男人的目光都看向自己的乳房，为此她曾经节食减肥到经常呕吐的地步。但身体的发育却依然如春天的草木一般蓬勃，每月一次流出的经血更使她惊恐不安，她并没有身为女人的骄傲，更多地反倒是厌恶自己，似乎那浓烈的血腥味会随着空气飘散到教室的每个角落，使她本能地想要避开一切男孩子。

整个青春期她都极为自卑，而且莫名地悲伤，身为女人好像天生就是一种在劫难逃的不幸，孤立无援的痛苦。对男人的想象、渴望，都成为一种隐秘的痛苦，她常常梦见一个蒙面的男子越窗而入把她惊醒。那个男人永远是那样模糊不清而又遥不可及。既希望受到关注，又极怕受到侵犯，在束缚中等待破坏，这就是女人的命运。

那些梦想、痛苦、悲伤，所有激烈的感情突然远离了，就像年轻时期每个月都要为那汹涌澎湃的经血惴惴不安甚至厌恶自己，但是现在，它突然消失了，像一条河突然断流。她想，汉江突然干涸的梁州还能叫梁州吗？那将是多么不堪入目的荒凉啊！她突然想起“迟暮”二字，大概就是说自己这样的女人，无论你多么不情愿，无论多么美丽的女人，都终将老去。虽然她现在比过去任何时候都更注意内衣的选择、服装的搭配、香水的品牌，可是她的内心真的已经不同了！一切都过去了，一切都不可能重新开始了，一切都是那样徒劳无益。

她的世界里，由爱带来的新鲜喜悦已经陌生而遥远。她刻意地在和男人的交往过程中保持矜持谨慎。哪个女人不期待睿智而强健有力的男人呢？想象一个男人，既有着成熟沉静的内心，还有着风趣的谈吐，更有着充满激情的性爱，这样的男人可遇而不可求，何况她压根儿没有遭遇激情的期待。

带着一个人在陌生城市的愉悦感走回酒店，刚进大厅就被身后一个人叫住了，竟然是鲁泰山，说是来参加一个心理学的研讨活动。她仔细一看，大厅里果然竖着一个积极心理学研讨会的报到提示牌。

“我记得你说在这个酒店开会，没想到还真的碰上了。能否屈尊陪我去吃晚饭？一口气开了三个小时的车，真是饥肠辘辘。”

天书没有拒绝。从相识以来鲁泰山每天清晨都会给她发一条问候信息，她觉得这个男人难得的细致，心理上的距离并不远。

他要了两瓶啤酒，她陪他喝了几口，如同前几次相见，都是他说得多，而她习惯了倾听。秋天的夜风吹拂着她的头发，鲁泰山说，优雅这东西，真是年龄的特权，你现在的状态，真是很多年轻女孩达不到的。只要你愿意，我会是忠实守候在你身边的一个朋友，当然，能成为男朋友更好。

天书看着街上涌动的车流，想，这个世界是多么的繁花似锦，又是多么的暧昧不清啊。她岔开话题：“请教一下，什么是积极心理学？”

鲁泰山说：“积极心理学是二十世纪末西方心理学界兴起的一股新的研究思潮，是美国心理学家Seligman（塞利格曼）提出的。相对于整个二十世纪占据心理学主导地位的消极心理学模式而言，积极心理学家认为，通过对个体各种现实能力和潜在能力加以激发和强化，直至使其变成一种习惯性的工作方式时，积极人格特质也就形成了。Seligman在研究中发现，乐观是可以通过学习而获得的，学会维持乐观的态度不仅有助于避免抑郁，而且有助于提高健康水平和个人的幸福度。”

天书说：“听上去很诱人，而且对我们政府部门的人力资源管理也有帮助。”

“不错，积极心理学是哈佛选修课程中排名第一的课程，从科学的角度证明了终生提升幸福感的方法，话题涉及自我突破、成就、情感关系、自尊、精神力等热点，很多人听了都很有启发。”

“看来有些相识恨晚，如果我早点接触积极心理学，也许我的婚姻和工作会是另一番场景。”

“其实什么事都是相对而言的，这世界上恐怕没有一个人是顺风顺水过来的。”出乎意料的是，鲁泰山竟然讲述了他的情感故事。

那时我正在上军校，算得上风华正茂。春节回家探亲，亲戚朋友热心着给介绍对象，见了几个，只有一个让我动心，但最终却是另一个人成为了我的妻子。

春节前别人介绍我认识了一个女孩，年轻时看女孩就看相貌。她是个中学音乐老师，丰胸细腰，美丽高傲，黄金比例的身材让人赏心悦目，在见面的一瞬间就征服了我的心。第一次见面后，我就急不可待地期望着第二次见面，她家住在汉江桥东岸，我们便约定大年初一这天中午一点我在桥边等她。

那一天阳光灿烂，我起得很早，上午十点就赶到江边，看着很多孩子拉着红气球在沙滩上奔跑，我的心也像那悠悠流淌的江水一样激动，想象着她美丽的身影如汉江女神一样突然出现。十二点时肚子已经饿了，但我担心她也会像我这样提前来到江边，看不见我的身影会着急，于是继续站在桥边等着。我的目光追随着一个又一个女孩的身影走近又走远，当我按捺不住去问桥边一个摆摊卖水果的老人，才知道已经两点了。也许她在来的路上，也许她家里有事耽搁了，但我们约了不见不散，我忍着饥饿继续等着。太阳渐渐西沉，当晚霞的余晖从江面渐渐消失，寒气越来越重，我只好在沮丧失望中拖着沉重的脚步回家。

其实她家离江边并不远，她完全可以来告诉我，但她始终也没有给我一个解释。后来我主动问到介绍人，说那天家里给她介绍了新的男友，是交通局局长的儿子，带了一千元的礼金到她家。家庭的优越与金钱的重磅出击，使她的天平完全不可能向我倾斜。

这件事给我的打击很沉重，整个春节都闷闷不乐。初六的时候，我到了橘园镇神仙村姑姑家。吃饭前隔壁邻居家的女孩过来帮忙摆桌椅板凳，我并没有在意。姑姑特意走到我身边，说那个女孩子在梁州师范上学，家里父母为人都很好。我这才看了她一眼，她穿着一件绿色的棉袄，齐耳的短发，乌黑的刘海下是一张圆润白皙的脸，很朴素乖巧的女孩子。姑姑说让她陪着我在村里转转。她陪着我走进村边的小学校，在操场上讲她童年上学的一些趣事。我给她讲军队上的一些事，她很好奇，而且特别爱笑，笑起来有两个深深的小酒窝，我悒郁的心情就在她甜美的笑声中渐渐开朗起来。

临走前我趁大家不注意，告诉她我的假期很短，希望还能有机会见面。她说，正月十五她要去学校报到，希望我能去送她。我们约定见面的地点就在汉运司的门口。我说，我一定会去，不见不散。

在这期间，家里逼我又见了几个女孩，有比她美丽的，有比她家富裕的，但我很难忘记她甜美的笑容，留恋着和她在一起时那份特别的愉悦感。十四的晚上同学聚会，酒喝到凌晨才睡，早晨清醒过来的刹那，突然想起和她之间的约定，急急穿衣下床。母亲说，外面在下雪，鸟都不飞了，你还要出去？我执意要走，她坚持让我喝了碗元宵，哪里来得及喝啊，几颗元宵都是吞下去的。

骑车出门，一股寒风裹挟着大片的雪花扑面而来，我从未见过那样大的雪，李白的“燕山雪花大如席”，可能正是在这样的雪景中写出来的。路上静寂无人，树木村庄在雪中成为一幅幅美丽的图画，但我顾不得欣赏，我的全身很快就变得僵硬，尤其是两只手，完全冷冻如铁失去知觉。

那天正是大年十五，虽然在下雪，城里赶集的人分外熙熙攘攘，新衣新帽、布匹百货、年画鞭炮，热闹异常，因为每年大年十五都是节目汇演的日子，脚踩高跷的唐僧师徒、武松打虎、猪八戒吃西瓜，惹得大人孩子簇拥观看。

我却是焦灼而急切的，两只脚机械地踏动着，心里恨不得马上飞到她面前。只怕她已经坐车离开，食言的男子算什么军人，我顾不得看时间，拼命飞奔到车站，远远看见站牌下有两个女子的身影，在七八米之外，我停了下来，汗水已湿透衣背。

不错，那就是她，红色的棉袄几乎已被雪覆盖，帽檐下，只有她的两只眼睛在飘飞的雪花中扑闪着，痴痴看着我走近，两行泪水从她的眼中夺眶而出，顺着脸颊流到衣服上，融化了雪花，冲刷出两道湿湿的泪痕。我的心也被她的泪水融化了，很痛，却又很温暖很幸福。我快步走近她，不顾众人的目光握住了她的手，看着她美丽的眼睛，满肚子的话却一句也说不出来。就在这时，车来了，在拥挤的人流中，我送她上车，然后挥手告别。

这一别之后，整整一年时间里，我们靠着鸿雁传书，往往是她的回信没到，我的第二封信又寄出，那种浓烈的相思，现在回想起来真是一种幸福。第二年春节我军校毕业，一回家就结婚了。那些通信我一直珍藏在一个盒子里，满满一盒子的信啊，现在就算客户给我几十万的酬金，我连眼睛也不会眨一下，但是，每当打开那个盒子，我就会掉眼泪。

他讲完了，酒也喝完了。天书听得很感动："你们现在依然很相爱吗?"

他沉默了片刻："我曾经向自己承诺，永远不背叛她，但事实是她几年前生病住院，手术后性情大变，我们已经分居几年了。所以，我完全能理解你的婚姻变故。"

天书很诧异："你的生活中应该还有其他的女孩或女人?"

他很坦白："是的，也许和你的先生相似，我们内心都依然爱着自己的妻子，但我们的身体没有办法抵挡另一个魔鬼。但自从认识你，我开始努力让自己洁身自好。"

她觉得可笑："可能吗？怎么会?"

他直视她的眼睛："你比其他女性的漂亮多了一份优雅，比时尚多了一些内敛，比浪漫多了一些冷静，比自信多了一些睿智，那份由内而外散发出来的气质，才是真正吸引男人的地方。”

天书刚喝了一口啤酒，差点儿喷出来：“女人四十豆腐渣，这份自知之明我还是有的，你用不着给我灌迷魂汤。”

他挥手打断她：“优雅知性就是成熟女人的专利，你可千万别那么贬低自己。”

话虽如此，回酒店的路上，广场上正在举办车展，他的眼睛不自觉地看过去，就好像被蜜糖粘住一样收不回来。天书随之看过去，果然，那几个车模只穿着比基尼，在灯光下明艳美丽，好在还搭了一条波希米亚风格的大丝巾，将她们炫目的丰胸遮掩了。即使如此，也吸引了一圈男子环围在那里咔嚓嚓拍照，饥渴的眼睛里眼珠子都要爆出来似的。

发现她在审视自己，他收回了目光，天书笑说：“想看就多看看吧，美丽的女孩对男人养眼，对女人也是同样的。”他倒不好意思了：“走吧，看你就足够了。”

“这话也太虚假了吧，我都人老珠黄了，早就没有吸引力了。”

“你所拥有的气质和内涵，是她们需要再好好修炼的。”

回酒店后，她洗完澡刚躺到床上，电话响起来，他要到她的房间聊天，她很果断地拒绝了。晚上睡得并不安稳，好像他就住在隔壁，并且墙壁之间有门，而他就站在门口，她看着他的鞋在门口移动，好像期待着他走进来，但始终没有开口。

清晨他发来信息，说：“昨晚两点多才睡，闭上眼睛全是你。”

她说：“晚上梦见墙壁上有门，可看见你在门口徘徊，我还很诧异。”

他说：“这就是你的内心，只愿在梦中实现而在现实中拒绝。”

她说："你完全明白，如果我同意你进来，我们之间不会仅仅只是聊天。"

他说："不错，我可能会无法自控。"

她说："我们对情感的态度不同，我惧怕那样随之而来的伤害和痛苦，美好在于距离中的欣赏与抚慰。"

他倒很坦诚："我们都是成人，理性是基本的要求，但我不能向你保证我能抵挡你无形的诱惑。"

她叹气："如果这样，可能我会中止和你的交往。我希望你能把握好我们交往的尺度，不至于让我受到伤害，这样我才能坦然地享受这份情谊。"

他说："缺憾也是一种美好。陪你出去呼吸清晨的空气。"

她说："好。"

他敲门时，窗外是满天的朝霞，映得整个房间都是绯红的。他进门，见她刚洗过头发，就忙着帮她找吹风机，打开一个又一个抽屉，在开合的声响中，两个人都有些慌乱。他又过去打客服电话，天书急说："请不要打。"她是不想让其他人进来。

他从卫生间拿了毛巾，过来帮她擦头发，接着从身后贴近她，裹拥着她坐在他的腿上，紧紧地抱在怀里，然后扶起她的脸，轻轻地吻她。

很长时间的吻，很神魂颠倒的吻，如果不是因为闹铃响起，可能他们会一直吻下去。总之，在她有限的婚姻经验里，至少近十年来，从来没有这样被周世忠吻过，吻得她全身柔软灵魂飞升，颤抖如风中的树叶。因为陶醉，她忘记了阻止。当他猛地将她抱起放在床上，她才清醒过来，慌乱费力地挣扎。

他不解："还是不愿意？爱情的本质是激情，需要新鲜的悸动，婚姻对人的本性来说是一种束缚，我觉得理想的感情状态，就是持续不断地恋爱，才能激发生活的动力。其实你过得很苦，我希望能抚慰你。”

天书剧烈地摇头：“你的观点很荒谬，你所谓的爱情只是欲望的幌子，我没有你那么强的承受力。”

他很失望地放开她，有些尴尬地整理衣服。两个人一起下楼早餐，他让她坐在那里，为她取来满满一盘菜，端来南瓜粥，默默吃饭，再没有说话。

下午会议还没结束，就接到他的短信：“我请你去看电影吧！”

看电影？也是上世纪的事了吧，她知道他还是不死心，而她也知道自己内心何尝不是想要放纵。电影院寥寥落落不到十个人。屏幕上有粗大的针头插入胳膊，她颤抖了一下，他握住了她的手。整个演出过程，他们执手相握，他的手臂偶尔轻轻抚摸她的手臂，有轻微的战栗滑过身体。

回到酒店，他坚持让她到他的房间去坐。她明白进去以后不仅仅是坐，转身欲走，已被他强拉了进去。

关上门他就紧紧抱住了她，比清晨时更激烈。也许她潜意识是期待的，但更喜欢含蓄的方式，就如他在电影院里紧紧握住她的手，他的手并不很大，还很清瘦，但握着她时，给她一种特别的温暖。此刻她却并不适应这样直接，拼命制止并挣脱。他放开了她，却跪在地上沉默不语。

她很诧异：“我以为你从来不缺女人。”

他笑了起来：“你听听我的心跳。”他拉她的手过去按在胸口。是的，他的心跳得那样狂欢，毫不掩饰，而她的心却平静无波。

电脑上李玟正在唱：爱情降临了，带走了孤寂的沉闷。我朝你狂奔。当初多认真，可那真爱呢，被时间拉扯，被鲸吞。能不能回到过去呢，能不能给我一个吻，不带一丝冰冷，温暖我的唇。爱情过期了，舍不得，承认又如何，难道新鲜的，不会受困。

他冲进卫生间冲澡，对她说："电脑上有我参加研讨的论文，有兴趣你可以先看看。"

那篇论文是打开的，但她很快失去兴趣，返回到电脑E盘，一般大家习惯在这里存放照片，但她发现了一个文件夹，标题是WOMAN。女人？对一个心理师来说，他要探讨女人的什么内容？一时好奇，她打开文件夹，里面有标题为《女性心理学》的文件，还有许多不同编号的文件，最后一个是W66，日期是最近建立的，受一种莫名其妙感觉的诱使，她打开了文件。

"W66，43岁，女人中的女人，外表坚强，内心脆弱，婚姻受挫，极需抚慰。她已经不再年轻，却富有一种迷人的魅力，这种魅力缘于她的优雅气质，那真是从骨子里冒出来的美丽风景。为了征服这个让我心仪的女人，我需要暂时和前边的女人分别，以便在不久的将来获得她更饥渴更热烈的侍奉。当然，也需要我更用心地温习这些美妙的功课。正如《圣经》所说，夏娃是由亚当的一根肋骨制造的，她只是亚当寂寞时的玩伴。"

最后一句他写道："唯一的遗憾，她真是难以诱惑，而且与前边的女孩相比，她的年龄偏大。但她无疑是最独特的一个女人，征服她可以给我足够的成就感。"

这第六十六个女人，应该就是她，天书。

13. 周世忠的困惑

在火车卧铺上揉皱的衬衫散发出一股浓烈的汗味，他的络腮胡遮住了下巴，让路人小心地保持着和他的距离。北京西站人群簇拥，他感到自己如蚂蚁一般渺小和被人流吞噬的孤单。一路上许多过去的回忆充满了他的头脑，让他无法入睡。爱原本是人的本能，但在生活过程中，相爱却变成了一件困难的事，如同对患食道疾病的人来说，吞咽变得困难；如同繁衍是人类的本能，但现在却有那么多夫妇无法生育；如同说话，这些年来他们都忽视了语言的沟通，早出晚归的问候只是三言两语的告知，停留在最表面，内心却越来越疏远。

他想起了立春，刚出生时红通通皱巴巴的脸，那胖胖的让人亲不够的小手小脚小屁股，一转眼就长成那么健壮、大手大脚的小伙子，证明着那些岁月的流逝。

他想起了从前，天书总是突如其来地冲进他的怀里，两只细长的手臂像藤条一般缠住他的脖子，柔软的嘴唇贴上他的嘴唇一阵狂咬，让他头晕目眩。从什么时候起，她那张开朗柔和的脸庞渐渐变得僵硬冷漠，她不再拥抱他，不再亲吻他，如同他只是房间里的一个物件而不是活人？他常常望着她穿着黑色或是灰色的套装穿行在小区的背影发呆，她总是保持着刻意的保守和朴素，也隔开了和他的距离。

原本亲融的人现在隔着千山万水，那数不清的道路、河流、高铁、旷野，从此远若天涯。她在强力推进旅游中高歌奋进，而他在乏人关注的副刊里无所事事。从什么时候起，自己总喜欢喝得酩酊大醉，而天书总是一脸厌恶砰一声关上房门，也许从那时起，她的内心就对他关闭了。

有一次，天书正急着审查一份文件，手机铃声响时她让他帮接电话。他刚拿上手机电话却断了，接连跳出两则短信，来自同一个人，是常常出现在他们报纸头版的一个名字。

“这么多年我想要的女人从来没有失手过，多半还是自投怀抱，而你是唯一例外的怪胎，真不知官场这些年你是怎么混的。”

“别太自以为是，你只是个普通的女人；别太自命清高，你已年老色衰，比你年轻漂亮的俯拾皆是。”

对方的肆无忌惮让他愤怒，他迅速删除了短信，只怕那些无耻的文字伤害天书，心里对她充满了怜惜。他从来不认为天书普通，对他来说，天书是无与伦比的，独一无二的，而他自己是再也平凡不过的一个。他不知她承受过多少次骚扰，是否也有心旌动摇的时刻。他回想起有一年天书生日，她坚持要他送一枚戒指，明晃晃地戴在无名指上。

想起这些，他心如刀割。就像分离后的无数个夜晚，在梦中他又回家，悄悄靠在那扇她紧紧关着的房门上，仿佛那样就贴近了她的身体，虽然知道她已经对自己封闭了内心，知道自己无力触摸她那疲惫的身体。其实他根本无法想象没有天书的生活，那就像把一只火龙果的果肉全部挖掉，只剩下一个空空的外壳。

他看着路上的行人，那表情呆滞的出租车司机，那抱着孩子满脸疲惫的母亲，那手拉手甜蜜前行的情侣，那昏昏沉沉睡在婴儿车里的孩子，他想起自己错过的一切，不断有车辆从身旁呼啸而过，一辆车突然冲过来，差点儿撞到他的身上。“醉鬼，想找死啊！”司机骂道。

周世忠不知该去哪儿，他找了一个小酒馆，从下午一直喝到了晚上，服务员催了他几次。挨着扶梯跌跌撞撞到了楼下，最后一个台阶没有踏稳，整个人失去重心，一个踉跄出去，直接滚到了路边，胃里的酒精上下翻涌着，极度的恶心使他抑制不住地呕吐起来。吐出的浆液流到身上再喷溅到鞋上地上，他一丝力气也没有了，就那样靠着墙坐了下去，天昏地暗，感觉自己如同死去。

昏昏沉沉了不知多长时间，蒙眬中他盼望着她会端来一杯温热的水强迫他喝下，为他搭上一床柔软的被子让他睡着，就像他在深夜和那些诗句拼命时，她悄悄走到背后，温柔地抚摸他的头发，打开窗户，让夜风将那一屋子缭绕的烟雾吹走……当一缕阴沉的寒风顺着墙壁刮来，他打了个寒战，睁开了惺忪的眼睛。

天色已暗，前边走来一个五十多岁的臃肿男人，牵着三条威猛的狼狗走在路上，男人的目光和表情如那三条狗一样呆滞。远远又走来一条黑色的大狗，在夜色中有些不怀好意地走近。周世忠不自觉地缩紧了身子，有些惧怕它来攻击自己。但它在距他几步远的地方停了下去，眼睛凶狠地看过来，然后绕到对面路边，走过几步后又重新回到路的这边。他不禁咧嘴笑了起来：看看你，连狗都嫌你脏。

他想，我像猪一样绝望。不，猪从来就不绝望，它们永远那么舒适地吃着睡着，只在临死时当屠夫尖利冰凉的刀刺进身体，才会恐惧地嘶叫。离婚后的男人像什么狗呢？不过是一只丧家犬，流浪狗。

有一天，看着一对牵手的情侣，他突然泪流满面，远离天书的痛苦突然侵蚀了他的内心，像是手术麻醉清醒过来之后，疼痛大面积辐射全身，痛得纯粹而锐利。如同一场欢宴之后的狼藉和苍凉，让他有些胆战心惊。他只是一个粗犷而普通的男人，天书嫁给他，已是人生中至高的幸福。他对生活并没有太高的奢望。他那样恶语相向，只是想让她更加决绝，因为他了解她的个性，就像这么多年他从来不会去偷看她的手机短信或是通话记录。现在才明白，她永远是他舍不得放下的那个人。他没有收拾什么行李，甚至没有向任何朋友告别，仓皇而酸楚地离开了梁州，但生命中永远烙上了天书的名字，她的声音，她的笑容，她对生活的不甘平庸、对工作的完美追求，而他自己，只是一个毫无目标的混沌者。

那条狗走远了，他扶着墙慢慢站起来，再挪动脚步迟缓地朝前走，寒风凛冽的街道空无一人，街道边房屋的窗户里透出一盏盏温暖的灯光，随着他在街上的徘徊又次第熄灭，更显世界的空落。

两个男人从一个豪华会所出来，酒气熏天，摇摇晃晃走着，其中一个抱怨说："看那个卖酒的妹子打扮得倒时尚，胸部看上去鼓鼓囊囊，摸进去干瘪得跟核桃似的，实在倒老子的胃口！"

另一个显然稍清醒一些："人家不是说了嘛，女人有两个特点：衣服再多，也觉得自己没衣服；姿色再少，也觉得自己有姿色。只能说你运气差，我那个长得不错，刚开始还不想搭理我，几张票子塞过去，身子就贴过来了。这个世界，女人要有丰满的胸脯，男人得有丰满的腰包。试女人用金，试男人用色，都得乖乖躺下来。”

两人埋头正说着，冷不防撞到周世忠身上，破口大骂起来。周世忠也不说话，如木桩样呆站着任他们推搡。对方闻到他身上的酒腥味，连说倒霉，闪身过去了。

他已经到了北京，却不知自己该往何处去，走到一个十字路口，意外地发现一个身影，笔直地站在岗台上指挥着车辆。起初他为这个凌晨还坚守岗位的警察的敬业而感动，再看下去就有些莫名其妙，因为他永远只是僵硬地重复着向左的同一个动作，而那些深夜路过的车辆，都以为前边出现了意外事故，而全部规范地按他的指挥向左行驶。

周世忠站在街边，看着那个低垂着头重复同一动作的雕塑，不禁哈哈大笑起来，甚至笑出了眼泪，他的笑声在深夜里尤其响亮刺耳。原来这个世界上，还有比自己更醉的人。

自己醉得太久了。儿子上大学后，每一个日子都变得越来越漫长，而天书那里总是早出晚归，旅游是全市的重点工作他不是不知道。前些年，每当别人提起天书的名字，每当电视上闪现她的身影，他总是特别地为她骄傲，为自己有这样的妻而自豪。但随着时间的流逝，天书每天总是精神抖擞匆匆上班，出差或是应酬加班之后满脸疲惫回家，两人的交集越来越少。他渐渐对婚姻本身产生了质疑，她的忙碌、她的荣耀、她的成就，与自己有什么关系？

对他来说，政治太复杂了，即使在报社，也充斥着争权夺利和相互倾轧，更何况在政界，他觉得在这个大染缸里的女人，包括天书，都失去了一些美好的特质。有人说，男人有钱就变坏，女人当官就变味，并不是完全没有道理。好像随着职务的升迁，她离自己越来越远，虽然她并不像某些政界女人那样咄咄逼人，但是，那个在校园里令他神魂颠倒的女孩，那个古汉台院子里柔情似水的小妻子消失了。浑然忘我的工作，对她就是一种幸福。而他负责副刊的工作，有时在网上也就处理了，上班可去可不去。他越来越懒散，酒也越喝越多，有时约几个朋友可以从下午喝个通宵，不知今夕何夕。天书回家闻到满屋的酒味，总是不耐烦。经过几天甚至几周数月的连轴转，她累得几乎要垮掉了，只想静静地休息恢复精力，而他还满身酒味烟味地想缠着她，让她厌恶到甚至关掉房门不允许他进去。

这种生活让他感到机械、乏味、窒息。昏天暗地中，朱珠突然出现了。她是那么娇小，那么柔弱，从相识最初就是那么一个需要人去保护去宠爱的女孩子，她又是那么狡黠，那么顽皮，用很多方式来捉弄他。他沉迷于她的新鲜、她的激情，了解她的身世后，他更觉得，她那颗孤寂的心，是需要自己来温暖和抚慰的。

现在，朱珠与天书都远离了他，人生怎么会如此混沌，他说不清楚。

此刻，在拥挤如蚁的地铁里，他清晰地感到自己的存在，旁边的少女鼻尖上的汗珠是那样的清晰，落座大妈满头的白发是那样的苍凉；同时，他又觉得自己并不存在，车厢里没有一张熟悉的面孔，那么多双眼睛冷漠地睁着或疲惫地闭着，没有一双看向自己。地铁重新飞驰的那一瞬间，他感觉自己也消失在空中，离开了明亮的地面生活，如一阵风飞腾而起，不自主地到了另一个幽暗世界。

但在转线的途中，他被楼梯中一张似曾相识的照片吸引，那些旁观的人都好奇地议论着。谁也不会知道，这个长发蓬乱如野草、满脸络腮胡子的男子正是图片上的男子，谁也没有发现，寻人启事上端“寻找父亲”四个字，竟让周世忠的眼中涌出泪花。

儿子立春在北京航空航天大学。从梁州不辞而别，他没有告诉任何朋友同事，茫茫然地在几个城市穿梭，不知不觉来到了北京，就是为了看看儿子，不料儿子会以这种方式来寻找他。

周世忠为自己感到了羞惭，你拿什么去见儿子呢？拿你对小女孩的畸恋吗？拿你的满身酒臭味吗？

但是，他还是拨通了儿子的电话，立春在电话里显然惊喜万分：“老爸，我这几个月打你的电话，就从来没有通过，好像你从这个世界消失了！你来北京了？太好了！”

虽然周世忠再三嘱咐他不要告诉天书或其他人，立春还是赶紧给天书打了电话，告诉她爸爸到了北京。

立春下了公交车，是跑步到车站的。周世忠看着他那双白色的球鞋飞速跑近，感觉他青春阳光的气息逼近自己，一时百感交集。他本来就是外表粗犷内心脆弱的人，这时虽然想忍，眼泪却不自觉地流了下来。

立春看着父亲如流浪汉一般狼狈的样子，他也忍不住哭了：“老爸，你怎么成了这个样子？你的电话一直打不通，妈妈让我问急了，才说你们分手了，这么重大的事你们居然瞒着我，有没有考虑过我的感受？准是我妈欺负你了！她就是个工作狂！”

周世忠忙说：“不不，不是你妈的错，她是个追求完美的人。这件事完全是我的错，而且我没有办法向你解释清楚。”

“不想说就别说了，那你现在有什么打算？”

“我也很迷惘，一路精神恍惚，想看看你，就来北京了。”

“那就待在这儿散散心吧，我带你在北京城看看名胜古迹，等你心情好了再说。对了老爸，我们乐队这周末有个演出，你去给大家露两手。”受周世忠的影响，立春从小就爱玩乐器唱歌，上大学后自己组建了一个乐队。

周世忠忙摆手：“我这嗓门除了吼信天游其他就唱不好，不去掺和。”

“京城的人平常都听的是阳春白雪，你那叫原生态，吼出来醒醒他们的耳朵，说不定还能镇住他们呢。再说了，我情绪不好的时候，在音乐里蹦跶吼吼，就什么事都没有了。”

14. 苏三的病痛

世上的事也真是奇怪，李天宁前几天刚和赵汉京说过苏三，这天上班就接到天书电话，说苏三可能得了乳腺癌，要去办入院手续。她在外地出差，请他帮忙看看。李天宁吃了一惊，忙跑到八楼，到主治医生那里查看她的档案，各项指标都不正常，计划几天后就做穿刺手术，心里先凉了一截。

赶紧到病房找到苏三，当初那个舞台上惊鸿一瞥的身影，现在虽然风韵犹存，却脸色苍白，神情惶惑："听说得了这个病就必须要切除，没有乳房的女人，哪能叫女人呢，就是个不男不女的怪物，我真下不了决心。"

李天宁说："先别下定论，等穿刺结果出来再说，也许只是虚惊一场呢。万一确实是恶性肿瘤，生命也比乳房重要得多。好莱坞影星安吉丽娜·茱丽就因家族有乳腺癌史，为防止得乳腺癌而做了预防性切除双乳手术。现在先别想那么多，这几天好好休息吧！"

安慰了苏三，李天宁回到办公室，偷偷打电话给赵汉京，老赵在电话里显然有些踌躇："我听她说过有乳腺增生，没想到……马上换届，最近组织正在考察，这节骨眼上，顾不上她。再说医院里人多眼杂，我怎么去看她？”

李天宁原以为老赵是情深意重的人，没料想他这样说，真想马上摔了电话。老赵显然也过意不去：“这样吧，晚上我送点儿钱过来。”

那天晚上，赵汉京在李天宁的办公室里等了很久，苏三始终不肯过来，赵汉京只好戴上个大口罩穿上李天宁的工作服到她的病房。苏三正躺在床上读《金刚经》，看见老赵脸色很淡漠。

李天宁避了出去，等老赵电话过来，知道他已在回县路上。“她心里怨恨我，不肯接钱，你在那里处理吧，帮我照顾好她。”老赵在电话里叹气，“她性子就是那样执拗。”

他再进去时，二十万元还在桌子上，苏三还是原来的坐姿与表情，只是头发有些凌乱。她苦笑着说：“现在才知道，我们从小听的故事、读的书、受的教育，都是在引导我们成为美丽的受虐的女人，白雪公主、睡美人、拇指姑娘，她们受尽折磨，最后都和王子有了一个美好的归宿，这是多么荒诞啊，因为现实生活中从来没有童话，只有残酷。”

苏三已是满脸泪水，不愿再说下去。李天宁看得难受，便轻轻拉上门出去，他的眼睛也湿了，这才发现手里还拿着那一包钱，想了想，早晨帮她办手续时用过她的卡，只好给她充到卡上去。

天书和森林来看苏三，先是吃了一惊，只是几周不见，她清瘦不少，两只眼睛都深陷了下去。更让她们吃惊的是，楼道里挤满了病床，除了她们进出的这部电梯，其余三部电梯都是被病床堵上的，有人蜷伏在床上蒙头大睡，有人坐在床边发呆。居然还有一个十二岁的小女孩，听说刚做了乳房穿刺手术，脸色苍白地靠在父亲身边，满脸泪水。

苏三说，穿刺结果已证实是恶性肿瘤，她的左乳将要被切除。这些病人有像她一样要切左乳的，有切右乳的，也有双乳全切的，更离奇的是居然还有六十多岁的老头来做手术。出手术室后他告诉大家，在手术床上被绑了四肢，眼睁睁看着那医生举了通电的手术刀切向乳房，取出鸡蛋大小的肿块给他看，他全身抖得如同筛糠，恨不得自己也像那些女人一样被全身麻醉过去，形如死尸，哪怕被肢解也毫不知晓。

楼道里充满了浓烈的消毒液的味道。森林意外地发现一个熟悉的身影，她叫了一声，果然是高中的同桌小乔，说是父亲住院，刚从楼下买了饭菜回来。森林跟过去，小乔的父亲已瘦得没有人形，见了她只说了几句话便开始大口大口地喘气。

森林看得难受，悄悄问什么病。小乔低声说，是胃癌，他自己还不知道。

“哲夫知道吗？”哲夫是小乔的丈夫，全市著名的诗人，也是森林的文友。

“他出去参加笔会了，我没告诉他。”

森林生气了：“这么大的事，你就自己担着？”

小乔平静地说：“他是个纯粹的诗人，除了写诗剩下的就是愤世嫉俗，告诉他也只会让他焦躁伤感，没什么用处，我只能自己担着。”

护士送来药费单，森林看着单子顶部七万的数字，她的心抽紧了，她低头看着自己的裙子，是上次去西安在世纪金花花五千多元买的，这时恨不得退回去。

小乔说：“你也别告诉他，当初他是我梦中的王子，现在依然是，我不想让他回到现实生活中来，这么多的琐碎纷扰、病痛艰难，那只会毁了他。其实，他比我脆弱得多。”

森林吃惊地看着她，小乔已不是宿舍里那个小鸟依人的女孩子了，现在的她，甚至比自己更坚忍。

森林找到苏三的病房。护士长田静是天书的同学，她开玩笑说这里宗教信徒不少呢，苏三每天要读《金刚经》，她隔壁住着一个基督徒，每天捧着《圣经》在读，心里有份信仰支撑，倒也让人少些担心。田静的头发一丝不乱地拢在帽子下面，眼睛清亮有神，目光沉静平和，嗓音舒缓柔和，置身癌症病人的灰色空气之中，却散发着一份温和真实的魅力，像一颗圆润通透的珍珠，可算是这些病人绝望中的一大慰藉。

苏三满脸愁苦说：“你们有没有看见楼道里那么多戴帽子的病人？过不了多久，我的头发也可能全部掉光，那个样子，还不如出家做尼姑呢，刚好省掉剃度的程序。”

天书笑说：“你可不能出家，只怕你到了寺院，游客们要把寺院的门槛踏断，而且男香客们个个成了你的‘铁丝’，神魂颠倒不肯回家，看你如何是好。”

苏三苦笑：“我连一个男人都守不住，更不用说现在这个鬼样子，不把男人吓跑才怪。”

森林见她枕边有一串红色玛瑙的佛珠，好奇地戴到脖子上：“好看不好看？这佛珠让我想起六世达赖仓央嘉措，要说起情诗，世界上的诗人恐怕没有人能和他相比。”

苏三说：“这是上次去勉阳天灯禅寺，一献法师送的，他说佩戴念珠的本义，是帮助修行者提起正念，断除烦恼，庄严威仪。当人心如野马，杂念纷飞时，手持念珠可以遏制妄念，增加定力，滋生智慧。你还别说，我以前常常在夜里惊醒，现在有这佛珠陪伴，倒睡踏实了。这佛珠好像真的可以帮助我清净自心，放下一切。”

天书说：“现在常见人戴着佛珠，不论男女老幼。这有什么讲究？”

苏三说：“佛教认为人有一百零八种烦恼，佩戴念珠可获无量福，灭无量罪，通常挂颈上一圈，绕手上两圈，放台案上三圈，心诚则灵，不拘形式。”

田静进来说：“下班了，我请大家一起出去吃饭吧！”

天书说：“要请也该我请，苏三清修了这么久，让她重新花天酒地一回。”

苏三本不想出来，被她们强拉下床，脱掉病号服换上一条深蓝的裙子，因为瘦了不少，倒显得更加清雅脱俗。

四个人每人点了一个菜，天书又点了一个佛手瓜老鸭汤。田静说：“看来你对美食也很有研究呢，这汤苏三多喝些好。”

森林说：“我本来庆幸咱们梁州青山绿水，被秦岭隔着没有雾霾，谁知得肿瘤的人这么多！”

田静说：“我看过一些资料，说目前我国平均每分钟有六个人被诊断为恶性肿瘤。现在医院的楼越盖越高，可病人却越来越多，医院的设备越来越先进，很多病却查不出来，药品的种类越来越全，可吃了却未必管用。话说回来，癌细胞很活跃，要想杀掉癌细胞，几乎是杀敌一千，自损八百，化疗杀掉癌细胞的同时，也杀死了毛囊细胞，所以化疗的病人头发都会掉光。虽然医学界不断在研制新的抗癌药物，但癌细胞自身也在不断变异。因此，要有足够的心理承受力来面对漫长治疗的挑战。”

苏三看着田静说：“我怕我撑不下去。看你整天早出晚归，晚上还常常加班，家里怎么办?"

田静笑说："我是一个人吃饱，全家不饿。"

天书帮她补充："她两年前和丈夫离了，现在还是单身。"

森林瞪大了眼睛："这么美丽优秀的姐姐也会离婚?真不知是这个社会的悲哀还是男人的悲哀?"

田静说："现在闪婚和离婚的人一样多，没什么好吃惊的。"她看着苏三说："我们这个科里住的，大多是只剩下一只乳房，甚至一只也不剩的女人，和生命相比，乳房有没有已经不重要了。如果我告诉你，我和你几天后一样，被切掉了一只乳房，你可能会更吃惊。"

她喝了一口茶，叹气说："其实每个人的婚姻，都是如人饮水，冷暖自知。我的要求只是希望我的丈夫能够让我安心地睡眠，这要求过分吗?我希望在我孤独时，在我被一些问题困扰时，他能守候陪伴在我的身边，听我倾诉，给我抚慰。我并不期望他在我加班时来接我，只希望他能体谅我的辛苦，我的工作性质就是这样。但他给我的是夜夜晚归，醉意醺醺，是无论你愿不愿意都要粗暴地侵犯你，不管你是在感冒还是痛经。总之，他要的只是一个带出去光鲜体面、回到家洗衣做饭、房子永远打扫得干净整洁、勤快如女仆的女人，而毫不关心她的内心，也就是说，我有婚姻，但是我感觉比没有婚姻更加孤独。婚姻只是个令人疲惫的空虚的外壳，那么，还不如扔掉它更加轻松。"

说到这里，田静有些失神了："当一个婚姻不能让你感到幸福和快乐，而是陷入悲伤失望之中，当他睡在你身边，你感到的不是亲爱而是陌生和仇恨，甚至在心底想要杀掉他或是自杀。这种婚姻如果继续下去，恐怕我不是切除一只乳房，只怕全身的器官都可能产生无数的肿瘤，因为被负面的情绪包围着困扰着，你的身体就是毒素的容器。有一天他冲我吼说，你去死吧！我甚至对他充满感激，因为他说出了我想说而没有勇气说出的心声。

“唯一让我痛苦的，是女儿判给了他，这是他同意离婚的必须条件。我自己生的血肉，却总是被拒绝探望，倒是女儿常常偷偷跑过来看我。这种痛苦，你们是体会不到的。”

见大家满脸悲戚，森林举杯说：“与其和一个粗暴庸俗的男人生活在一起备受折磨，倒不如我们自己自由自在地过日子。我佩服你的勇敢!”

田静抹掉眼泪，抚摸着自己的头发说：“其实大家见面本是一件开心的事，不说这些大煞风景的话了。你们可能难以相信，当初我的头发也曾经是干枯焦燥的，如同那时我的心情一样，化疗时也是掉得精光，可是现在，它们重新长出来，比以前更加粗黑健康。结核病曾经被认为是不治之症，现在已经不算是什么难题，乳腺癌算是癌中的善类，早期根治，百分之百治愈者不少，生存率是比较高的。所以，有我这个例子，大家都不要担心。”

森林附和：“田姐说得好，美国女作家桑塔格四十二岁得了乳腺癌，后来又被诊断出子宫癌，医生说她只能活半年，但她直到七十一岁才去世，距离查出癌症已过去了三十年。桑塔格就说，心态导致疾病，而意志力量可以治疗疾病。”

苏三总算有了笑容：“好，有护士长这样勇敢的例子，有你们的鼓励，我的抗癌信心倍增。”

天书悄悄问：“他最近来看你了没有?”

苏三摇了摇头：“看与不看都没有意义，在他眼里，只有工作和他的前途才至关重要。”

天书说："你也别怪他，听说上周省委组织部已经来考察了，因为市里目前没有空缺的职位，据大家猜测，他好像是要去外市任职。"

苏三感到心又被刺痛了，她明白，这对他很重要，每次升职对他都很重要，只有她对他不重要。每当机遇来临，她总是被放弃和忽略的一方。而现在，一旦异地交流任职，他将离她更远了。整个一生都把这个男人捧在爱情的神坛上，为什么命运对自己这样残酷呢？

天书和森林走后，田静和苏三一起回到病房，见楼道里一对男女正在那里吵架。那男人越是悄声低语，女人越是暴躁，两个人先是低声吵着，到后来那男人好像忍无可忍，扬手就给了那女人两耳光，女人反倒突然安静了。

田静冲男人说："你怎么能打人呢？这是医院不是你家，就算在你家，你也不能打女人啊，何况她还是个病人！"

那男人也不抬头说话，自顾自提了挎包，怒气冲冲地转身走了。女人低声说："护士长，让你笑话了，我这人可能天生就贱，过段时间就想让我们当家的揍我一顿，他不动手我就想着办法惹他生气，直到他打到我身上，我这心里才舒坦。你说，我这是不是有病？"

田静和苏三惊讶地看着她，一时不知怎么回答她。苏三觉得不可理喻，她有些好奇，招呼那女人进自己的病房："你们一直这样吗？"

女人说，他们俩同村，从小学到高中都是同学，他一直很喜欢她，高中时天天给她买早餐，全班都知道他把她当宝贝一样爱着。可高中毕业后外出打工时，她偏偏喜欢上另一个男子，直到把自己都给了那男人，对方还没有娶她的意思，才知道那男人在老家是有老婆孩子的。这个打击使她动了轻生的念头，吃了一瓶安定下去等死，没想到被工友发现送往医院。他听说了赶过来看她，说的第一句话就是："你真是个傻瓜，我一直等着娶你呢!"

女人说，就这样，他不管那些闲言碎语和我结了婚，可我这心里，总觉得对不起他，所以，隔三岔五就总想惹火他，让他打我一顿，我心里才觉得公平。为我这病，我那男人在工地上做牛做马到处揽活，又把七大姑八大姨的钱都借了个遍。这病可真是个无底洞，多少金山银山塞进去也没了。我这一辈子还没见过那么多钱，一摞一摞地交到窗口去，你说，就是不心疼我男人，我也心疼那么多钱啊。

苏三听得又心酸又好笑，谁说这不是爱情呢？也许每一对男女，都有自己独特的相爱方式。

呆坐在病床上，她翻看着森林带来的画册，有一幅毕加索的《哭泣的女人》，画面上是一张杂乱无章的面孔，眼睛、鼻子、嘴巴全部错位，扭曲得支离破碎。她突然想起了赵汉京，眼泪滴落在画页上，像画中人一样感到歇斯底里的悲伤。

此刻，她抚摸着那串佛珠，从墙壁的镜子上看见自己，眼神依然那么犀利，那样幽怨，她长叹一声，终究还是放不下。闭上眼睛，好像空气里还有他淡淡的气息。但她知道，成住坏空，终究不过一场梦境，所有她迷恋的一切，都将慢慢散去，终至无物。

15. 飞翔与坠落

森林和范理涵再见是在一个月后，他们沿着江堤往前行驶，江水悠悠流淌着，两岸的林木映在水中，江水也呈现出秋的斑斓。江边的沙洲却是芳草鲜美，诱惑着他们跳下车，走向野草的深处。草丛里有无数只蟋蟀，小小的黑黑的在泥地里慌慌张张地飞来蹦去，虽然是秋末，阳光却依然灼热，不远的树林里，一声接一声的蝉鸣持续嘶叫着，让人心慌。

芦苇在风中摇曳，他们相挽着在密密麻麻齐腰的野草中跌跌撞撞地往前走，当一片平缓的沙地出现在眼前，森林停了下来，闭上眼睛，嗅着野草浓烈的味道，这种味道让她感到轻松和自由。阳光照射在身上，她如一尊明艳的女神。范理涵用双臂环围她的腰，将她的头贴在胸前，听他强烈的心跳和急促的呼吸。

这是身体的呼喊，她明白。他的心跳是那么真切，使她对他产生某种信任感。她想，至少他是真挚的。他的亲吻让她既紧张又愉悦。她模糊地想，自己一直喜欢高大的男子，也许是因为，在他们怀里，感觉自己依然还是个孩子。她想，也许我一直是在期待，一个男子将我带到一个充满梦幻气息的地方，抚慰我，那么，就什么也不去管，一切听任自然。

他急不可待地拥抱着她倒了下去。秋阳下沙滩的温热隔着毯子传到了背上，她心里有些惊慌，但很快发现，他浑身颤抖得比自己还厉害，她禁不住为自己的胆怯发笑。他们的肌肤都是滚烫的，头脑一片空白，没有明智可言，只知道想要吞噬对方。

湛蓝的天空是那样炫目，身下的沙滩是那样滚烫，还有那条悠长的河流，都在眼前旋转。这是久未出现的极致愉悦。她有些为自己的忘乎所以羞愧，又为他那么体贴而感动。她感觉自己犹如鲜花一样盛开，又宛如春天的大地一样芬芳四溢。当一切静寂下来，他全身是汗，将脸贴在她的胸上，微喘着说："你不知道你有多美!"

是的，她也感受到了他的激情，是那样狂欢，毫不掩饰。

身下是一条暖融融的毯子，印着缤纷烂漫的花朵。她支起下巴问："你出游时都带着毯子吗?"

他伸出食指刮她的鼻子："你是想问，我经常约女人出来这样游戏吗？你以为只有女人是挑剔的，而男人都是饥不择食的，对吗？实话告诉你，从来没有哪个女人让我有这样的呼吸和心跳，有这样美妙的感受。难道你的感觉不是这样吗?"

他的话或真或假都不重要，重要的是她刚刚经历了一场久违的美妙。她重新躺下去微眯着眼睛看着天空，那样澄澈的蓝色，让她想起童年常常会梦见各种各样的飞翔。有时是坐在树枝上或是踩在一根橡皮筋上，有时是拉着一片云彩或是骑在一只鸟背上，只要轻轻晃动身体，它们都会带她飞翔到高空之上，看山野在脚下移动，给她带来无穷的眩晕和快乐。刚刚，她又经历了一次神奇的飞翔，宛如童年梦境的重现。

范理涵俯身看着她："如果此刻不是做梦，嫁给我好吗?"

森林有些猝不及防，她霍地坐了起来："别得寸进尺啊，福柯曾说：人其实比自己想象的要自由得多。当我们感觉到不自由的时候，仅仅是因为我们屈从于习俗，实际上我们完全可以去选择一种自由自在随心所欲的生活。在我的人生里，我会尽可能去做自己喜欢的事情，自由地选择自己喜欢的生活方式。如果我爱上一个人，我既不会劳民伤财地去结婚，更不会举办声势浩大的婚礼，我会全身心地去体验爱，享受爱。我不想给自己那么多压力，不结婚并不说明我活得不好，一辈子嫁与不嫁都不重要，关键是不浪费时光。过自己想要的生活，这才是最重要的。"

"这算是你的人生宣言吗？前几天我还在读门罗的《逃离》，逃离意味着与那令人倦怠、疲惫的日常生活一刀两断，意味着从这种生活赋予的一切中离开。但是，想要从习俗认为正常的生活方式当中逃离出来，你必须要有强大的承受力，才可以面对以后可能出现的一切。"

"我不知道自己是否能够在琐碎的家居生活和我自己所坚持的精神相对自由中切换自如，是否能够在母亲妻子的身份间取得平衡。我缺少尝试的勇气。你上次说得对，也许我过于偏激和自私。从小在外婆那里，在母亲那里，厨房都是一个让我着迷的地方，是一个很温暖，留下了美好记忆的地方，但现在我却是那样排斥和惧怕它。说不定等我自己有了孩子，心态就会改变了吧！"

范理涵说："很多女权主义者认为把女人从厨房、卧室和产房解放出来就是成功，我认为这是一种矫枉过正。幸好你还没有那么激烈，至少你还是渴望孩子的，我主张尊重传统但又不受制于传统。"

城市里的喧嚣郁闷都远遁了，她重新躺在阳光下的草丛之中，感到舒适而快乐。他的手指在她背上轻轻划着圈。她奇怪地想到，自己的身体那样敏感，有时甚至会排斥和男士的近距离接触，对他的身体居然自然地接纳，这一切都让她觉得不可思议。

“你的身体偏瘦了一点儿，如果经常接受我的邀请，相信可以更丰满圆润一些。”

她喜欢他的狡黠：“那么自信吗？是指身体的滋养还是情感的抚慰？”

他的手指轻轻掠过她的胸前，让她闪过一阵战栗：“你都需要。萨德曾宣称，没有任何东西比性更伟大，也没有任何东西比性更美好，没有性就绝没有任何拯救可言。虽然你想抗拒，但你的身体暴露了你的内心。”

她领悟到他的意思，是说她身体的饥渴，她的脸红了，对刚才居然心甘情愿地交出自己有些莫名地恼怒，便起身穿衣服。

他搂着她走出这野草环围的沙滩，坐在江边，看着波涛起伏的汉水。她有些困倦，将头靠在他的肩上，闭上眼睛，沐浴在阳光之下，被红色的光芒包围，如同一团火在燃烧。

“我们去旅行吧，选一个你喜欢的地方，去哪里都行。”

“为什么？”

“旅行是检验情感的试金石。《围城》里说，旅行时舟车劳顿，让人本性毕现，一场旅行的琐碎和风尘之后，如果彼此还不讨厌，就可以结婚了。”

几只鸟从树上飞出，响亮地叫了起来。她睁开眼睛，看向那棵树，如果没有看错，树上还有一个人，正端着一台如同枪筒的摄像机，对准的正是他们。在她惊叫的一瞬，他便迅速跳下树，消失在浓密的芦苇丛中。

范理涵还沉浸在刚才的甜蜜里，听到她的叫声，回头看了看风中起伏的芦苇，抬起她的脸看向她的眼睛："不会是你太敏感了吧？就算是真的，说句最俗的话，既然生米做成了熟饭，那就嫁给我吧，就当他们帮我们提前拍了一次婚纱照！"

"可是，可是……"森林嗫嚅着，"可是我还没有想过要嫁给你，我从来没有真正想过结婚……"

范理涵一愣，满脸受伤的凝重表情，他转过身默默地整理衣服，收拾东西，她跟在他后面，整个路上，两个人没有再说一句话。

森林回家洗澡后看着自己的身体，镜子里的她容光焕发。她不能否认，刚才范理涵的确让她感到波涛汹涌的激情和桃花灼灼般的快乐，她感到一股新鲜的气息在血液里奔流。这是爱情吗？她摇了摇头，想，这只是饥渴之下的欲望，与爱情无关。

她又想起了那一闪即逝的摄像机，她宁愿那只是自己一时的幻觉，但同时又有一种不祥的感觉，似乎有什么不幸的事即将发生。

事情比她担心和预想的更快。第二天走进校园，森林已经发现几个同事异样的目光，她并没在意。平常大家也经常和她开玩笑，说她是校园里的一个传奇。很多男生公开宣称森林是他们心目中的女神，她的讲座总是人满为患，有的男生甚至在校园网上说，森林的笑容是消除疲惫烦恼的灵丹妙药，每堂课只要森林有一个笑容，他们就心满意足了。

她刚走进讲堂，台下二百多人全部发出尖锐的夸张的嘘声，学生们在台下用韩语日语英语各种不同的语言或高或低地朝她掷过来一个个意想不到的词汇。她直觉与昨天的事有关，但完全来不及反应，头阵阵发晕，听清了前几排学生喊出的话：“我们学校也有艳照门了！”“无耻！”“下流！”“让我也试试！”整个礼堂乱作一团，她才惊慌起来，知道这课是没法上了，正好系主任匆匆赶来，临时决定休课，她木头一样跟着主任回到办公室。主任铁青着脸说：“森林，今天的情形你已经体验了，你自己应该清楚是怎么回事。我看最近一段时间恐怕你也没法上课了。”森林说：“好。”趴在桌上写了张假条，就回家了。

当她打开电脑搜索到自己，那些污秽的语言与夸张变形的丑陋图片，在一瞬间击垮了她的心，她觉得像在众目睽睽之下被人扒光了衣服凌辱暴打，所有的石头唾液都砸到吐到她的身上脸上。巨大的痛苦侵袭过来，使她急促地喘息起来，啪啪关掉电脑，嘴唇和手臂仍在抑制不住地颤抖。在剧烈的心跳声中，她望着窗外空荡荡的操场和围墙外浓云密布的天空，眼泪汹涌而出。

16. 那个女孩

高温一直持续，人们在火炉般蒸腾的烘烤中汗湿全身，更添了几分对清凉雨雾的期盼。半夜里似乎有雨珠滴落的声响，天书推开窗户，除了扑面而来的蒸汽、空调疯狂旋转的嗡嗡声，地上毫无湿润的痕迹，只有知了在不知疲倦地嘶叫。

清晨起床，天书探头看了一眼儿子立春的卧室，见他只穿着一条短裤，肚子上也没搭毛巾被，大张着嘴，睡得正香，满屋都是汗味。现在的孩子，生物钟都很混乱。昨天说是同学过生日，吃完火锅晚上接着K歌，玩到凌晨两三点才回来。

天书在厨房里忙活，刚做好饭，立春倒起床了，惺忪着眼在那里刷牙，天书说："想睡就多睡会儿吧，怎么又起来了？"

立春说："同学约了要去打球。"

天书说："打完又是聚会，一天就晃过去了。有时间还是多读点儿书，你这个年龄应该是像海绵一样汲取知识才对，你没见每次公务员考试，数百数千人争取一个职位吗？"

立春这才睁大眼睛，满脸难以置信的表情看着她："妈妈，你的职业优越感也太强了吧？难道我的出路只有考公务员吗？你没见现在社会上网络上一提官员，便如老鼠过街被一番臭骂吗？一辈子在机关里庸庸碌碌地生活，对上司要唯唯诺诺，对同事要谦虚谨慎，对群众要和蔼可亲，坚持着孔夫子的中庸主义，在公文电脑里浪费生命，从一头青丝到满头白发，这是你心中的理想生活，可不是我的。我好歹还是个年轻人吧，人只要活着就不可能永不犯错吧，我可不希望让人人肉搜索，连自己丝毫的隐私也没有。我才不愿意有和你一样的未来，在人际关系网里变得越来越怯懦，从头到尾在服从中变得内心虚弱，身体疲惫，精神萎靡。”

天书让他这番长篇大论弄得瞠目结舌，立春坐到餐桌前，埋头呼啦啦喝了半碗粥，接着说：“人生太短了，只有充实度过的才算是时间，才算是生活。我还是满怀着激情的，还是渴望创新的，可只要进了你们那个圈子，万丈雄心都要被平庸世故消解掉。我的生活原则就是：宁为不满足的人，胜做满足的猪。”

天书受不了他这样振振有词，便问：“那你觉得什么才是重要的？”

“什么才是最重要的？你不要指望我给你背奥斯特洛夫斯基那段话，太老土了。我认为人生最重要的就是两个字：活着。不要以为我们‘90’后都是物质男孩享受女孩，我们有我们的生活观念。”说完嘴巴一抹，穿上球鞋转身出门了，剩下天书在那里发呆。

天书从立春那里知道，周世忠已经向报社提出辞职，他在北京一个文友主编的文学杂志社里做了一份兼职，帮立春打理一些乐队的杂事，并不打算回梁州。这倒使她放下心来，毕竟北京的视野开阔，文化氛围更加浓郁，也许他在梁州这二十年就没舒畅过。

天书犹豫了很久才决定去见那个名叫朱珠的女孩。无数个夜里她回忆起从前，周世忠为了见她，每天晚上在楼下为她唱歌，引得全楼女生都趴到阳台上看的情形，那个深情憨厚、豪爽坦荡的周世忠什么时候消失的？在她的心里，始终不能承受周世忠会背叛她的事实。这个叫朱珠的女孩子，以什么魔力，竟然会让周世忠这样来伤害自己？她想不明白。

周世忠去北京后，她曾到他的房间寻找线索，发现一些蛛丝马迹。他一直还保持着记录随感的习惯，因此，天书在他床下的一个小笔记本上，知道了那个女孩名叫朱珠，是成长于贫困山区、失去父母的一个女孩子，自己努力考上大学。这样的身世也许值得同情，但在他们相处的日子里，周世忠叫她宝贝，而她，叫他爸爸。单是这些错乱的称呼就让天书七窍生烟，更不用说他还为她写了无数首激情四溢的情诗。

打开衣柜，灰色黑色看得她自己都觉得压抑。她先是选了一件灰色裙子，后来又换上一件黑色的，除了庄重之外，还因为心情多少有些悲哀，也没必要和那女孩子去比年轻。

天书到医院说要找朱珠时，李天宁在那一瞬间知道了谜底，他很有些忐忑不安，但他知道天书绝不会在医院里和朱珠大打出手。他指着一个刚从手术室走出来的女孩说，那就是朱珠。

罩在护士服里的朱珠和其他女孩没有什么区别，她站了三个小时，全身的衣服都湿透了，手指浮肿，双腿也是肿痛的。她擦了一把额头上的汗珠，头昏眼花中差点一头栽到地上，赶紧在过道的椅子上坐下来。这里正对着冷风，空调开得很低，隔壁卫生间里巴氏消毒液的味道很浓，朱珠全身泛上一层鸡皮疙瘩。她向窗外望去，院子里依然是似乎要烤化身体的高温，但是，至少那里还有自由健康的空气。

朱珠走到院子里那棵大树下，无精打采地看着刚从树上掉下来的一只黑色甲壳虫。那小东西猛砸到地上似乎有些昏头昏脑，几分钟后就恢复了威风凛凛的样子，它伸出四只有力的小足，飞快地向草丛中爬去。

朱珠回过头来，好奇地看着站在树下一言不发的天书。天书看着朱珠那张面色苍白、惹人生怜的脸，因为记忆中曾经热烈的一幕，她努力克制着自己对眼前这张脸的嫌恶。

“你是朱珠吧，我是周世忠的妻子，我想你应该知道他失踪了。”听到周世忠的名字，朱珠愣了一下，脸上先是闪过畏怯的表情，很快显出无所谓的样子：“你找我干什么？他失踪不失踪和我没有关系，你也没有资格来审问我。”说完站起来转身就走。

天书说：“对于你们之间的交往，他是成年男子，自然应该负主要责任，我只是想了解清楚，这一切究竟是为什么？”

朱珠回头见她满脸痛苦的表情，脚步停了下来，垂头回身走到树下坐下来。沉默了一会儿，朱珠落泪了，说，周世忠是她所见过的最好的男人，她叫周世忠爸爸是有原因的，一是因为她从小就失去了父亲，而周世忠一直像父亲一样宠惯她，二是因为他们特殊的相识。

朱珠是天生的好酒量，前年暑假回梁州到同学家中玩，吃饭时同学的父亲说省上来检查工作的带队领导是特别喜欢有女孩子陪酒的，他想利用这个机会争取项目资金，却愁找不到合适的人。朱珠便自告奋勇答应去试试。那个晚上也不知喝了多少酒，反正白酒红酒啤酒全上了，但那天恰逢例假提前的生理敏感期，起初她头脑还清楚，后来完全是强撑下来的。接待结束他们把她送到街口就走了，只是几分钟时间，醉意涌上来，她已辨不清回家的路。几个男子看出她走路不稳，围上来抱住她就往角落里拖。她的挣扎完全无济于事，也许是天意，正好周世忠从那里走过，在神志全失前，她拼尽全身力气大喊了一声：“爸爸！”

周世忠并不知道是谁在叫，但发现几个男人在拉扯一个女孩，就猜到几分，他大喝了一声。也许是他健壮的体格与满脸的络腮胡帮忙，果然吓退那几个小痞子，而朱珠已经全身瘫软了。他给她裹好撕扯坏的衣服，想送她回家，而她完全说不清自己的住址，于是只好带她住进了旁边的宾馆。

那一夜，她醉得不省人事，嘴巴不停地涌吐出黄色红色的东西，酒液混合着果汁，整个房间异味刺鼻。这还不算，更可怕的是，她竟然失禁了，大小便毫无知觉地倾泻而出，连同鲜红的经血汹涌而出，裙子内衣连同床单被子全都污染成一片血色，混合着排泄物腥臭无比。周世忠目瞪口呆，以为她身染重病，便决意要送她进医院，一想即使进了医院也说不清楚她的情况，只好半夜电话将李天宁叫了过来。李天宁一进房间几乎吓傻，以为他哄醉少女图谋不轨，这几乎颠覆了二十多年来他对周世忠的认识，后来弄清情况，看出这个女孩只是醉酒，便给她输液醒酒，待她情况稳定就离开了。

“这么说李天宁知道你们之间的交往？而你们一直合起来哄我？”天书觉得不可思议，心中涌上一股强烈的被骗的愤怒。

朱珠说：“你不要怪他，他并不知道后来发生的事情。从那以后我们就没有见过面，这次在这里实习是赵叔叔安排的，完全是偶然。我也是来了才知道，李院长是你们的好朋友，算起来，他和赵叔叔都是我的恩人。”

朱珠自顾自甩打着手中的树枝，神情恍惚地说：“知道刚才我们在做什么手术吗？就是为男人切包皮，很简单的手术，那些男人一个个紧张得要死。也许因为我是学医的，对我来说，男人就像是一条狗，而女人的身体就是诱惑它的鲜肉，如果那只狗足够忠实可爱，偶尔赏它几口也未尝不可，反正也是愉悦自己。但是，周世忠绝对和那些男人不同，无论你怎么想，我和他之间，我认为是美好的。”

她瞥了一眼天书吃惊而愤怒的表情，压低声音说：“你用不着紧张，我并不爱他，从来就没纠缠过他，但我是真的喜欢他依恋他。至于为什么，套用周迅说李亚鹏的话：他满足了我对男人的所有幻想。我从小没有父亲，每次看见其他女孩被父亲扛在肩头搂在怀里就嫉妒得要死。上了大学也谈过几个男朋友，可他们对我的要求太多，身体上的欲望不说，还要比家庭论父母讲性格，谁都做不到像他那样，明明知道我有很多缺点，还那样宠我呵护我照顾我。”

朱珠用球鞋踢飞了一颗石子，擦掉眼泪说：“你们的婚姻跟我没有关系，我算不上小三，因为他除了给我买过衣服化妆品生日礼物，我还真没得到过他多少钱或是贵重东西，我也从来没有想过嫁给这样一个整天让我叫他爸爸的老男人，虽然我愿意为他做所有的一切。你也放心，自那天之后我们就没有再联系过，也相约了永远不再相见。其实，他心里深爱的，只有你一个人，所以，我用不着向你道歉。”

说完，她转身走了，剩下天书一个人待在树下，树上的知了好像吸饱了树的汁液，约好似的突然如高音喇叭一般疯狂地哄叫着夏天的酷热。

17. 见与不见

全省旅游博览会结束这天晚上，因梁州拿了几项大奖，又有三个景区被命名为5A级景区，刚好局长从缅甸和不丹旅行回来，天书请大家聚在一起庆功，局长很兴奋地说起这次旅行：“缅甸那里的一个男人可以娶十个老婆，我们去参观时男主人为了炫耀，甚至把十个老婆都叫出来让我们看。每个老婆都有保镖有越野车有保姆，大老婆五十岁，掌握着经济大权，最有权威，最小的只有十二岁，最受宠爱。和人家一比，咱们一辈子千辛万苦地只能娶一个女人，实在太亏了。”

胡玫说：“如果每个老婆都有越野车有保镖保姆，每个孩子都上贵族学校，遇到这样的缅甸土豪，我也愿意嫁，管他有多少老婆，爱不爱我都无所谓。”

同事们都在那里起哄：“你明明是富婆，在这里装什么穷啊。你就是不上班，老公的存款几辈子也花不完。”

胡玫在那里苦笑，也不辩解。天书知道她前不久和老公已做了财产分割，其中滋味大概只有她自己体味得最清楚。

局长又说到不丹重视环保，感叹咱们中国人天上地下什么都敢吃，胡玫说：“最好让动物也都赶紧移民，否则终有一天会被国人吃光，不吃光也会被杀光毒光。我妈她们那一帮佛教徒都在感慨，说现在官员刹住吃喝风实在是功德巨大的放生活动，动物有灵，也应该护佑我们国家繁荣昌盛才对。”

有几个人因为开了车不肯喝酒，桌上气氛有些冷清。胡玫摇着杯中的葡萄酒说：“平时你们只知道端着劣质酒在那里死拼，今天局长拿的进口葡萄酒你们却不敢喝，天生的一帮土包子。你们知道这是什么？要展开你们的想象，对美丽女人的想象，这是一个美女飞舞的红裙，她的舞姿要多优美就有多优美。好了，我就说到这里，下面喝不喝都是大家自由选择的事了。”

她这一说，男士们哄然大笑，纷纷举杯，觥筹交错，马上热闹起来，叫服务员拿鸡蛋来，他们要喝“雪山飞狐”。所谓“雪山飞狐”，是局里男士们自己发明的拼酒方式之一，就是将新鲜的鸡蛋打碎放进倒满白酒的高脚杯里，一饮而尽。办公室主任老陈架不住大家劝酒，在那里摇头晃脑地说：“看你们把那些洋酒吹上天，我还是喜欢喝白酒。”他仰头索性放声唱起了《红灯记》：“穷人喝惯了自己的酒，点点滴滴在心头。”

另一个老科长说：“我这一辈子，可以用四个一来作总结：一个单位，一个老婆，一个儿子，一套房子。那些金山银山我也不羡慕，健康平安就好。在旅游局工作了三十年，现在这工作才算干得最舒心。”

大家轮番过来敬酒，天书一高兴，也频频举杯，不觉有些头晕脸烧，便不敢再喝，到卫生间一看，真正的脸若桃花。这时手机响起来，她一看乐了，正是森林。

但森林的声音听来焦虑无助：“姐，快帮我想想办法！”

“发生什么事了？不至于院长大人这么快向你求婚了吧？”

“比那糟糕多了！我们去江边约会，被人拍照发到网上去了！”

天书吃了一惊，心里没想到他们进展这么快，看来森林是真的动心了：“就当是天遂人愿，那就结婚吧！”

“可我从来没想过要结婚！一句两句说不清楚，你快过来吧！”

天书一时不知说什么好，对森林说女人过了四十就嫁不出去了，说赶紧抓住一个男人结婚，都是没用的。挂了电话出来，见胡玫正在向老陈敬酒，两人论起年龄，老陈说：“我比你大一轮，你是小老虎我是大老虎。”

天书说：“现在正在打老虎，你们还争着当老虎，真是勇气可嘉。”老陈说：“局长们别生气，打老虎的好处，是官场的作风真的扭转了，我们现在对权力不用顶礼膜拜了，这心里才叫舒坦。”

见大家都已经酒到微醺，天书便建议结束。老陈摇晃着钥匙冲胡玫说：“喝酒时你说这是美女的红裙飞舞，哄得我们都开怀畅饮，现在可好，一个个都开不了车。”

天书打车赶到森林住处，一进门，扑面而来浓烈的烟酒味，呛得她几乎不敢呼吸。森林的一头长发乱蓬蓬的，披着一件宽大的睡袍，上面印染的荷花都被揉皱了。烟灰缸里已经堆满了烟蒂，地板上滚着一只葡萄酒瓶。墙壁上挂着一幅画，挂在树上的软表，摊在地上的人脸，三个停止行走的时钟，像柔软的面饼一样叠挂在树枝上平台上，那是一个时间已经绝对停止的世界。天书记得这幅画，是上次她们一起逛街时选的，达利的那幅《记忆的永恒》。面对这幅画时，她总觉得有种强烈的惶惑和恐惧，不知道森林为什么那么喜欢它。

森林一身的烟味，脚步有些踉跄：“真是马失前蹄，马失前蹄！”她一屁股跌坐在床上，脸上说不出的懊恼。

天书觉得好笑："塞翁失马，焉知非福呢？你们都是单身，正常的恋爱，又不是偷情，用不着承担道德和舆论上的指责，你不安什么呢？难道是他退缩了？"

森林说："不，恰恰相反，他是认真的，在网上曝光之前他就向我求婚了。"

"那你还担心什么呢？相对来说，他可算得上是一个如意郎君呢。"

森林又点燃了一支烟："没你想的那么简单。第一，网上曝光的不但有我，还有他和诸多女人的照片，而且都相当亲密，虽然他解释说是对方PS过的，但这使他和我都处在相当尴尬的境地。第二，据他所说，因为院长本来明年要退休，上月因为脑梗突然住院，生活已无法自理，这就把院长人选提前提上议事日程，而他和另一个副院长，就是上次被网上臭骂过的那一个，都将成为竞选对象。他估计是那个人指使所为。你知道网上的事没法解释，尤其是官场和情事，越描越黑，他没法自圆其说，背上这么一个拈花惹草的烂名，自然也就失去备选的可能。"

"他迁怒于你了？"

"没有，他倒很淡然，说如果我愿意嫁他就顺其自然，堵了这一班人的口，如果不愿嫁，他可能申请去美国做一年访问学者。"

"那就更难得了，有担当才叫真男人呢。也许老天也想借这个机会把你嫁出去呢！"

森林的表情倒是少有的凝重："问题是，我真的还没有做好嫁人结婚的心理准备，这样结婚有些逼婚的感觉，这不是我的性格。"

天书忍不住笑起来："一个三十五岁的女人说自己还没想好结

婚，不是矫情就是缺少诚意，这下你可把他害苦了。如果他真的和照片上某一个女人结了婚，你不后悔啊？”

森林沉吟起来：“后悔？也许有一点儿，毕竟他是一个有思想有才情的男人，在这几年我所遇到的男人里，算是比较符合我内心所求的一个人。但是……”她又猛地摇了摇头，“更重要的原因是，对我来说，爱意味着接纳另一个人走进你的生活，走进你的内心，但我的心门是关着的。对我来说，爱意味着不自由，意味着束缚，我宁愿享受孤独。我很害怕，婚姻将带来很多即将展开的关系，这对我是一种束缚和羁绊。”

天书知道她不擅长处理人际关系：“不要太杞人忧天，与他的父母、亲戚，都只是暂时地相处，只要你们俩在一起愉悦就好。还没有经历，便去担忧一切，就退缩，你也太怯懦了吧！”

“还有更意料不到的，”森林转身打开网页，“这几天我都没有勇气开电脑，但是你看，”她拉出一页，“我的朋友告诉我，在那一片谩骂声中，有一个人一直在支持我，并且公开向我求婚，引起网上另一波攻击的热潮。”

天书更吃惊了：“这个人是别有用心吗？”

“不，”森林反倒显得冷静起来，“如果我的感觉没错，这个人应该就是唐长安。”

天书凑过去看，网上那个人叫红尘之外的思念，他写道：“无论世界如何，你在我心中永远圣洁；即使红尘中所有人抛弃你，我永远在这里守候你。”他将这两句话接连发了六次，而引发楼下数百人的惊诧谩骂。

“真让人感动！你确定就是他吗？”

“是的，除了他没有人可以这样说。更可怕的是，一想起他，我依然会心跳如鼓，愚蠢如少女。”

“那么你和范院长之间呢？如果没有动心，怎么又会走到这一步？”

“是啊，这是我喜欢张爱玲小说的原因，她的小说里，都是小动作、小聪明，结局都是大破灭、大破碎，我就是这样愚蠢的一个女人。我喜欢范院长的睿智，好奇和一个男人相处究竟会怎样，我想要挑战我自己，结果，把自己搭进去了。真的，和他之间，好像一场游戏，好像一场梦，这个梦若要成真，我还接受不了。”

天书叹息说：“这范院长一定也在想，怎么这么倒霉呢，和另一个女人，轻而易举就可以俘虏她的身心，偏偏遇上你这么一个独身主义者，把他晾在那里，这如何是好呢？事到如今，你拒绝他，他很可能就选择其他女人了。”

“他会怨我吗？我还怨他呢。我这么安静自在的生活，现在让网络害得全无隐私。只怪他命不好吧，选择其他女人对他才更合适。”森林也不禁笑了起来。

“那公然在网上向你表白的那个人呢？十年过去了，他居然还在等你，好像是新世纪最浪漫的一个传说了。”

“他还在我的博客上留了言，说他在北京等着我，希望能见到我。我很意外和感动，但是，我甚至没有勇气回应他，更不要说去见他。你知道吗，我每次读六世达赖仓央嘉措那首《见与不见》，好像都是在对他倾诉。”

天书说：“见与不见，这真是个难题。但以你目前的处境，我倒是希望你还是认真考虑一下和范院长的可能性，我感觉这应该是一桩美好的婚姻。如果你完全对范院长不动心，那就拿出你的勇气，见一见你心中的金人儿，如果感觉还在，那就不管不顾直接和他结婚，把那个残破的梦圆了。不过我先警告你，年轻时的恋爱都如空中楼阁一样虚幻，就如同我认为男人永远不要再去见初恋的女孩一样，那只会摧毁心中暗藏的梦幻。我总觉得他当初没有和你结婚，种种理由都只是借口，一个男人真爱一个女人，什么都不能阻挡他，尤其是那样年轻的时候。”

森林在屋里走来转去，突然停住脚步看镜中的自己，认真地从头顶审视到脚跟，目光由迷离渐渐坚定：“就这样决定了，如果不见，我终生都不会甘心，其他男子也永远走不进我内心，这对范院长也好，对其他男人也好，都是不公平的。”

天书看着她坚定下来的表情，反倒意外了：“你决定很快就和他见面吗？”

“现在待着也是如坐针毡，我已经请了长假。”

“等苏三做完手术再走吧，我们去陪陪她。”

“好，现在我们三个人，只剩下你一个人是正能量了。”

18. 旗袍秀

天书和森林正商议到医院时，田静的电话来了，说得很急促：“赶紧过来，苏三决定放弃手术治疗，准备回家。”

天书吃了一惊：“怎么会呢？你没有劝阻她吗？”

田静说：“有特殊情况，来了再说。”

她们赶到医院时，田静说：“苏三怀孕了。最近她经常莫名其妙地吐，我很担心，又特意安排她做了几项检查，结果出来她像中了大奖一样，欢天喜地，闹着下午就要回家。”

天书和森林震惊至极：“她真是想孩子想疯了，患乳腺癌可以怀孕吗？对胎儿不会有影响吗？”

田静说：“这是两难的事，如果苏三之前没有怀孕，那么化疗、放疗、内分泌治疗等都会对卵巢功能有影响，可能会导致她终身都不容易受孕。怀孕会使乳房中产生一个巨大的由乳腺导管、淋巴管和血管组成的网络，但同时体内成倍增长的雌激素会助力这个网络，癌细胞会以更快的速度转移扩散。这些我都和她讲清了，她坚持要留下这个孩子。至于化疗的影响，一般认为头三个月化疗会增加胎儿畸形的可能，四个月以后进行化疗还是比较安全的，我也看过一些西方国家的研究结果，他们认为那些母亲在怀孕期间接受化疗的孩子并无先天神经或心理方面的异常。你们也不要太担心，后面做产检过程中有什么问题我们再会诊。”

她们走进病房，苏三正忙着收拾东西，看上去祥和从容，见了她们满脸压不住的笑，反倒比上次精神。天书说：“你这样太冒险了，癌细胞随时都可能扩散，早一天治疗就早一些得到控制，如果等不到孩子出生你的病情加重，这样的后果你想过没有，自己的命重要还是这个孩子重要？”

苏三说：“如果没有这个孩子，我已经心如死灰了，那可能真的成了等吃等睡等死的三等公民，活着和行尸走肉没什么区别，现在我总算活过来了。当然孩子重要！我决定生下孩子以后再化疗，前边做那么多检查可能已经伤害他了。没什么好担心的，我盼了这二十年，几乎放弃希望了，奇迹却突然出现了，也许是佛祖怜悯我吧。现在，这孩子就是我的全部，我要避开一切可能影响他发育的东西；孩子出生后我要给他喂奶，残缺的乳房怎么给他温暖和安全感？再说，国外已经有很多治愈的范例，化疗并不是唯一的方法。”

她说得有些兴奋，停下来喘息了一会儿，接着说：“化疗并不是治疗癌症的唯一途径，叶娜帮我查阅了很多资料，说也有人采用吃中药、针灸、经络按摩、加强膳食营养搭配这些替代疗法，总之我可不能像那些化疗放疗之后骨瘦如柴的病人一样，那样怎么喂我的宝宝。”

天书奇怪：“什么叶娜？谁是叶娜？医生的话都不听，倒那么听她的话？”

苏三说：“叶娜是云南的茶博士，是我的一个合作伙伴，你最喜欢的冰岛茶就是她制作的。我住院前特别请她过来帮我照看茶楼生意，改天介绍你们认识。”

田静说：“她说得不错，所谓化疗就是杀死体内那些繁衍迅速的癌细胞，但同时它也扼杀了骨髓胃肠道中迅速生长的健康细胞，并影响五脏机能。在化疗和放疗的初期，肿瘤在大小上是有缩小趋势的，但当体内因长期化疗、放疗积聚过多有毒物质时，免疫系统的防御能力就会大大下降甚至彻底崩溃，因此一点点小感染或者并发症就足以让癌症病人搭上性命。”

天书问：“怀孕的事老赵知道吗？”

苏三平静地说：“他不知道。上次我们就是为这个吵的架，我知道他的难处，这么多年我一直活在对他的等待中，活在他对我的永远难以兑现的承诺中。你们放心，我是学佛的，缘尽难留我还是懂的，我绝不会像网上那些女人一样，以此为手段胁迫他和我结婚，毕竟相爱了这么多年，我不希望他身败名裂。怀孕是我自己的事，请你们不要告诉他。前几天我还觉得生活已经没有什么希望了，从现在开始，我会把每一天都当作佛祖赐予的新生倍加珍惜，我要去做所有我想做也能做到的事情，需要你们支持我做的第一件事，就是设计一场旗袍秀。”

“旗袍秀？你是让大家都穿着旗袍参加聚会？”

“对啊，我可是高龄孕妇，谁知道生下孩子后胖成什么样子？下周是我的四十岁生日，我们每个人都要把最美丽的形象保留下来。”

森林拍掌叫好：“苏姐，我第一个支持你！”

苏三说：“森林，我知道大家都在议论你的事。记着，我们是打不倒的，重要的是弄清自己最想要的是什么。刚好我想把叶娜介绍给大家，你们一定要来。”

森林说："我很想知道你想做的第二件事是什么？"

苏三说："我的第二个想法，是想等危险期过了，周游这些年一直等他带我去的天下美景，当然要在身体安全范围内才可以。"

天书虽然答应了，回家打开衣柜选了半天，才发现自己衣饰过于简单，翻来翻去只是正装和家居服，不过总算找了一件黑色及膝的简易旗袍。

聚会这天，天书到茶楼时，为她开门的是一位长发棕肤的女子，眉目间却有着一种来自山野的清新，自我介绍说是叶娜，天书看着她那双含笑的眼睛，笑说："难怪苏三喜欢你，实在是人见人爱。"

叶娜带她进了一个房间，叫了一个化妆师过来给她补妆。天书问其他人在哪里，叶娜笑说一会儿上台你就知道了，蛮神秘的样子。

音乐响起时，大家依叶娜的指挥依次走出房间，大厅里的灯光并未全部打开，有着一种欲语还休的含蓄朦胧。最先上台的是森林，她穿着一件白色印染着荷花的真丝无袖旗袍，衬出纤腰丰臀，一头长发斜放前胸，说不出的淡雅婉约、清新脱俗，但在婷婷袅袅间，却又寓性感于无形。

叶娜穿了一件桃红色的绣花旗袍，一头乌黑的长发垂及腰部，脚上是一双与旗袍上绿色绣花相一致的绿色高跟鞋，那份惊艳足以让天地动心。

很久不见的王胜蓝，脑后绾了一个简洁而圆润的小发髻，穿着一件绿底飘着吉祥云朵的旗袍，一串白色的纽扣从前颈斜斜地绕到左胸下，脚上配着一双白色的鞋子，自有一份俏丽可爱。

田静穿了一件紫色的中袖旗袍，领口、袖口与裙摆处锁着精致的黄边，整个人高贵典雅，与平日的干练素净判若两人。更意外的是孙娜，身材果然瘦了不少，穿了一件黑色长及足踝的旗袍，手上还拿了一根烟，她故意做出慵懒迷离的眼神，台下有男子拍手叫好，孙娜的脸上居然有少见的娇羞，让大家都笑了起来。

相形之下，天书感觉自己的服装过于平朴了，但她不想辜负这场旗袍的盛宴，努力回味着张曼玉在《花样年华》中旗袍的韵味，将脚步放缓，配合演绎这场美梦。

苏三是最后一个出场的，她穿着一件正红的长旗袍，上面绣着一只金光流溢的飞翔着的凤凰，莲步轻移间衬出她婀娜的身段，摇曳出若隐若现的万种风情。她好像在轻盈浅笑，又好像在凝神沉思，将端庄温婉与性感魅惑奇妙地融为一体，同时又有着一种女王般让人震撼的气场。

大家都忍不住为她鼓起掌来，天书的眼角却涌出了泪水，因为只有她知道，这是苏三为自己订购的婚礼服。三十岁那年，苏三曾经去买过一件绣着牡丹的红色旗袍，她梦想着像赵汉京给她承诺的那样有一场盛大的婚宴。三十五岁时，她兴致勃勃地让天书和她一起选购过第二件红色旗袍，上面是一枝枝盛开的百合。二十年过去了，那场想象与期待中的婚礼始终没有来，也不可能来了。现在，四十岁的苏三为自己订购了第三件红色旗袍，她从那场华美而虚空的幻梦中飞出来了。

森林兴奋地说："我现在明白张爱玲为什么对旗袍情有独钟了。旗袍这东西，也许少女们能穿出明媚青春，阿姨辈能穿出雍容华贵，但我觉得，只有三四十岁的女人才最能穿出旗袍的风情。"

天书承认她说得不错，经过岁月磨砺的女人穿上旗袍，才能更好地展示那份神秘、那份优雅、那份沧桑之后独特的魔力。

走秀结束，大家都已饿极，苏三备了她亲手做的巧克力小蛋糕，吃来味道果然出乎意料的甜美。坐到餐厅吃饭时，孙娜叫了男友赵杰过来让大家过目，正是刚才在台下为她叫好拍照的男子。赵杰是个团级转业军人，因长期分居，妻子难耐寂寞爱上了别人，也经历了一次失败的婚姻。四十多岁的男人，初看十分威猛，但一看他那纯净的眼睛，又让人觉得安心。

天书悄悄说："感觉不错啊！"

孙娜笑："比女人还干净整洁，衣服总是整整齐齐，家里总是干干净净，从不让人操心。我真没想到，他改变了我的生活状态。现在我们每周抽出一两天出去做短途旅行，还是梁州的山水，以前觉得平淡无奇，和他在一起，就有了不一样的感觉，看哪里都新鲜甜蜜。我现在觉得，其实离婚并不是一件坏事，伤只是一阵子，忍着不离，痛就是一辈子。"

苏三介绍说，叶娜全名叫叶娜希谷，云南佤族人，读的西南民族大学茶学专业，已广游全国各大制茶基地，在昆明待过十年，是一位茶博士。她们在丽江旅游时一见如故，她住院这段时间，特意请叶娜来打理茶楼的生意。

叶娜皮肤略带棕色，嘴角略略上翘，尤其是一双眼睛含着笑意与专注看着你时，无论男人还是女人，大概都会在瞬间爱上她。她不但会制茶，而且是个美食家。她为大家熬制了田七鸡汤，香味浓烈，让人胃口大开。桌子上依次是蒸木瓜、小河虾、杏鲍菇，是她早晨冒着大雨去买的，另两个菜是青皮炒兔肉和螺肉煲西葫芦。

天书最近也在研读药膳方面的书，看着满桌的菜大为感慨："这些菜全是治疗乳腺疾病的，我们身为苏三的朋友，却谁都没有如此留心，叶娜真让人感动。”

吃饭的过程中，叶娜只喝茶而不饮酒，无论大家怎样劝，她都不肯举杯，被逼急了她扯开领口，脖子居然赤红，大家才知道她居然闻着酒味也会酒精过敏，下楼时也有些脚步轻飘。

叶娜果然是烹茶高手，她气定神闲地坐在茶桌前，浅笑嫣然给大家泡普洱茶，她轻声说：“这是我在我们村寨里选的老茶树制成的茶，请大家品尝。”

她将洗茶后的空杯递过来让大家趁热闻香，天书只觉一股奇异的芳香如泉涌般扑鼻而来。茶汤金黄透亮，举杯啜饮入口，初略感苦涩，但待茶汤于喉舌间略做停留，由舌根送回舌面，津液四溢，满口浓郁的茶香，令人神清气爽。

叶娜问：“大家觉得和平日喝的茶有何不同？”

天书喝过的好茶也算不少，但与叶娜的茶相比，实在如村姑与仙女了：“感觉清气更纯，回味更快，醇味更厚，真是色香味俱全。”

赵杰感叹说：“你们这样的活动，可谓美人美食美茗的汇聚，以后还是让我来给大家服务好了，就当给你们当书童，干些粗笨的力气活，也是我的荣幸。”

苏三说：“只要孙娜舍得，我们当然欢迎之至。”

活动结束后，大家依依不舍向苏三道别。天书问苏三第一站想去哪里，苏三说：“等稳胎成功后，第一站先和叶娜回她的家乡选茶制茶，之后想去西藏，经拉萨再去尼泊尔。”

天书知道她一心向佛，是想要过去朝圣，但还是担心她的身体：“那里海拔比较高，你的身体恐怕会有高原反应。”

苏三说：“你不用担心，有叶娜陪我一起去，相信佛祖会保佑我的。再说，顾虑太多，可能我哪里都去不了，总不能就躺在床上等死。”

天书阻止她提这个字，森林说：“第二站无论你去哪里，我都陪你去。”

苏三说：“好，我们一言为定！”

大家都走后，苏三看着茶楼前的旱莲，枝叶茂盛，花苞满枝，香樟树浓烈的香味弥漫在这个黄昏，黑色的浆果一颗一颗从树叶树枝间坠落下来，像孩子一样顽皮地砸在头上，滚落到地面上，被踩之后在地面上留下紫色的破碎的印痕。有鸟儿在树上群起群落，那清脆婉转的欢唱声带给她久违的新鲜和愉悦。天江大道上，银杏树叶片片飘落，在风中旋转飞舞着，撒落一地的金色。她突然喜极而悲，不知自己还能不能看见明年春天的旱莲花开、明年秋天的银杏叶落。

慢慢走回小区，天上有暗沉的星光，草丛里有猫叫声，一只白色的猫从树上迅捷地爬下来，在树下绕了两圈，朝树上喵喵叫着。苏三第一次看见猫居然会爬树，正在诧异，又听见一声猫叫，这才发现树枝上还有一只猫，全身素黑，更为强壮肥大，威风凛凛地端坐着，几乎和这夜色融为一体了。那黑猫从树干上蜷缩与伸展交替蹭下了树，两只猫一前一后飞快地消失在草丛里。

那些花草依然是那样蓬勃，给这个安静的家带来生活的气息，打开鞋柜的那一刻，觉得有什么不对，她打开门厅客厅里所有的灯细看，这才明白，赵汉京的鞋不见了，拖鞋皮鞋运动鞋全部消失了。苏三觉得难以置信，冲进卧室一看，原本整整齐齐挂着西装衬衣领带的衣柜空空荡荡，卫生间里他的牙具、剃须刀也不翼而飞，一时呆立在那里，茫然失措，她不敢相信他会和自己开这样绝情的玩笑。仔细再看，笔记本由卧室拿到了客厅，她试探着打开电脑，发现所有他们在一起的照片也全部消失时，一行清泪流了下来，这才相信，赵汉京拿走了他在这里所有的东西，衣服、合影、剃须刀，甚至电脑里的影集，所有可能证明他在这里生活过的痕迹，全部被他抹掉了，使她在震惊之余又备感痛楚。

客厅卧室所有的灯都亮着，泪眼模糊中，苏三还是感觉透骨的寒凉。站在阳台上，有两个保安晃荡着手电筒向前走去。她看着那射向黑暗的灯光发呆，刚刚在几周前，老赵离去的悲伤，加上病痛的突然袭击，心里已是漆黑一片，觉得自己病菌肆虐的躯体如一艘破洞百出的船，即将沉没在绝望的海洋里，甚至失去了求生的愿望。之后，是腹中新的生命带给她新的勇气，如果说以前“癌”这个字让她悚然惊惧不敢直视，现在，因这个新的生命，她愿意付出一切。曾经视为生命中至爱的男人离开了，不算什么；离开之后还带给她这番羞辱，也不算什么。

黑暗中，苏三抹掉脸上滚烫的热泪，轻抚着腹部微笑起来，在悲伤与喜悦的交替中，她的心脏跳动得却更加有力。

19. 金人儿的破碎

森林在梁州虽然强装无所谓参加了旗袍秀，但她的内心却是烦恼而且脆弱的，因此，投奔唐长安便是目前的心灵创可贴。即使在美女林立的机场，森林也是显眼的，所经之处，人们总是忍不住想要回头多看她几眼。都说美丽是女人最大的福分，但森林有时也深受其苦，宁愿自己长相再平淡一些，每次参加各种聚会时，所有的女人看她的目光里总是充满戒备，好像要如孙悟空一般在丈夫身边划一个唐僧的防身圈，才能躲开她这样的妖精。这让她感到好笑，想，我才不屑于和你们争，让那些男人在那里沾沾自喜，享齐人之福。

她越是心无挂碍，越是对那些男子增添无限神秘的诱惑，总有男子发来或真或假的关心与问候，或深或浅地试探，甚至是明目张胆地挑逗，厚颜无耻地要求，希望她能满足他们婚姻之外的色心。她总是不置可否。这一切进一步增加她对婚姻本身的质疑，对婚内那些忐忑不安猜疑不止的男人女人的怜悯。当然也有对自己的怜悯。与其相濡以沫，不如相忘于江湖，而唐长安，是她忘不了的那个人。

旅行也许是她除了写作之外最喜爱的一件事了，森林从没有金钱的概念，这么多年也没有积蓄，除了衣服化妆品，旅行算是开支最大的一项。朋友在微信上发了全国一百个5A级旅游景点，说去过二十五个就算是旅游达人，森林看了一遍，少说有六十多个景点是去过的。

机场候机时，收到范理涵的短信，说刚到她的小区去过，希望能和她好好谈一谈。他说，最近正在读尼采的作品，有一句话他很喜欢：人是一条不洁的河流，只有成为大海，才能不遭污染，摆脱人性的弱点。

森林没有回复，心里有些为他和自己感到难过。窗外又一阵飞机起飞的轰鸣声，她觉得自己和他如同两架此起彼落的飞机，就这样南辕北辙地错失了。她又想起了小禾，那个高中时每天吃饭前要低声祷告，每晚诵读了《圣经》才肯睡觉的女孩子。她曾和森林说过，女人出自男人的肋骨，是男人骨中的骨、肉中的肉。男孩女孩长大之后，都应该和另一个自己融合，成为一体，独身是叛逆的行为，诺亚方舟上每个动物不都是成双成对的吗？为什么选择独身呢，难道世界上选不出一个适合自己的人吗？独身，某种程度上就意味着孤独、自恋、心理扭曲，精神不一定正常。

飞机渐渐降落，她的心脏有些紧张地加速了跳动。她奇怪自己为什么总和北京有着一些情感的联系。高中时喜欢一个男孩，每天早晨他穿什么颜色的衣服，她会在下午也换上同色系的衣服。坐在教室后面远远地看着他，看他专注听讲时端正的坐姿，看他低头写作业时认真的表情，看他与同学说话时的笑脸，那一切，如同鸦片一样，让她陷入陶醉和喜悦，老师在黑板上写些什么，一张一合的嘴巴说的什么，她都看不到听不到。男孩后来考上北京外国语学院，她还来看过他，他们一起在后海滑冰，对于在温暖湿润冬天少雪的梁州长大的森林来说，摔倒在冰冻的冰面上，真是新鲜而永生难忘的记忆。那男孩后来移民英国，再无音讯。

现在，她再一次来到了北京，依然是为一个自己喜欢的男子。近十年过去，唐长安现在会是什么样子？他为什么没有结婚？她感到困惑。

一出机场，就有一个男子边喊她的名字边向她挥手跑来，不错，那正是唐长安。与十年前相比，他的身材依然算得上健美，但显然比过去壮硕了一圈。也许因机场众目睽睽，并没有森林想象的热烈拥抱，目光交会的那一刻她已发现，当初那个热情洋溢的唐长安消失了，那种笼罩在他身上的金色光辉也消失了。当他沉默时，他的表情是冷峻的，那份冷峻如一层冰冷的薄膜，在他和她之间造成一种难言的隔离。

她以为他会直接带她去他的公寓，但是没有，他带她入住了一个酒店，说离他的公寓只有一站路。放下行李，他们面对面坐着，森林看着他左眉上那颗黑痣，全身放松下来，这种相视而坐产生了一种奇特的魅力，仿佛他们是经历了海角天涯阔别多年终于得以团圆。森林忍不住扑进他怀里："知道你有多折磨我吗？这么多年，我一直难以忘记你！"

森林的情绪在喜悦之中还融合着悲伤，她甚至闭上了眼睛，等待着他把自己搂得更紧，等待着他狂热地回吻自己，但是唐长安显然平静得多，他说："你休息一下，我请你出去吃饭。"

让她意想不到的是，这个晚上他并没有和她单独相对，而是带她去了深巷中的一个小院落。一进房间，七八张笑脸欢呼着迎接她，唐长安介绍说，这都是他的同事。

院子的主人是个古稀之年的老人，亲自过来给他们讲解北京涮羊肉的历史。他说最初涮羊肉是蒙古族王公贵族的享受，待清兵入关建朝，康熙、乾隆举办了几次规模宏大的千叟宴，以涮羊肉招待这些老人，由此外传。现在整个北京城，像他这样纯正的店面屈指可数，说话间他端起一盘片薄如纸的羊肉直立起来，也不见一滴血水流下。老人说，这是验证羊肉是否新鲜、是否清真的一个重要标准。

唐长安的助理是个个子高挑的美女小马，说她从小在北京长大，北京的名小吃她全都吃过。要说涮羊肉，还是这一家最正宗，传统的铜锅炭火，肉质肥而不腻、瘦而不柴，三十多味中草药秘制的调料更显独特。说着她以咄咄逼人的目光看着森林说："网上整天说老总骚扰女员工，在我们公司，让唐总骚扰就是我们的梦想。他呀，从来不把女人当女人，我们这些女下属都在纳闷，原来，你才是他的女神，隐藏得太深了吧！"

一伙人开始起哄，唐长安也不否认，只静静地笑着说："没错，女人要是没有和男人一样强硬的本事，在我的公司就待不下去。"

小马带头劝森林喝酒，只几杯森林就有些晕乎了，倒是她身边眼珠灰蓝长得混血模样的姑娘拦着不让她再喝，森林就和她聊了起来。姑娘说自己是中央音乐学院毕业的，混了几年音乐圈，也明白圈子里的潜规则，知道自己成不了气候，家里不赞同她长期混下去，正在犹豫如何取舍。在音乐创作缺少灵感时，她喜欢一个人坐到繁华地段的咖啡店里，看窗外走过的人，以每个人的表情猜测他们不同的故事。森林问她未来的设想，姑娘绽唇一笑，说，我正在备战《中国好声音》，我不甘心就这么嫁人。混血姑娘以前谈过恋爱，但因她在后海和三里屯那里唱歌，常有人给她献花写情书，男友因此怀疑她，说生活的污泥里长不出荷花来，每段恋爱都长久不了。她认为两个人之间信任极为重要，没有这个基础就没法谈恋爱。她说，我还在等，我相信上帝有自己的安排，等到四十岁也没关系。

幸好有这个姑娘，否则森林会觉得这个聚会索然无味，而那个小马依然对她不依不饶，逼着她又喝了几杯酒。唐长安看她撑不下去了，便先带她上车，穿过长安街回到酒店，扶她上床。森林在醉意中抱住他的脖子不愿他走，喃喃抱怨这个夜晚都让这帮闲人浪费了。唐长安偎着她躺下来，只是温存地抚着她的头发。森林是期待他狂热地爱抚自己的，但她实在醉得太厉害，酒意上来很快睡着了。

第二天，唐长安来得很早，森林凌晨醒来知道自己是和衣而睡，应该并没有和他亲近，但她还是有些羞涩，因为想不起自己醉意中是否说了太多，而他好像又恢复了初见的清冷，反倒让她自在起来。

他们去了潘家园古玩市场。金银琉璃、珠玉玛瑙、文物书画、奇石古玩、瓷器木器，看得人眼花缭乱。森林见一群外国人在那里看核桃，觉得奇怪，唐长安说："老外到北京，喜欢的旅游活动是登长城、吃烤鸭、游故宫、逛潘家园。中国有茶文化酒文化，还有核桃文化，北京城上至帝王将相、才子佳人，下至官宦小吏、平民百姓，很多人为有一对玲珑剔透、光亮如鉴的核桃而自豪。清末时文玩核桃就是身价和品位的象征，当时京城曾传言说，贝勒身上有三宝：扳指核桃笼中鸟，从中可小窥其游手好闲的生活。那时民间将人分为几类：文人玩核桃，武人转铁球，富人揣葫芦，闲人去遛狗，一看便知。"

接下来，他们去了天坛、圆明园。森林处在一种亢奋状态中，她感到前所未有的自由，觉得北京这座古老的城市具有一种语言无法形容的魅力，在雍容中融合着质朴，古老中洋溢着年轻。但在内心她还是忐忑的，虽然走在唐长安身边，车辆穿梭时他总会拉住她的手臂，但她还是不能肯定自己是否愿意放下一切在这里重新开始。堵塞的交通、林立的高楼、拥挤的人群、嘈杂的口音，这个城市里喧嚣的一切形成一种开阔的天地，她感觉自己成为伟大首都的一部分，但同时，这样东游西荡又让她感到焦灼不安，她看着唐长安的背影，依然有些生疏的感觉，情绪有些恍惚，如果这就是自己未来生活的场景，心里不免有些惶恐，莫名地想回到安静的梁州去。

黄昏来临时，唐长安带她穿越纵横交错四通八达的立交桥，去了国贸大厦。此处办公商厦、酒店会所云集，商业氛围浓厚。唐长安说："这里的主塔楼高达三百三十米，被称为京城第一高楼，我很喜欢在这里看北京的夜景。"

在八十层高楼上，看着北京城的灯光带一街一街地闪现在夜色中，尤其是长安街华灯齐放，高低起伏的建筑错落有致，穿梭的车辆形成车水马龙的壮观，森林有一种海市蜃楼的感觉，一切宛如梦境一般不真实。

森林说："很奇怪，看着北京的繁华夜色，让我想起《清明上河图》。"

唐长安说："你真是诗人的思维，我在这里坐过多次，从来没有过这种联想，不过比较起来，至少汴梁城没有雾霾、汽车尾气和噪声的污染。当初从哈佛刚回北京时，在走出机场的一瞬间就感觉眼睛酸涩，嗓子发堵，并非我矫情，不但我一个人是这样，有几个同学更厉害，只要上街吃东西就拉个一塌糊涂，这就是中国国情之一。走到哪里都人挤如蚁，这是当时我主动提出去西安的原因之一。现在倒是适应了，即使雾霾越来越严重，我的身体反倒连小感冒都不常有。我对梁州的好印象，也许来自于汉江。根据德国社会学家的研究，如果一个城市水和绿比较多，这个城市的青少年性格会比较温顺，少年的犯罪率比较低；如果一个城市水少绿乏，干燥荒凉，青少年的性格会比较急躁，犯罪率也相对比较高。历史上江南水乡多才子佳人，也证实了这个结论，这也是现在很多城市特别强调打造城市水系、建设城市绿道的重要原因。从这个方面说，生活在梁州那样的绿色水乡是幸福的，我一厢情愿地想请你来北京生活，是否太自私了？”

森林还是第一次听说成长环境与性格人生的关系，觉得很有趣。唐长安点了法式烤布蕾、意式牛奶胡萝卜、茄汁焖牛肉、洋葱汤，加上甜品咖啡，整张桌子都满了。森林笑说：“微信不是说了嘛，晚餐的作用，四分之一是维持生命，四分之三是维持医生的收入，你用不着这样郑重。”

唐长安说：“为了我们久别重逢，为了欢迎你来到我身边，这样的仪式还远远不够。我读过你近期的一些作品，好像融进了一些宗教体验，这与我记忆中那个富有幻想富有激情的森林有些不吻合。”

森林说：“你说得不错，对我来说，没有爱情的婚姻是终身苦役，没有激情的人生也是终身苦役。如果生活陷于麻木厌倦的状态，实在是精神上的死亡，算不上是活过。总之我一直很感谢你，曾经让我体验什么是心跳如鼓心花怒放，在你之后，从来没有哪个男人能激发我有同样的感受。”

唐长安一脸的难以置信："我有那样的魅力吗？也许年轻时有吧，那时刚从国外回来，好像所有的梦想都能达成，而现在北京城精英会聚，感觉自己已经开始有衰暮之感了，而你还像一个仙女。为了见你，我还特意读了勃朗宁夫人的诗集，真不可思议，爱情居然可以让一个瘫痪多年的女子下床健走，他们俩才算是世界上最完美的爱侣。"

他举杯和森林共饮，说起十年前在西安共事的往事，他并没有问她和范院长的绯闻，而她也没有问他现在的情感，只说他在北京的公司发展稳健："工作之余，我们晚上常出来喝酒，要论季节，北京的秋天最美，天高云淡，雾霾消失无踪；要论一天之中，每天晚上七点到九点之间最美，长安街美得华丽，三里屯美得妖娆，后海美得古色古香，幽静安然。住得越久，会越爱北京。"

很快，一瓶酒喝完了，森林已满脸绯红，暗想，也许他是想借酒为媒，对自己说些什么，或者说，是自己在期待发生什么。

但是，唐长安什么也没做，他送她回酒店，轻轻地拥抱她之后，就离开了，只说明天来接她出去玩，森林的疑惑依然在那里，但酒意涌上来，她甚至忘记洗脸就直接睡了。

早晨起床，唐长安在楼下大厅打来电话，森林忍不住主动提出，想去他的公寓看看，唐长安显然有些犹豫，但还是很快答应了。

从小区大门到公寓楼，每个进门的人都须重复刷卡，显然这是个管理很严格的小区，欧式建筑风格，优雅简朴。他的公寓在顶楼，站在楼顶的平台上可俯瞰远处的城区景色，视野很开阔。她在书架上看见了自己的诗集，特别是看见那尊非洲木雕时，心里还是有份感动，因为那是他们相恋时她送他的生日礼物。

森林正在书架上浏览，唐长安的电话响了，这几天他的电话频繁响起，有种种请示，他都在电话里简短答复了，但这个电话显然比较重要，他迟疑了片刻才说："那好，我马上过来。"回头对森林说："美国总部说下周来北京视察工作，没想到今天突然到了，我必须去处理，恐怕来不及送你回酒店。"

森林说："没关系，我自己在这里看看就回酒店，你不用管我。"

唐长安的表情有些复杂，他走到最里面的一个房间，轻轻推了一下那本就拉上的房门，脚步颇有些迟疑地走了出去。他走后，森林一一看了每一个房间，客厅是灰色主调，卧室是蓝色主调，卫生间厨房都很整洁，但同时也太清冷了，几乎不像是一个单身男人的居所。走到最后一个房间门前，森林犹豫了片刻，是开还是不开，她想，如果房门是锁上的，显然他不想让自己了解他可能隐藏的秘密，但是心底有一股奇怪的念头诱使她不顾一切地扭住了门把。

在推开门的那一瞬间，她近乎惊恐地叫出声来。房间里沿墙摆着一圈沙发，左边沙发上是一个美艳绝伦的少女，穿着长裙，长发齐腰，皮肤白皙柔软。森林也听说硅胶娃娃是一种仿真成人性用品，但如此逼真，性感妩媚，如果自己是个男人也会情不自禁。但这还不足以惊到她，让她感到惊惧的是，在另一排沙发上，是两个清秀男孩，所以她才吓了一跳。

一时好奇，她走近那个长发娃娃，发现脖子后面有个小小的按钮，她轻轻一按，那个娃娃的心脏马上开始跳动起伏，全身的皮肤也开始有了温度，如同渐渐苏醒复活过来一般，森林刚摸到娃娃的手臂，娃娃就发出娇媚的呻吟，让她从这种虚幻感中清醒过来。她没有勇气再做停留，啪地拉上房门，在心跳如鼓的恐惧感中逃了出去。

唐长安晚上过来敲门时，森林紧张得几乎喘不上气来："请你先到大厅，我马上下来。"森林平息了自己的心情努力调整好呼吸，下楼朝茶吧走过去，在唐长安对面坐了下来，一时无语。抬眼看他，唐长安神情委顿，好像瞬间老了十岁，让她感到陌生。她犹豫了半天，艰难地说："你是有所准备的，对吧？"

唐长安还是那样坦然："其实在我的公寓里，有一些标识，我原期望你能留意，但显然你完全不懂，就连彩虹旗你都没有留意。你是我这辈子唯一真正爱上的女孩，也许从我们跳出性别的表演那一瞬间，我就爱上了你。"

他捋起袖子看着森林十年前曾经留下的那个唇形疤痕："其实那个时候，对于是否和你结婚，我并没有信心，因为怕你承受不了真相。这一次，我是真的想要尝试，是否可能和你结婚生活下去。你说得不错，如果真正爱一个人就不会想要退缩和放弃，无论遇到怎样的情形，坚持下去才是我的个性。但是，这件事由不得我自己做主，我的DNA在我出生前就已决定了，我是个中性人，很抱歉，即使我愿意给你一个外表很完美的婚姻，恐怕你也不能接受。

"这么多年来，我一直关注着你，在我的内心里，我依然爱着你，但是疼爱多于欲望，谁说男女之间相爱就只有这一种固定的模式呢，在我的有生之年里，我会一直以我的方式爱你，无论你是否接受，是否在意。"

森林苦笑："我爱上你比那更早，几乎在见你的第一眼。可是，为什么不早早告诉我，而是一直让我陷在一个虚幻的梦里？你知道吗？这么多年我不愿结婚，是因为你一直藏在我心里，我怕嫁给一个人后整天想的还是你，即使做爱也会喊出你的名字！"

她的眼里涌出了泪水。

唐长安递给她一张纸巾，低声说："那是因为我也一直怀着对你的想念与憧憬。即使在北京这样的国际化都市，我也只能独自面对强烈的内在冲突，孤立无援，你也明白，双性恋在中国传统文化中是相当不能被接受的。对我而言，形成稳定的恋人关系已经非常困难，没有办法公开对外承认身份，那只会引起人们的种种非议和戒备。我曾经一度喜欢过夏加尔的画，他说，我们的内心世界就是真实，可能比外面的更加真实。

"其实，现实中很多的婚姻和爱情里，双方总是在小心翼翼地相互适应和相互磨合，没完没了地相互妥协和相互让步，这种爱情生活只对那些出于实用目的而结合的人有好处。我一直天真地设想，我们是否可以像萨特和波伏娃那样，建立一种契约式的伴侣关系。这种关系听起来也许不可思议，但比起那种司空见惯的夫妻间貌合神离、互相猜疑甚至反目成仇的婚姻来，反倒多了一份真实，比起那种视情爱如快餐，如一次性物品用了就扔的现代潮流，又多了一份真情。"

森林的心已阴冷如冰，她感到虚弱无力："只能让你失望了，我做不到。别忘了我是天蝎座，爱与恨都十分彻底。"

机票订在第二天上午。那天晚上，森林独自坐在国家大剧院看昆曲《游园惊梦》，看着那似水流年如花美眷的女孩子的如痴如醉，想起青春时那份刻骨铭心的情感，不禁泪如雨下。她觉得自己像一只勤奋的蜘蛛，无论怎么努力想把彼此的关系纺织成一张热烈牢固的网，到最后天空掠过的一阵狂风，就完全可以将这张网吹得破乱狼藉。爱情像一只斑斓莫测的万花筒，一旦打开，里面也许只是一些破碎的彩色纸屑。

20. 叶娜的古茶树

苏三到了叶娜的家乡。车窗外是满目苍翠的山野、云雾缭绕的山谷，倒与梁州的风物有些近似。叶娜告诉她，这是个靠近缅甸的原始佤族部落。刚进村寨大门，便有一群盛装的姑娘端着水酒迎上来载歌载舞，她们穿着横条的短花裙，佩戴的银项圈、腰箍和手镯看得人眼花缭乱。苏三已经知道，这是寨子里迎接客人的礼仪，碗里是用菌母发酵后自酿的淡酒，她本来也渴了，便端起来一口气喝了个底朝天，赢得姑娘们一阵喝彩。

叶娜家在寨子的中央，和其他人家一样，也是建在山腰间的两层竹楼，屋中央是一个火塘。叶娜的妈妈满头白发，慈爱地笑着，拿出一件绣着孔雀的棉麻裙子给苏三，说是她自纺自织的粗布。叶娜的父亲在一旁吸着水烟，并不多语，倒是叶娜的妹妹伊娃好奇地围着苏三问东问西，她没有听说过陕西，只是羡慕苏三一身雪白的皮肤。

叶娜是这个寨子里走出的第一个博士生，而妹妹从小喜欢唱歌跳舞，就是不爱读书。叶娜说，这里的乡亲生活简单而性情纯善，县城对边地部落的人而言已是大地方，省城昆明对他们来说如一种传说，北京对他们来说遥远如另一个星球。每当远方的客人来到村寨，他们会倾其所有，拿出家中最浓的酒最好的肉，以最高贵的礼仪献给你。叶娜说，每当回到寨子时，都会觉得自己是这个世界上最幸福的人，因为你在外部世界永远得不到这样纯粹的尊重和爱戴。

说话间伊娃端来一个木盘，上面是今天的晚饭，里面有青菜肉末，苏三尝了一口，味道十分鲜美，只是有些辣。叶娜说这叫烂饭，是佤族平时最讲究的一种饭食。伊娃补充说，还有更好吃的，只怕她吃不惯，是把竹蛹、红毛虫、扫把虫和冬瓜虫等十余种可食的昆虫与米一起煮成粥，加青菜盐巴拌上辣椒，更香辣可口，苏三听来觉得悚然。

长途跋涉之后，苏三这个夜晚睡得很酣畅，早上醒来时，听着竹楼外鸟儿的欢叫声，一时不知自己置身何处。伊娃蹦跳着进来，给她表演了一段甩发舞，她那一头乌黑的长发不停挥舞，充满着少女的青春活力，让苏三睡意全无。

叶娜带着她在寨子里游走，遇上的村民都很热情地招呼她们，还有一群人直接拦住叶娜，表情焦灼地说上一大段苏三听不懂的佤语。叶娜的父亲是当地的族长，这个村寨就是由她父亲带领大家建起来的，所以，她算是部落里的公主。但是大家尊重她，更多的是因为她是茶博士。这个一百多户人家的村寨，主要收入来源就靠茶叶，每家古树茶从十多亩到七八十亩不等。前些年古树茶春茶干毛茶只一百多元一公斤，茶叶收入只是村民换盐巴蔬菜的零用钱，这几年则卖到一千多元一公斤。如今，村民们都用卖古树茶的钱盖起了新房子，有的还买了汽车。

叶娜说，乡亲们问了很多问题，有的说山上的老茶树死了不少，有的不明白今年古树茶的价格为什么下降了那么多，有的让我继续承包他们家的古树茶园，都很急。我原想陪你在寨子里多休息几天，现在看，明天就得上山。

第二天，苏三醒来时，叶娜早已上山了，伊娃陪着她搭了邻居的皮卡车上山。多年和叶娜合作，苏三知道，这里有两百多万株两百年以上树龄的茶树，是目前世界上已发现的连片面积最大、密度最高、保护最完好的古茶园。置身在这莽莽苍苍的原始茶树林中，手抚着一棵棵枝叶婆娑的高大茶树，呼吸着潮湿的空气，身下是绿茸茸的青苔与厚厚的落叶，除了哗啦啦的风声之外，就是无边的静谧，这让苏三很震撼。

叶娜在这片古茶园中穿梭着，她查看抚摸着一棵棵茶树，好像那是她从小熟悉的玩伴，原本安详的脸上，现在多了一层严峻的表情。等她气喘吁吁坐到苏三身边，才沉重地说："难怪乡亲们着急，死了一百多棵古茶树。"

苏三问："这里是原始森林，为什么会死那么多？"

叶娜说："十年前，这里的古茶园没有一棵枯死的茶树，而现在短短几年时间里，古茶树多片死亡，是因为村民不懂得保护古茶园。他们对古茶树的直接伤害有三个方面：一是过度采摘；二是茶园管理不当；三是破坏茶树的生存环境。"叶娜解释说："古树茶价格高起来后，茶树变成了摇钱树，茶农只看眼前利益，多采就是多赚，采摘茶叶时不是一芽几叶的留叶采，而是直接把发出的芽叶全掰下来；以前不采的夏茶如今也采摘，茶树得不到休养生息；有的茶农为了盖房子买车子，把茶园一次性承包给外来的茶商，茶商对古茶树竭泽而渔式的开发利用在所难免。他们大量使用'粘虫板'、性诱杀等生物防治技术建设'生态茶园'，反而打破了茶园里食物链条的平衡；茶树喜欢散射光，古茶树主根发达须根少，砍掉茶园遮荫大树、在表层土壤施肥灌溉等丰产措施，都会破坏茶树的生存环境。”

苏三说：“看你那么纠结，今年古树茶降价反倒是好消息了？”

叶娜长舒了一口气：“是啊，从目前看，古树茶降价是必然，也有利于对古茶树的保护。其实，正统的冰岛老寨古树茶年产量只有八吨左右，但市场上打着冰岛旗号的茶叶已超过数百吨，市场已经接受不了古树茶价格长期背离价值的追风炒作，降价也好让古茶树喘口气。”

叶娜仰面躺在厚厚的落叶上，闭着眼睛说：“你知道吗？每次到这茶园里来，都是对我灵魂最简洁的一种洗礼，我们在外面藏污纳垢，厚颜无耻，不知天高地厚，置身这样原始自然的世界，就变得很单纯很干净。在这片林子里，我只想变成一只自由飞翔的鸟、一棵无人采摘的古茶树，或是野地上的一只鹿，尽情享受这山野的清寂。”

苏三说：“我现在知道为什么你制的茶那么香，不但因为这里的古茶树，更因为你对这片土地的爱，也许来这里研究的茶学专家很多，但他们都不似你从骨子里爱这些古茶树。”

叶娜的眼中溢出了泪水：“是的，我希望在千年以后、万年以后，我们都化为尘土以后，这里的茶树还能自由自在地生长在这个地球上。”

她忽然想起什么，坐起来说：“你知道吗？在我们云南普洱茶的六大茶山，流传着很多武侯遗种、孔明兴茶的故事。”

苏三吃惊了：“难怪你一到梁州就要到武侯祠武侯墓去，又是磕头又是烧香的，可是，诸葛亮怎么可能到这么偏远的地方来？”

叶娜说：“当然是真的，传说诸葛亮七擒孟获时来到这里，很多士兵不服水土，染上了当地的瘟疫。诸葛亮发现当地有野生茶树，就让士兵采摘茶树叶煎饮，解除了士兵们的病痛。从那以后，部分流落滇南的士兵和当地的村民开始驯化栽培野生茶树，所以我们云南茶区的茶农都尊奉诸葛亮为茶祖。每年农历七月二十三日诸葛亮生日那天，村寨里要举行茶祖会，祭拜诸葛亮，祭拜古茶树，祈求茶叶丰收、茶山繁荣、茶农平安。”

正说着，山下拥上来一群茶农，把叶娜团团围住，他们的佤语说得很急切，叶娜则不断给他们解释着。之后的几个月时间里，叶娜不是在村寨里办茶叶讲座，就是到山上茶园里奔波，苏三跟着她学习用部落老茶树叶制作不同风味的普洱茶，她穿着当地的花筒裙，皮肤也晒黑了许多，如果不是微腆着的腹部，倒真像是寨子里的姑娘了。

天书打来电话，担心她在那么偏僻的地方营养跟不上，苏三开心地笑着说：“从癌细胞繁殖的特点来说，甜味食品、牛奶肉食都应该尽量少吃，多吃蔬菜、果汁、坚果和水果，为身体营造碱性环境，远离咖啡、巧克力这些咖啡因含量高的产品。我在这里倒是恰恰符合了这种种要求。你别以为我心情不好，想起来我为情所困二十年只落得这个结果，在这里反倒把这些事全放下了。我还想起上次在楼道里总想让丈夫打自己的女人，还有隔壁一个女人，夫妻俩都失业，加上低保每月只有几百元的收入，为了治病不得已连房子都卖了，我打算回去后能给她们一些力所能及的帮助。”

挂断电话，她端起茶杯，那不同寻常的香气让她突然想起，刚才忘记告诉天书，她和叶娜研制出了一款新的冰岛茶。叶娜曾经把冰岛茶形容成女人茶，因为冰岛茶的香气很柔和，与茶汤相生相随相伴，挂杯持久，像一位款款而行的女子，迷人而不自知。天书每次到茶楼里来，最喜欢点的就是冰岛茶。

她想起了梁州，想起了赵汉京，那个她放弃一切固守的牢笼，曾经是她至高无上的王国，现在她突然觉得那一切是那么荒谬。多少年来，她极尽温柔地迎接他，极尽热烈地爱抚他，极尽明智地不提任何要求，在那些周而复始的流逝的岁月中执迷不悟，此刻，在这云南的佤族村寨，她看清了自己，是那无数个为情所困的女子中的一个，现在她要走出这牢笼，与这灿烂的阳光、蓬勃的茶树、清新的草香木香融合了。

我不再是那花盆中娇嫩的植物了，我将是大自然中的一棵树、一棵草、一朵花，自由自在地呼吸，融入泥土，深入大地。那无休无止的孤独、委屈、幽怨、嗔恨，那柔弱的对抚慰的渴求，现在，都可以放下了。

那天晚上，她的梦里飞翔着千万只五颜六色的蝴蝶，每只蝴蝶，都是梁山伯与祝英台的化身，都是爱情的精灵。

每只蝴蝶，都是庄子，人生如梦似幻，从尘世中飞升，羽化而成仙。

每只蝴蝶，都是生命的蜕变，从繁华中隐退，静思，于黑暗中从重重束缚中冲出的，是代代相续，生生不息。

21. 天书在扶贫村

在对业务工作处理暂告一个阶段后，天书来到局里包抓的扶贫村。她住在村支书陈海林家里，老支书须眉皆白却精神抖擞，老姨脸色红润，安静慈祥，清晨早起把院子打扫得干干净净，温柔地问她爱吃什么，想吃什么。常常是老支书在灶前填柴烧火，老姨在锅前忙出忙进。他们的相濡以沫温暖浸润着她阴郁的内心，让她神往而又伤感，因为知道自己不可能享有这样幸福的晚年。

“老姨，以前真的有狼吗？为什么叫狼窝村？”

“有啊，日头落坡狼出窝，盖八叫唤鬼吆喝。那时村里经常看得见狼的影子，晚上从墙外窜到院子里来是家常便饭。我们儿子出生那年有天夜里，听院子里鸡在笼子里嘎嘎乱叫，就知道狼从门下边拱进了院子，他拿着根木棒一边敲着刚跑到鸡笼边，不想那狼猛地立起身子，裹着一阵腥风扑过来，竟比他个子还高，吓得他尖叫着跑回屋子，跳到方桌上喊打狼打狼，那两条腿却一直在那里打战，我那时抱了孩子，躲在被子里蒙住脸，也抖得厉害。”

支书的小孙女朵朵正在门口逗着小狗玩，听说有狼吓得躲到老姨的怀里来，紧张地问：“狼专门吃小孩吗？小明的妈妈为啥叫

‘狼不吃’?”

老姨说起过去的往事，话题打开就收不住了。

“我们村里有个女子叫‘狼不吃’，七八岁时在山上放牛，被一只狼扑过去咬住了脖子，听到女孩的尖叫声，旁边正挖红薯的父母赶过来，当妈的抱住了狼的后腿，当爸的拿了锄头去打，狼只好放下女孩跑了，至今她脖子上还有三个口子，是狼咬下的印子。最惨的是山头大枣树旁那家正怀着孕的女人，一抹黑家里就不敢放她出去，可她那天在院子里硬是拉不出屎，非要出门。那狼早等在外面，她刚蹲下就冷不防被狼叼走了，等家里人赶出来，狼早跑进了旁边的树林，哪里找得到。第二天早上，只找到一只鞋，可怜那妇人，肚子里还怀着娃娃呢。”

朵朵听得发起抖来：“奶奶，我害怕!”

天书问她：“朵朵，上几年级了?”

“二年级。”小姑娘害羞，头埋得更低。天书已经知道小朵朵和村里其他孩子一样，因为村办小学几年前撤并了，要到二十里外的镇上读书，除了个别父母在镇上租房为孩子做饭，大部分孩子都住在学校里。

“想爸妈吗?”

“想，他们每周星期六晚上会给我打电话。”

院落和菜园子相连，有三亩大，因较为开阔，大家戏称其为“陈氏庄园”。院子里有十余棵香樟和高大的白杨树，树丛间结满了让小鸟和小虫先尝为快的果子，黑色的大鸟在树丛间飞舞鸣叫。院子里养着两只狗，大门旁黑色的大狗长相凶猛，叫黑虎，院内灰色的小狗性子温和，叫青龙。偌大的院子只养了一只鸡，闲视阔步，从菜园到沙堆，整个院落都是它的领地。

晚上，月亮是金黄色的圆盘，青蛙与小虫鸣成一片，树叶在风中哗啦啦响成一片狂潮，让人感觉是在深秋。去厕所时，几只大得吓人的蟾蜍在枯黄的落叶间笨拙地跳跃着，天书小心翼翼地避开它们。厕所的土墙上有只壁虎，看见她慌慌张张地爬到墙头才停下来，其实她对那小东西也有些胆怯。出来时，一脚踩下去，感觉温暖绵软，吓得她魂飞魄散，跳开一看，一只奇大的蟾蜍镇定自若地跳走了。虽然丑陋却很温和，这让她肃然起敬。再仔细一看，灯光底下到处都是蟾蜍，除了那三五只大的，还增加了十余只小的，不时跳起来伸长舌头吞吃那漫天飞舞的小蚊蚋。

大门外的水渠里，深绿色的水草顺水漂摆，鸭子在水中追逐嬉戏，小羊在河堤边贪婪地啃着鲜嫩的青草，青蛙在田田的莲叶间鸣唱，露水在碧绿的荷叶上打滚，燕子在田野里低飞，一群麻雀在加工厂的谷壳堆上欢天喜地啄食，几条狗在巷道里晨跑。满目苍翠的田野，蒿草及膝的长堤通向远方晨雾弥漫中的山野。

身处如此清新的早晨，天书才明白自己有多么厌倦城市的高楼与噪音，堆积如山的公文与心机重重的机关。当她重新呼吸丰茂五谷和湿润泥土的气息，满心“久在樊笼里，复得返自然”的欣喜。

过了两天，天书晚上出来不见蟾蜍，觉得奇怪，陈支书说因她害怕，雨后夹了大半袋，都扔到渠里去了。走路虽然不必小心翼翼，却又莫名地有份失落，虽然它们到了更加广阔的天地。

县上镇上领导来见过面后，听说她打算在村上长住，就由镇上负责这一片工作的纪检书记曹辉陪她熟悉情况，这是个朴实沉稳的年轻女干部，说话很实在：“我们这些人都在金字塔的最下面，很多干部一辈子干到头能做到副科也就不错了，享受个主任科员的待遇就心满意足。在镇上天高皇帝远，也好。县上才复杂，每次一遇到换届，告状信就满天飞，乌七八糟的事都编得出来。一旦上了网，你浑身是嘴也说不清楚，就算好不容易澄清事实，政治命运也只能被改写，还给家庭生活带来很多困扰。”

天书听她口音不是本地人，一问才知小曹老家在安徽，在西安上完大学后考公务员分到这个镇上，前几年已经结了婚，丈夫是个中学教师：“基层工作倒不怕，每年最怕过年，我工资刚过三千，还不够来回车费，再说，已经工作了，回去见了老人孩子都要拜年看望，发压岁钱，根本拿不出来。去年过年给父母寄了两千，就在单位值班过的年。以前那些理想抱负都没了，就想踏踏实实生活。领导为了照顾我，让我做纪检干部，每月还能领两百元纪检津贴。其实我们这些苦都不算什么，最苦的还是农民，只有我们才了解他们到处打工挣钱养家糊口的艰难。”

她们要去的是最远的一个村落，天书想去看望她负责包扶的贫困户，一个叫陈笑莲的农村妇女。这是一条林坡间的蜿蜒小路，沿途山坡上都是密密的松树林。天空蔚蓝，林子寂静，走了一个多小时，总算看见山坡对面陈笑莲的房子。曹辉在山坡这头喊了一声，等她们绕到谷底再爬过去，天书已累得两腿发软，呼吸如牛喘了，曹辉却只抹了一把汗，脚步依然那样轻快。一进门就闻到肉香，虽是秋天，屋里的塘火烧得正旺，从房梁上吊下的铁锅里，陈笑莲已经焖好了一锅洋芋腊肉。

大家围在木桌前吃饭时，天书渐渐适应昏暗的光线，屋里陈设虽然简单，却十分整洁，内屋床上的被子叠得方方正正。陈笑莲正手脚麻利地准备碗筷，一看就是个聪明能干的女人，人如其名，她看着天书笑起来的样子，真像风中绽开的莲花一般。天书来前已经了解，陈笑莲的丈夫远赴非洲肯尼亚打工了，这两年音讯全无，儿子在镇上的小学读书，屋里的家庭成员只有陈笑莲和婆婆两个人。陈笑莲原是村上的妇女主任，但因婆婆前两年高血压导致脑梗，半身瘫痪后生活无法自理，她只好在家里侍候老人。

坐到火塘边吃饭，天书发现屋角吊着几十吊腊肉，所谓的墙壁，其实就是在竹篱笆上涂了一层泥巴，山风不断从外面刮进来，天书问：“住在这山里多不方便，咱们陕南移民搬迁两三年了，为什么不搬到镇上去住？”

陈笑莲说：“我们是想搬到镇上去的，但老人不想出去，她就喜欢这山里清静自在，再说这房前屋后都有庄稼，放牛养鸡也都方便。”

曹辉说：“这叫靠山的吃山，住在山里柴火不用愁，粮食满山种，板栗核桃这些野果都算是收成，只需要买点油盐酱醋就行。”

老人坐在轮椅里，双手抖得厉害，听天书询问家里的情况，不停地说：“都是我害了笑莲，都是我害了笑莲。”

陈笑莲边给她喂饭边说：“妈，你别再那么说了。”

天书看得很感慨，她直感陈笑莲并不像是这山村的人，便问她的老家在哪里，陈笑莲淡淡地说：“保定。”然后自己先笑了起来，这是带着自嘲意味的苦笑。

天书吃惊：“保定？不就在皇城边上吗？怎么会嫁到这山村里来？”

曹辉在旁边笑着说：“她真是保定人，她的故事在我们这里是有传奇意味的。”原来，陈笑莲的丈夫参军入伍就在保定，小伙子长得仪表堂堂。笑莲当初爱上他时，家里怎么也劝不住，等他服役结束，她跟着他回到了这山沟里，才知道自己受骗了，但当时已怀了孩子。婆婆和丈夫苦苦哀求她，只好等着把孩子生下来，镇上村上又极力挽留她做村妇女主任，这一折腾，她渐渐也喜欢上了这里，前两年镇上动员移民搬迁，她和丈夫商议想要搬到镇上去，也好照顾孩子上学，不想婆婆又突然脑梗，生活的变故总是突如其来。

看太阳渐渐西斜，曹辉说山里天黑得早，上山花了近三个小时，下山尽管快也得一两个钟头，便催着天书赶紧下山。天书对这个保定来的女人充满好奇，看陈笑莲好像还有话说，便说：“你们先回镇上，我想在这里住上一晚，明天再回去。”曹辉吃了一惊，说这荒山野岭的没法住，坚持让她回村上住，两人僵持了半天，天书主意已定，曹辉只好到小组长家里去住，陈笑莲则张罗着给天书收拾床铺。天书说：“你不用忙乎，我就和你睡好了。”陈笑莲也不勉强：“你不嫌弃也好，家里还真没有多余的被子。”

陈笑莲给婆婆洗脸洗脚时，天书站在房檐下，看着夜色渐渐笼罩山野，如浓稠的墨汁一般覆盖了山谷沟壑，甚至连一星半点的灯光也看不见。仰起头，深蓝色的空中，星光却璀璨夺目，大得出奇，天书深吸了一口潮湿的空气，想，真不知这个保定的女人，这十年是怎么过来的。

待她进屋，陈笑莲已安顿婆婆睡下了，天书说：“你这日子过得真不容易，要是一般女子可能早就熬不住了，刚才是不是有话要对我说？有什么需要我帮助的我一定尽力。”

陈笑莲搬了把椅子让天书坐在火塘前，恳切地说：“这山上的日子已经习惯了，如果你真想帮我们山上这些百姓，大家最迫切的，还是希望能通上自来水。我们这里干旱缺水，以前要到五公里以外去挑水拉水回来吃，打井队也来勘探过，说这里没有水源。

这几年全靠挖水窖收集雨水来解决吃水问题，但是每年秋冬季节直到春天三四月，水窖里的水源也会干枯。水是人的命根子啊，每到没水吃的季节，我都觉得我撑不下去了。”

陈笑莲的脸上涌出了泪水，也许觉得难为情，用袖子一把抹了，起身到屋里拿出个铁盒子，从里面取出一封信来交给天书说：“是这样，我还想求你一件事。我丈夫到肯尼亚打工已经两年了，联系很不方便，这是他两年前让一个工友帮着送回来的一封信。出去了两年，就来了这一封信，真让人心里堵得慌。我想着给他写封回信让他回来，就算少挣点钱，至少有个音讯让人心里踏实。”

天书说：“这个简单，只要有地址就没问题。”天书打开那封信，信并不长，字迹缭乱，显然写得很匆忙：

亲爱的莲：

以前在外面打工，还能打电话听到你的声音、娘的声音，知道你们过得好不好、儿子乖不乖，现在背着行囊到非洲打工，留下你在山里照看老娘和家，实在辛苦你了。你嫁给我这么多年，受尽了委屈，我在外面虽然苦累，一想到家里有你这样的媳妇，就觉得这一辈子都值了。

每当想到你和我结婚后，就没有戴过一件像样的首饰，没有穿过一件漂亮时尚的衣服，这十年里都在节衣缩食过日子，就觉得万分对不起你。以前说给你的诺言都成了幻想，但这次相信能变成现实。这三年非洲打工挣的钱，回来应该能买一套属于我们自己的房子，住到县城里，供儿子上最好的学校、受最好的教育，让你和娘都好好享享清福。

远在国外无法联系，思念你的痛苦只能压在心底，我每天都在蒸腾的热气中拼命干活，盼望着能早日回家和你团聚，下半生把欠你的全部补上。

天书很受感动，一时说不出话来。陈笑莲说："过去说勤劳致富，但现在勤劳致不了富，只能维持温饱，遇到老人生病、孩子上大学，都是愁人的事。现在社会上很关注留守妇女和儿童问题，你说我们好好的一个家庭，为什么要留守呢？我倒羡慕那些年轻人，要出去夫妻俩一起出去，以前我和丈夫一起出去打工时，也想着可以过和城里人一样的生活，可是，很多问题摆在我们面前，户口的问题、孩子上学的问题，太难了。"

天书说："现在国家的户籍制度正在改革，会逐步取消城市与农村的户籍限制，以后所有人都有根据生活需求自由迁徙的权利。"

陈笑莲长舒了一口气说："那太好了，我们这些农村妇女不用再受这些罪了。"

天书问："有没有想过逃离这一切？"

陈笑莲说："肯定想过，而且父母都不忍心我这样受苦，劝我回老家，可我还是放不下他，放不下孩子。恋爱时他哄我是真，但他很爱我，婆婆也一心想我留下，这可能是我的命吧！"

"这么寂寞的生活怎么过来的？"

"说农村女人留守，其实城里也有女人留守，我们保定就有男人出国留学后家里女人寂寞难耐离婚的。我在这山里和别的女人一样，每个晚上都数着星星盼过年，盼着过年时躲到男人温暖的怀里撒娇。熬吧，再熬两年他就回来了。我给他写了回信，刚好你今天来了，我想请你帮我把这封信寄给他。”

天书答应了。她想起一件事：“上次来见过一次被铁链拴着的武傻子，这次怎么不见了？”

陈笑莲说：“你不知道，武傻子这些年全靠他老娘养着，节前他娘也生了重病，估计自己活不了，就把农药拌在饭里毒死了傻子。随后他娘也死了，不是病死的，是自己爬到山上挖好坑，躺进去边喝农药边扒土埋的自己，让邻居发现了，还是村上帮着买了棺材埋的。”

天书的心里一直很沉重。如果不是这次下村，她对农村的理解就完全停留在理论上。她明白，现在的农村，几千年来所依恃的传统孝道文化和宗族纽带被切割，而新的社会化养老方式又托不起他们摇摇欲坠的生存希望，面对传统向现代转型的大潮侵袭，这些老人俨然身处物质匮乏的孤岛和爱的荒漠。

这天村上开会，她便提出了自己的疑问：“我想请大家思考一下，怎样解决农村留守老人的问题？我们整天在学习如何推进经济改革和政治改革，如何实现中国梦，但如果对自己身边发生的这些问题视若无睹，就是没心没肝，不负责任。”

村支书说：“这个社会以前怕饿肚子，现在解决了温饱，农村的风气也比不得从前，大家只顾得比谁家的房子修得高修得多，比谁家出去打工挣的钱多，还要管娃娃念书，年轻人都有自己难念的经，就顾不上老人。”

村主任说：“我们这里的老人生个小病还能硬撑，要是生个重病就只有等死。二组的老周得了肝癌，儿子听说做手术也只能活两三年，就没送他上医院，最后只几个月光景就死了。农村不像城市的小区，到处人都跟蚂蚁一样，农户之间住得很远，我们当干部的，也只能隔三岔五去看看。”

天书说：“我明白大家的意思，换句话说，要减少农村老年人养老问题，就要解决三个问题：不饿死，不病死，不寂寞死。以前我们都说，养儿防老，可现在，当养儿不能防老，在我们国家推进城镇化，想要改善农村诸多问题的同时，农村老人却被城市化、现代化所边缘化。怎样让老人们过上温暖的老年生活，拷问的不只是子女的孝心，也是我们干部的良心。”

接下来，她和大家一起做了几件事，一是对全村做了一个整体规划，如何改善道路交通条件，尤其是解决山上村民的吃水问题，打了几个争取项目的报告，想回市后和相关部门协调；二是联系了两家农产品公司，来村上对高山土豆和山果进行营销；三是召开全体村民会议，宣讲目前农村的惠民政策。说起来简单，做起来却是困难重重。支书说这样的会已经几年没有召开，最近的一次也是两年前村民委员会选举的时候，给每个村民发了一袋洗衣粉一桶菜籽油才勉强达到选举人数。这次村干部们虽然喊破了嗓子，也只零零星星来了二三十个村民，支书主任脸上都挂不住，倒是文书开口说：“我倒有个想法，离这里不远就是一个基督堂，今天是他们聚会的时间，咱们不如等他们聚会结束现场宣讲。”

天书虽然觉得不是很妥当，但也没有更好的办法，只好和大家一起赶过去。好家伙，远远就听见一阵歌声，还有锣鼓喧天的声音，在这平常静寂的山野里分外响亮。所谓的基督堂，原来是村上的小学，前几年撤并学校闲置下来，被人买了过去改作了教堂。

她宣讲结束时，一个老人走到她身边说：“你这一讲，我们这些人就有盼头了。”她看着那些老人颤颤巍巍从教堂出去，心里百感交集。给王胜蓝打电话过去，王胜蓝安慰她说："我正想做些农村留守妇女问题的调研，下次和你去再深入了解一些情况。你也不用太担心，现在养老制度和医疗制度不断完善，可以保障他们的基本生活；更深入的，就需要重塑孝道文化、邻里互助，给予这些农村老人生存的温度。"

晚上回到院子里，见地上蹦跳着几只黑东西，拉灯一看，天啊，竟然是几只大蟾蜍，又回到了这个它们熟识的乐园，天书竟然有些欢喜。洗完脸躺在床上正看书，突然哗啦啦一阵铃声响起来，原来是床头突然多了部电话，把她吓了一跳，接着就听一阵急促的脚步声，原来是朵朵呼哧哧跑了过来："阿姨，是我爸妈的电话！我爷爷那里一堆人看电视，太吵了，我让他把电话接到您这里了！"原来天书住的就是朵朵父母原来的房间。

她急急地接上电话，刚叫了声"妈"，就哽在那里了，只听她妈妈在那边说一声，她在这边"嗯"地答应一声，几分钟过去，电话挂了，朵朵的脸上都是泪水。

天书问她："为什么不哭出来？"

朵朵抹着眼泪说："我答应爸爸妈妈不哭的，他们说我表现好过年回来给我买漂亮衣服，妈妈还说让我向隔壁的小鹏哥哥学习，人家没有爸爸妈妈，学习也很好。再说，我还有爷爷奶奶，我们宿舍的小燕子父母在煤矿打工，都死在矿里了。现在她奶奶疯疯癫癫的，整天在街上捡别人扔的东西吃，她比我更可怜。"

朵朵出去了，剩下天书在那里发呆，手机却响了，胡玫告诉她局里出事了。局长和一帮朋友聚会时，将茅台酒倒在矿泉水瓶里喝，喝高后熊抱一个服务员，被抓拍后放在网上，一石激起千重巨浪，纪委已立案调查。

小胡又压低声音说："今天纪委到单位来调查，还说有涉及你的一些问题，这不是故意往你身上栽赃吗？幸好熊抱事件在前，加上最近你又在驻村，显然这是有人想抹黑你，我们都为你鸣不平。"

天书吃了一惊，不能否认她原来是期望当局长的，也认为以自己的能力完全可以胜任，但是自家庭出现意外以来心境发生了变化，局长上任后，在其位不谋其政，她反倒觉出做副职的轻松自在，现在居然有人举报局长还攻击自己，实在是居心叵测。

果然，这天早晨就接到纪委的电话，请她回市上配合调查。听说她要走，老姨装了一背篓核桃土豆非让她带上，天书硬是不收，老姨黑了脸："这是我自己在山上采的野果、自己种的洋芋，谁敢说是土特产。"

临走前，她拉着朵朵一起到隔壁，房子显然很破旧，院子里却收拾得很干净。一个男孩正窝在角落锈迹斑斑的压水井旁洗衣服，朵朵喊了一声"小鹏哥哥"他才转过头来。看见天书，很腼腆地站了起来微笑着，是一个很清秀瘦弱的少年，十四五岁的样子，鼻梁端正挺拔，两只沾满水珠的手不知该放到哪儿好。

"听朵朵说你是村里孩子们的楷模，过来看看你。"

"哪有的事。"他低声说，脸更红了。

"应该上初中吧？"

"高一。秋天就上高二了，我个子长得慢。"

"家里就靠你自己吗？还有什么亲人？"

正在旁边捉蝴蝶的朵朵帮着回答："小鹏哥哥有一个姐姐，在广州上学，是个医生呢，可厉害了！"

天书暗自觉得欣慰，这样的年龄却独立生活，真不容易！便说："听朵朵说你成绩很好，需要什么资料我从市上给你买。"

小鹏这时已经不紧张了，笑着说："谢谢阿姨，我就是英语学得不好，其他科都还可以。"

正在这时，门外传来一个女孩子的喊声："小鹏！小鹏！"随着话音闪进一个身穿白色裙子的女孩，天书看过去，与女孩相对而视，两人都呆在那里。

22. 孤独的成长

朱珠走在回家的路上。实习结束了，她面临着三个选择，一是和几个同学一起应聘到广州的一个私立医院，对方给的薪酬比较高，但几乎没有休假时间，以后要回老家几乎成为奢望；二是争取留在市中心医院，需要等待机会，还要费些周折，听说赵叔叔还在住院，她不想给他添太多麻烦；三是回县医院工作，她的姑夫就在县医院上班，给医院领导介绍过她的情况，医院人事部门曾经和她联系过，说全院目前只有一个本科生，很需要她这样的人才，希望她能认真考虑回老家工作。

起初她是动心和同学去广州的，毕竟那样的高薪诱惑着她，可以解决她的燃眉之急，帮助她过上理想的生活，但是弟弟的身影一直在脑海里游荡，他那依恋期盼的眼神使她不忍和他有长距离的分离，使她想回到那充满伤心记忆却又魂牵梦萦的家乡，犹豫不决中，她想回家和弟弟商议。

坐在大巴上，随着蜿蜒的山路盘旋而上，两岸山势起伏，在空旷之余增加了一份雄浑苍莽，雨后的山野烟雨迷蒙，如一幅幅酣畅淋漓的水墨画。每次在广州的喧嚷人群中感到孤独时，在宿舍深夜难眠时，最先浮现的，就是家乡清晨和黄昏特有的满山遍野弥漫的雾岚，但同时因某些记忆而又让她备感酸楚。

她的思绪渐渐回到了过去。记得初一那年春天，当野杜鹃红彤彤开满山野时，她放学回家发现妈妈一边洗衣服一边在哭，她不知发生了什么。晚上睡觉时妈妈红着双眼对她说，在山西打工的爸爸腿受了伤，需要她过去照顾，家里爷爷奶奶身体不好，每年都在住院，她去多赚点钱好帮补家里，还要攒他们上高中的学费。看她一脸惊慌，妈妈说："我和你姑姑姑夫说好了，他们会把你们转到县城去读书，你和弟弟都很聪明，你是姐姐，一定要听话，给弟弟带好头。"

十二岁的小姑娘很难接受妈妈离开自己，她伤心得哭了一夜，妈妈搂着她默默流泪。那天早晨，弟弟听说很快会有让小伙伴们羡慕的玩具，高兴得在院子里翻跟斗，但几天后妈妈真的要走时，他完全忘记了自己的承诺，整天缠着妈妈跑出跑进，生怕她突然不见了。那天虽然妈妈避开正在玩耍的弟弟，从邻居家的院子穿过快步跑到马路上，但还是被弟弟瞅见了，他飞快地跟着追了上去。朱珠虽然自己也在哭，但还是拼命揪住弟弟，让妈妈赶紧上车。弟弟那时和疯了一样，张口就咬她，她松手的刹那，弟弟扑过去揪住妈妈的衣角不放，大哭说："我不要玩具，什么都不要，就要妈妈！"朱珠完全拦不住他，幸好这时姑父来了，一把抱起弟弟任他两腿在身上乱踢。等姑父把他放下来时，汽车已经在山弯处消失了，弟弟绝望地躺在泥地上放声大哭。

回家的路本来很近，那天却感觉特别的远，天阴沉沉地下起了小雨，好像老天也在为他们姐弟难过。路边一群青蛙蹦蹦跳跳，弟弟一脚一脚地去踢它们，恨恨地说，我妈妈走了，你们高兴什么！

妈妈真的走了，朱珠转到县城的中学，周一到周五都住在学校宿舍里，周末到姑姑家和弟弟团聚。那时，每月听到爸妈打来的电话，就是她和弟弟最幸福的时刻。放暑假时，她和弟弟回到了老家，一进院门，她还是习惯性地叫了一声“妈”，当然，屋里安静得没有任何声音，只有一只慌慌张张的老鼠窜过。没有妈妈的家就像一个空荡荡的破庙。房间里妈妈曾经用过的梳子、镜子，整理得整整齐齐的床铺，那些还带着妈妈味道的衣服，她丝毫不敢挪动，好像妈妈会重新突然出现在她的面前给她惊喜。放下书包走进厨房，她开始收拾那些锅锅盆盆，回想起往昔妈妈在家时，每天一放学就能闻见饭菜的香味，现在都成了一种奢侈。

那个假期，她第一次独自拿起家门的钥匙，和弟弟一起写作业，到爷爷奶奶那里帮忙干活，那些日子里，白天还好，晚上，当周围的一切都安静下来，村头巷尾的狗叫声、深夜的脚步声，都会增加她的恐惧，只怕深夜屋里会突然跳出一个人来。那时，弟弟反倒越来越懂事，总是安慰她说，姐，我是男子汉，我会保护你的。

她带弟弟在村子里，总能听到那些爷爷奶奶称赞：真懂事，父母都不在身边，不仅把家里收拾得井井有条，学习也好。更多的是带小孩的父母走过她家门前，总会把她作为榜样对自己的孩子教育一番，让她在酸楚和孤独之外，增添一份骄傲。

那年放寒假前一个晚上，妈妈很意外地打电话回来，朱珠迫不及待地问她什么时候回家。电话的另一头却沉默了，她焦急地问了半天，妈妈才吞吞吐吐地说，矿上发生事故，爸爸的腰椎压断了，黑心的老板只草草给做了手术就不管了，医疗费花了好几万，春节就不回来了。在满怀期望之后听到这句话，她呆呆地站在那里，被巨大的失望吞噬了，那一刻开始，她好像突然长大了，开始体会什么是孤独，她知道妈妈也是孤独的，那是一种令人心酸到绝望的东西。她只能把所有思念父母的痛苦聚集在黑夜，等弟弟睡熟后在黑暗中默默流泪。

在孤独中，她拼命学习，她知道，只有这样，远方的妈妈才能放心。她无法看到父母的容颜，可每次透过妈妈沉重而显然苍老许多的声音，感受到她的疲惫，而她的成绩是唯一能让妈妈有笑声的东西。

生活对她来说，却是那样残酷无情。第二年春节前姑姑接起电话的那个瞬间，命运的魔棒无情地挥来，噩运再次砸到爸爸妈妈身上。他们在回家途中，高速路因浓雾弥漫发生连环撞车，他们的车辆被猛烈撞击后自燃。爸爸因身体残疾没法起身，而妈妈为了救他，两人都活活被烧死了。那一刻，朱珠仿佛跌进了万丈深渊，全身冰冷，抖得像风中的落叶，她甚至忘记了放声大哭。弟弟也没有哭，他只是疯了一般把头往墙上撞，额头上流满了鲜血好像也不知道痛，跟麻木了一般。

至今她无法回想失去爸妈那个年是怎么过的。在很长时间里，那团想象中的恐惧的火光一直烧在她的心里，任何鲜血淋漓的场面，都会让她全身颤抖失去控制。那年春节她和弟弟在奶奶和姥姥家不知所措地穿梭。帮奶奶做年饭，坐在厨房里往灶膛里加柴时，看着灶坑里熊熊燃烧的火舌，她像被烧伤了一样尖叫着逃出屋子。大年初一的早晨，满山满野的雪，她一个人默默地在厚厚的雪地上走着，寒冷的山风在她耳边呼啦啦吹着，回望雪地上自己孤单的脚印，她的心像河里的冰一样僵冷。

从那一年开始，她的内心世界便陷于黑暗之中，幸好有弟弟，每当看见她阴沉的脸，他会给她讲脑筋急转弯或是笑话来让她开心。因为有可爱的弟弟，她觉得冥冥之中，爸妈一直在默默地看着她，空中仿佛有一条无形的鞭子鞭策着她努力往前走，没有退路。同时，社会各界也向他们姐弟伸出了援手，赵汉京在这里做县长时就开始扶助她和弟弟，直到她大学毕业。

那时，赵汉京的看望慰问，对他们姐弟俩来说如同过节一样，他们第一次穿上了又轻又暖的羽绒服，有了乒乓球拍和羽毛球拍，甚至有了弟弟一直眼红的溜冰鞋。有一次他特意带上他们一起到福利院看望那些残疾人，给他们包饺子。送他们回家的路上，赵汉京说，我希望你们知道，这个世界上还有比你们更不幸的人，要学会做自己的太阳，温暖自己的同时，也把爱和关怀分散给身边的人，坚强面对生活，做个有志气的人，努力读书报答社会。

报考医学院，也是赵汉京的建议，便于就业。当然，也因为她从小就经历了生命的脆弱和命运的无情。

车停在一个路口，窗外有个坐在石头上抽烟的壮实老乡，使她想起了周世忠。在大学里，因为极度的孤寂，在一个殷勤备至的男孩的持续追求下，她不知不觉陷入第一次恋爱，享受着柔情蜜意，死心塌地爱上对方。一个夜晚，那个男孩带她到他租的房子，以割腕相逼，她献出了自己的第一次。那之后，就有第二次第三次，对于从小缺少安全感的她来说，好像也没有更好的选择，因为每一次如果她拒绝，男孩都会提出分手。即使这样，半年后男孩便爱上了另一个女孩，不再见她不再理她，失恋的打击使她几乎崩溃，从那开始她喜欢上喝酒，也开始一场又一场由她主动发起，对方陷入后又由她主动提出分手的恋爱。那些恋爱或真或假，只是为了缓解她内心深处的寂寞和忧伤。

她说不清楚，周世忠的出现是她的福还是她的劫，她所知道的，他是世上唯一从未欺哄她的男子，他像陕北的平原那样坦荡，像他唱的信天游一样豪爽。爸爸，这源于血脉亲情的两个字，在她危急时蹦出嘴唇，但他给她的感觉，却是真的填补了缺失已久的父亲带给她的那份温暖，是可以在他面前撒娇、任性、哭泣、醉酒，是所有合理不合理的要求他都尽心竭力地去满足而毫无怨言。

他宠她如孩子，见不得她哭，她一流泪他就手足无措，像孩子一样沮丧。为逗她笑，他可以做任何愚蠢可笑的事。而她，由最初的戏弄，到渐渐地依恋他，依赖他，和他在一起，她仿佛回到了天真的童年，心无遮拦，快乐烂漫。他们之间，都愿意倾其所有让对方开心，她喜欢一次又一次享受他的爱抚，因为她可以感知他的饥渴和孤独，也可以感知他的不安和惶惑。

当这份隐秘的爱恋被撞破，他们俩如被赶出伊甸园的亚当和夏娃，不知何处是他们的去向。那个夜晚，他们一起喝了很多酒，直至醉倒。

因醉酒相识，由醉酒分离，并相约永不再见。

朱珠的泪流了下来，她没有擦，在迷蒙的泪水中，她好像看见周世忠胡子拉碴，忧伤地看着自己。

转过一条山弯，她看见了家乡的河流，那样碧绿清澈的河水，在那一瞬间平静了她纷乱的思绪，也使她决定，明天就去县医院人事科。车停了下来，到了自己的村口，朱珠跳下车急急往家里走去，刚看见围墙和敞开的院门，她就忍不住喊起了亲爱的弟弟的名字。

23. 调养生命

纪委的调查结束，栽赃虽是无中生有，但天书还是感到，在政府院子，大家看她的目光与表情变得复杂，每一双眼睛后面，好像都隐藏着许多疑问和猜测。当然也不乏同情和惋惜，按政界的惯例，出了这样的事，就算是有人居心叵测，你也是豆腐掉进灰里，洗不清了。

窗外狂风呼啸，如无数头野兽在怒吼一般，平时粗壮的旗杆这时感觉也纤细了起来，在风中摇晃着，天空阴沉而灰暗，预示着秋雨还会继续连绵，国旗在哗啦啦的风中被拉直了，倒成了政府院内最鲜艳的色彩。

苏局长打电话过来时，天书一时哽咽，泪几乎流下来，但她不想做任何解释，清者自清，浊者自浊，让时间去验证好了。

苏局长长叹一声挂了电话，发来短信说："宠辱不惊，看庭前花开花落；去留无意，随天外云卷云舒。"天书知道他是想安慰自己，可惜自己辜负了他的期望。

低迷委顿之中，她第一次想到了晚年，腰颈椎和肩腿关节会越来越麻木疼痛，耳朵听力会越来越迟钝，视力会越来越模糊，说不定哪一天突然查出癌症或是在突然发作的心梗中失去生命，就此了却一生。这不是悲观而是真实的生命过程。她看着路边盛开的菊花，感觉自己好像从来没有怒放过，现在却要萎然凋谢了。

她想，也许真应该调养身体了。出政府大门打了车，望着窗外在细雨中纷纷飘落的银杏树叶，她的情绪突然也凄伤起来，泪水莫名地溢出了眼眶。

司机从后视镜里看见她流泪，一脸嘲弄地说："你们这些坐在政府机关的人也有伤心的时候？你看查出来的那些官员，哪个不是贪污几千万甚至上亿的资金，哪个不是黄金珠宝满箱，房不知囤了多少套，哪里会有伤心事。"

天书诧异说："个体不能代表群体，我的房子就是自己贷款买的，过去集资买房的好运气从来没赶上。"

司机说："那你们好歹也有公积金可贷款啊！我们这些老百姓，上哪儿找贷款去？我那邻居就因为一辈子都买不起一套房，儿子四十岁了还打光棍。"

他指着车窗外说："你看那个抱着娃娃的女人，那个背着大包的男人，他们要过了桥才肯打车，只为省下五块钱。这还算好，我们那一楼的邻居，几天才吃一顿好饭，每月全家人就指望一百多块钱的低保维持生活。听说又要延迟退休，也不想想，我们这些整天在生活底层挣扎的人，能活到六十岁就感谢老天保佑了，哪里熬得到退休那一天！"

车上正播放着甘肃一女孩因偷拿超市巧克力，被父母责打后跳楼的新闻，司机说："这就是社会现实，一包巧克力让女孩的命没了。让那些出国疯买奢侈品的人看了肯定认为是笑话，但这就是老百姓的生活。你说那些冲击超市的人有病，其实咱们中国的老百姓是最憨厚本分的，要不是心里憋屈得慌，谁吃饱了撑得没事干，非要在那里瞎起哄！”

天书一时无语。过了汉江大桥，李儒明的中药诊室就在江边，“养心堂”三个隶书大字拙朴古雅。刚走近养生堂，里面走出一个玉树临风的男子，与通常的美男不同是因了他从额头正中白花花一片直到后脑，两边黑发映衬之下更显惨白刺目，连同两条眉毛也是雪白的，令天书惊诧之下直愣愣看着对方忘记回避。那男子朝她看了一眼，唇角微微上翘了一个弧度，飘然而去。天书想，都用惊鸿一瞥来描写女子，其实给这个男子才更合适，他得着白癜风，却是风姿洒脱，哪里像她这样自怨自艾呢！

李儒明正在对一个脸色灰暗的女子叮嘱说：“卵巢保养一忌长期情绪抑郁不舒，肝气郁结，势必影响卵巢功能；二忌久坐影响盆腔生殖器官，这是卵巢的血液微循环；三忌熬夜加班，会直接耗伤女性精血，损伤肾气，波及卵巢。健康的生活方式，良好的心态，就是卵巢保养最好的方法。”

李儒明的妻子从外面回来看见天书，高兴地笑起来：“天书，今天想起来看我们了？工作很忙吗？你好像瘦了不少。”天书见她提的大包小包，招呼说：“阿姨今天过生日啊，买这么多衣服？”

“天书，这你要改变观念，我上班那么多年，总是习惯了穿规规矩矩的工装，现在退休了，想穿鲜艳些补偿一下自己。你还年轻，不要把自己总是裹在黑色灰色里，女人说老就老了。”

天书前边坐着一个深受黄褐斑困扰的女人，李儒明笑说：“中医强调人体是一个有机的整体，而皮肤是机体最外层的一部分，它与脏腑经络气血等有着密切的关系，只有各脏腑功能正常，气血处于充盈的状态，经脉畅通，五官才能得到滋润，肌肤才能光洁细腻。若气血不通，经脉阻滞，反映到脸上便是色素沉着斑点密布。除了遗传基因和紫外线照射、激素分泌失调、新陈代谢缓慢等原因，对于你们这些女人，无论什么时候，都要懂得宣泄压力，做一个快乐的女人，斑点才会远离你。”

轮到天书，李儒明一边给她把脉一边说：“天书啊，一年不见，你好像至少老了五岁，老叔我看着心疼啊。现在的社会，可以说每一个人都是病人，有的人呈现在身体上，更多的人在心理上，尤其是作为女人，大都容易气血郁结不舒。你的月经周期不规律，甚至提前闭经，是步入更年期的初步征兆。你也别怕，更年期是所有女人必然经历的阶段，也是女人走向成熟的一个时期，积极调整心态，搭配合理的膳食，养成良好的饮食生活习惯，会顺利度过的。不要把工作看得太重，铁打的营盘流水的兵，身体才是革命的本钱。抽时间学学太极吧，太极不仅活络气血，还有很多智慧在里面。”

天书见他将党参开了二十克，便说，是否太重？李儒明说：“是啊，以前中药都采自山野里，生长过程中吸收了天地之灵气，党参有大拇指那么粗，开药五克八克就可以。现在药材都是大棚里栽培的，药性没那么纯正了，党参比小拇指还细，要开十五克甚至二十克才能达到同样的疗效。过去一支人参可以救命，现在，你就是吃十支人参也没啥疗效，药越来越假。”

天书在回家途中，见广场上一群老人在打太极，她不由自主停下脚步，看那每一个动作如行云流水，圆融通透，于刚柔虚实动静循环间进退从容，心平气和，天人合一，蕴内力于婉约之中，含取舍于屈伸之时，生命的大道和世俗的智慧都在吞吐开合之间。想起李儒明的话，便觉出自己的粗陋。生活中有多少美妙精致的事物，过去行色匆匆竟然都视若无睹。

回家躺在沙发上，打开电视本来想看新闻，却发现有《铁娘子》。丹尼斯求婚时，撒切尔说：“我绝不会成为那样的女人，端庄而静默地挽着丈夫的臂弯，或孤独一人在厨房刷碗洗碟。每个人的生命都有其意义，那是超越煮饭清洗、照顾孩子的。人生命的意义远甚于此，我不能一生终老在洗茶杯上，告诉我，你能够理解?!”丹尼斯回答说：“那也正是我愿意娶你的原因!”天书的泪流了下来。其实所有的女人，只是需要一个适合自己的男子，那个曾经完全能理解她的奋斗，曾经是她背后最坚实温暖的支撑的男子，现在在哪里呢?

一时有些百感交集，森林在北京，苏三在云南，她正迟疑给谁打电话，手机却响了起来，上面是一个陌生的电话。天书刚接通，传来一个女子温婉的声音：“天书，我是唐婉，我已经约了田静，晚上我们一起聚聚吧!”

天书的心里涌上一阵久违的喜悦，毫不犹豫地答应了。

唐婉、天书和田静从小学到高中都在一个班，是一起长大的朋友，算得上无话不说的闺蜜，从少女时代初恋的小秘密到现在各自的婚姻情况，彼此都很清楚。唐婉当初是学校公认的校花，身材高挑美丽，她的丈夫是当时高大帅气的篮球健将，他们从高二时开始恋爱，到大学毕业后结婚。女儿雅雅如天使般天真活泼，一家人走出去总能赢得很高回头率，婚姻十分让人羡慕。命运的劫难发生在女儿的身上。雅雅在练舞蹈下腰时强力压迫脊髓竟导致瘫痪。他们为了女儿到全国各大著名的医院四处奔波求医。然而雅雅的病始终得不到根治，她注定将在轮椅上度过一生。唐婉的丈夫不堪生活的压力，后来爱上另一个年轻同事，而唐婉，选择了放手。

很多人同情唐婉的遭遇，为她介绍过很多男子，对方一见之后都很喜欢她，但一接触到现实问题，一旦唐婉希望对方能和自己一起照顾女儿一生，这些男子无一例外全部选择了放弃。

她与现在这个德国老公的相识十分偶然。诺亚是德国一跨国医疗器械公司驻中国的负责人，而唐婉的表姐是这个公司驻西安的代理。诺亚到西安出差时，无意中从她表姐那里发现唐婉的照片，赞美她气质出众，听了唐婉表姐的介绍，更为她的坚忍和勇敢所感动。他甚至直接到梁州找到唐婉所在的学校，见她后的第一句话就说："你就是我一直在寻找的那个女人。"

无论他怎样表白，唐婉都觉得难以置信，她告诉他，自己有个瘫痪的女儿，需要她照料一生。诺亚说，我可以接她到德国去，接受最好的检查治疗。

唐婉告诉他，自己英语很差，可能无法很好地和他交流沟通。诺亚说，爱情可以跨越一切阻碍。

唐婉听表姐说了诺亚的年龄，告诉他，自己比他大三岁，中国的习俗是，男人应该找比自己年轻漂亮的女孩。诺亚说，年龄不是问题。

唐婉说，无论我怎样贫穷，我都不会放弃我的女儿，我不需要你的同情。

诺亚说，这不是同情，是爱情，我在见你之前已经爱上了你，我爱的不仅是你的美丽，更是你为母的坚强、勇敢。我并不要求你现在答复我，但可以让时间来验证我的真诚。

唐婉还是冷静地拒绝了他。出于礼貌，她陪他去参观了梁州博物馆，又陪他去爬天台山，一路给他讲依山而建的诸多道观的传奇故事。两个人不知不觉爬上了山顶，望着山下蜿蜒如带的山路，欣赏着千山红遍层林尽染的秋色，诺亚说，你的笑容多么美丽啊，我希望你能允许我和你共同面对这一切，我也相信可以让你一直有这样甜美的笑容。

那一刻，唐婉突然被感动了。她觉得诺亚的心胸像这广阔的天地一样坦荡而真诚，既然自己一直在期待这样一个男子，为什么因为种族的界限而拒绝一份美好的感情呢？也许自己太狭隘太怯懦了。她决定迈出勇敢的一步，于是，她答应和诺亚交往，但并不急于确定恋爱关系。

让她没有想到的是，从那天起，诺亚每天晚上都会和她通话，每次都是一个多小时，他们的联系主要是电话网络和视频，从没有中断过。

一个素不相识的德国人来到梁州，明白无误地向唐婉求婚，成为梁州盆地人们津津乐道的一个话题。于是一场堪称传奇的异国浪漫故事就此展开。当然，他们的交往并非一帆风顺，当诺亚带唐婉和女儿到德国做完系列检查，试图带唐婉见家人时，他的母亲坚决反对，她认为诺亚可以帮助这对母女，但绝不可以缔结婚姻。唐婉不想让诺亚为难，带女儿回国后，她选择了逃避，有半年时间，她拒绝再接诺亚的任何电话。这段童话般的恋情，缘分应该尽了。

让她意想不到的是，半年之后，诺亚再次来到梁州，他告诉唐婉，他的母亲心脏病很严重，他希望唐婉能和自己回到德国，共同度过这段艰难时光。唐婉被他的真情所感，再次带着女儿与诺亚一起来到德国，在医院悉心照顾老人，直到她重新恢复健康。诺亚的母亲最终接受了他们的感情，并参加见证了他们的婚礼。在经历了反对、猜疑、犹豫、分离等纷乱的考验之后，唐婉和诺亚真的走到了一起。

五六年不见，穿着宝蓝色绣花旗袍的唐婉，甚至比以前更加靓丽，诺亚像保护神一样站在她身边，相比之下，天书和田静反倒显得苍老憔悴了。田静说："是不是诺亚用了什么神丹妙药，让你这样青春永驻啊？"

唐婉一脸难掩的甜蜜："没有的事，他还是那样忙碌，我们之间还是聚少离多。我觉得做女人，还是心态最重要。其实，即使在最艰难困苦的时候，在前夫逃离我们母女的时候，我也从来没有放弃过对生活对爱情的信心。我相信自己一定会找到那个特别的人，相信真爱能跨越一切障碍。诺亚的出现也许是一种奇迹，我已经和他一样信奉基督教了，他是上帝赐予我的灵魂伴侣。"

诺亚的中文说得很好："我喜欢她的眼睛、她的笑容，我也不知道自己看她第一眼时，为什么会那么坚定，其实，能够牵手一个正确的人是一种幸福。我们之间，是异地加异国，文化差异也很大，也不能经常见面，如果对现实的因素考虑太多，就会觉得困难重重，那我们就不可能在一起。能坚持下来，就是觉得她是正确的，我的工作性质决定我不可能选择那些整天只知道漂亮只知道撒娇的女孩子，我欣赏成熟独立的女人。我们之间彼此真实坦诚，她对我来说，一直保持着中国女性独有的魅力和神秘感。"因为还赶着处理业务，他提前告辞走了。

唐婉说："诺亚说他到中国后也谈过恋爱，但很多女孩谈恋爱的目的就是急于出国，把和他结婚作为一种手段。诺亚认为，她们寻找跨国婚姻的目的不是追求美满的生活，而是为了实现出国的功利性目的，那样违反了婚姻的本质。"

天书问到雅雅，唐婉说，女儿在德国接受了一系列检查，虽然错过了最佳治疗时间，诺亚还是为她选择了最先进的治疗器材，女儿现在已顺利考上大学。

田静问：“你觉得中国男人和外国男人的区别在哪里？”唐婉想了一下，说：“中国男人看女人首先看她是否年轻漂亮，很多时候更看重这个女人能不能给自己撑面子，满足他们的虚荣心，但同时他们又很实际，会考虑对方的家庭背景、是不是上得厅堂下得厨房、工资待遇等等。而外国男人更多是从心灵契合、性格相投等角度去选择，更喜欢欣赏那种岁月沉淀出来的精神之美。还有，中国男人读书多的往往迂腐，读书少的又偏于粗鲁，他们骨子里是以男权为中心，自己大腹便便，却要求身边的女人要美丽动人。一旦妻子成黄脸婆就自然而然有外遇，把婚后出轨有情人视作魅力的代称。而外国男人很注意健身。总之我觉得外国男人不但表面上是绅士风度，更是从内心真正去尊重女性。”

田静说：“这也太美化外国男人了，只能说你的运气超好，我这外语太臭，不打那个主意了。反正我觉得，男人无论他修养、学识、文化、地位有多高，他们从骨子里要找的是老妈和保姆，找的是花瓶和性感，找的是家世和背景。”

唐婉说：“也不全然，其实这种跨国婚姻选择是双向的，双方生活的方式与文化的碰撞，除了需要更多的磨合与习惯以外，还需要更多的谦让、包容、担当与责任，单凭一时的激情是难以长久的。现在很多德国人都不爱结婚，婚姻成了弃之可惜食之无味的鸡肋，好像结婚是无缘无故给自己找麻烦找束缚，倒不如弃之如敝屣。”

天书说：“昨天我在微信上读到玛丽莲·梦露的一段话，她说，如果你不能应付我最差的一面，那么你也不值得拥有我最好的一面，我觉得这对男女之间的关系来说很经典，我们之所以在爱情和婚姻里感到失望，是因为彼此都只是爱我所想，而真正的爱应该是接纳真实的对方。”

幽暗的音乐里，王菲在那里唱：良辰美景奈何天，为谁辛苦为谁甜，这年华青涩逝去，明白了时间……

天书看着唐婉，看着田静，过了四十不惑的年龄，也许再厚的粉也遮不住鱼尾纹法令纹了，可经历过岁月流逝的脸，有着一份刻骨的性感和风情，那份沧桑之后的优雅和从容，也是遮不住的。

24．爱的解脱

从云南回来后，也许因为旅途的劳累，苏三的病情每况愈下，在天书她们的劝阻下只好再次入院，但她依然拒绝手术。随着化疗的日益频繁，她的一头长发也如冬雨后的水杉叶一般落得很迅速。天书来看她时，刚刚吃下去的东西正从她的嘴里喷涌而出，流到她的脸上，又顺着脖子流到衣服被褥上，而叶娜不断抽了大卷大卷的纸巾不厌其烦地给她擦拭。

苏三摸着隆起的肚子说："小苏醒啊，你真是个折磨人的小妖精。"她已经为孩子取了名字，叫苏醒。笑容刚泛在脸上，又忍不住痛得开始哼哼。天书看得心酸，到医生办公室去问田静。田静说："目前放疗和内分泌治疗对胎儿发育影响太大只能避免，我们请专家也会诊过，专家们认为以她这个情况，最好的办法是在确保胎儿正常发育的情况下提前剖腹产，但她一直不同意。苏三为了这孩子，连命都不顾了，最后的结果，只能靠天意了。"

苏三的肚子越来越大了，而她的疼痛也在加剧，背部和腰部的疼痛让她很难久坐，但翻身又很困难。看着她一天比一天虚弱苍白，天书她们商量，一定要说服她同意提前生产。

当大家又一次帮她翻过身来时，苏三自嘲地说："小时候我们院里住着一个胖子，每天晚上睡觉想翻身时，要妻子帮他先把肚子翻过来，然后才能翻身体，没想到我现在也成了他的翻版。”

天书说：“苏三，你还是考虑把孩子拿出来吧！你这样吃不好睡不好也不利于孩子继续发育啊，不如早早生下他，你也尽快治疗。”

田静补充说：“提前剖腹生产是专家们会诊后的结论，手术后你可以尽快接受更有效的治疗。”

“我不同意，提前生产孩子的并发症会很多。”苏三已经了解到，受孕期活跃的雌激素的影响，提前剖腹生产可能面临两种意外：肝脏供血不足和产后大出血。

田静捣了捣叶娜的胳膊，叶娜也接着劝说：“可是，你的身体已经很虚弱了，再支撑下去，对你，对孩子，都没有好处。”

苏三犹豫了很久，最终在手术同意书上签了字。她含泪说：“在最初知道患癌症时，我哭了三天三夜，差不多把这一生的眼泪都哭完了，所以我希望他快乐；我已经得了绝症，希望我的孩子健健康康；我已经承受了婚外恋带来的痛苦，如果她是个女孩，希望她能遇上一个人为这特殊的身世善待她，有美满的婚姻，给她爱和幸福。”

苏三手术这天晚上，天书刚出电梯，就听见护士在叫：“三十一号，赶紧交医药费。”一个男子说知道了，你不要再催了。天书觉得这声音很熟悉，回头望过去，果然是孙娜的前夫余建国，原来那么高大壮实的汉子现在佝偻着身子，蜡黄的脸上长满了黑斑，仿佛老了十岁，如果不说话真是认不出来。余建国看见她有些尴尬，天书忙主动问候：“不好意思，我们天天来看苏三，竟然不知道你也生病了。”

余建国叹气说："唉，我这是自找的病，肾衰竭，你别告诉孙娜，和她在一起时天天吵闹着想分开，但离开她真是什么都不顺。"

天书知道，他经营的赌场被查封了，经营的全城最高档的酒店、过去人满为患需要提前三天预订的鲍翅海鲜店，现在转租出去改为火锅店了，更不用说还有他开的高档烟酒店，都不景气。

天书因要赶着去看苏三，只好安慰他几句，余建国又叮嘱她，千万别让孙娜知道。

大家比天书来得还早，围拥着把苏三送进手术室，共同迎接这个小生命的降临。楼道里是那么安静，苏三的喊声是那么撕心裂肺，那么孤独而又痛楚，天书听得毛骨悚然，不禁抓紧了孙娜的胳膊。当婴儿响亮的哭声传来时，大家的眼泪都流了下来，但是，手术室的门迟迟没有打开，时间一秒一秒地过去，她们的惊惧也一寸一寸地增加。一阵风掠过，每个人都禁不住打了一个寒战，不祥的感觉在大家的眼睛里流窜，但谁都不敢开口说话。

手术室的门开了，田静抱着孩子出来，满脸的泪水，哽咽着说："大家和苏三告个别吧！医生已经尽力了，大出血没止住，对不起。"

天书冲了进去，在看见苏三的那一刻，她们的脚步停滞了，整个床上浸满了鲜血，苏三就躺在那一片红色的血泊中。她们放慢放轻脚步悄悄走近她，苏三的脸苍白如纸，嘴唇微微翕动，含糊不清地念着什么。天书凑近她的脸，隐约听见了三个字，那是一个人的名字，她至死也念念不忘的名字。她的手还是温热的，眼神却渐渐虚散开去，没有了呼吸和心跳。天书愣住了，她轻轻抚摸苏三那散乱的头发，握着她针眼密布大片大片淤青的细弱手臂，忍不住失声痛哭。

送苏三走的那天，她们依她的遗愿，请了本光法师为她诵经，为她穿上那天旗袍秀上的红色旗袍，叶娜给她化了淡妆，身边放满她最喜欢的粉色百合花。苏三静静躺在那里，像新娘一样美丽而安详。

本光法师说：“大家总是向往着寺院里晨钟暮鼓的宁静生活，其实，自己的身体、自己的生活都是修行的道场，息灭妄念，放下杂欲，哪里不是清净呢。有，很好，没有，也没关系。经常这样想想，就可以转苦为乐，逍遥自在。无论面对怎样的事情，学习去面对它，接受它，处理它，放下它，生活就简单了。”

苏三的床头放着一个袋子和一张遗书，显然是入院前就整理好的，遗书很简洁，只说将她的茶楼转交叶娜经营，孩子交由孙娜抚养，老赵送来未花完的治疗费，捐送给小乔和医院里几位从农村来的病友，茶楼收益的一部分，将持续用来帮助患乳腺癌的农村妇女。她的物品交由天书处理，请将她的骨灰撒入大海，不留坟冢。

天书打开袋子，里面只有三本黑色的笔记本，别无他物。苏三比她小四岁，应该还不满四十岁。她的病床上仍摊着那本《金刚经》，开首的一句是：

凡所有相，皆是虚妄。

也许她真看透了一切。

苏三并没有几个亲人，那个曾经风华绝代的女人，走得很清静。大家散去之前，叶娜说，苏姐走了，但是，希望三生缘的聚会继续下去，这也是苏姐的遗愿。

孙娜说，这是当然，至少大家要经常来看看苏三的女儿，这是我们共同的女儿。两人一起下楼，天书悄悄问："余建国生病住院你知道吗？他病得不轻。"

孙娜倒很平静："知道，是他现在的媳妇告诉我的，说他们的赌场被查封了，老余透析的费用她拿不出来了，简直是一派胡话。我们离婚时分给老余的财产，我就不信这一两年就折腾完了，说白了就是舍不得花钱。我本不想理她，倒是赵杰三番两次地劝我，看在和老余夫妻一场的分上，我打算明天送透析费过去。"

天书说："才两年不见，他现在的样子真是不敢看，简直像个老头子。"

孙娜说："你不知道，我和他生活时，天天怕他饿着冻着，他也没有个好脸色。那女人小他十五岁，他把人家当宝贝一样伺候着，还专门去整形中心把脸拉了皮打了玻尿酸。那赌场是人待的地方？钻进钱眼里哪里顾得上饥饱，夜夜消耗的都是精气神，现在的病不爆发才怪。"

李天宁和她们拉开了一段距离，拨了老赵的电话，还好，前几天一直关机，这次终于通了，却一直没人接，再打过去，是他儿子接的，说父亲刚进了手术室，这使他十分意外。

送苏三下葬后，天书常常难以入眠，深夜里回想老赵和苏三这二十年的故事，就觉得感情这东西实在可怕。鬼使神差的，她拿出其中的一个笔记本读了起来。

1998年5月15日　晴

家里的君子兰长满花苞，即将美丽地绽放。

那棵榕树就在卧室的书桌旁，阳光下，刚刚长出新芽。

这个属于我们的家，每一盆花、每一个角落的布置，都源于你的精心。

曾经，我以为自己是世界上最幸福的女人，即使你不能给我婚姻，给我名分，给我孩子，但你给了我爱情，给了我期待的一生相知。

为此，我愿意放弃人生中所有其他的东西。

也许，生命终有归于平淡的一天。你的每次出现都让我如此甜蜜又如此痛苦，如果没有你，整个人生都将失去意义，让人感到悲观和虚幻。

1998年7月24日　晴

你说来未来，睡眠不稳，近日常常有梦，凌晨醒来梦里的情形还是很清晰。梦里是白雪皑皑的大地，我走进一个清寂院落，满院都是夭夭盛开的桃花，娇艳得令人目眩。院中走过一个白衣飘飘的道长，我随着他走进玄室，四壁皆是飞移的卦阵，乾坤震艮坎离兑巽看得人眼花缭乱。我呆立在那儿，道长目光如炬，责怪我说，你心神大乱，目光浑浊，我的气场亦被你扰乱。

我急切地分辨说，不，我的心是纯净的。我鼓起勇气抬起眼睛时，才发现自己竟已成为满头银发双目沧桑的老妇。他举起一面光芒四射的镜子照向我，那光无比刺目，竟使我踉跄而退，同时身体变得轻飘无比，啪地贴在墙上，成为一抹苍白的纸灰。

1999年1月30日　阴雨

离开这个家时，我特意戴上那个镯子，我明白它将陪伴我度过余生。整个一段人生过去，所留存的，只是一些残破不全的记忆。

想起相识以来，那些喜悦与悲伤的记忆，像烙在脑子里，洗刷不去。

临走时回头看见挂在门边的那串佛珠，想起从少林寺出来，你把那串佛珠挂在脖子上，双手合十，全然不顾旁边熙熙攘攘的游人，嬉笑着将我搂在怀里："你看我像不像花和尚?!"

你的笑容依然那样逼真，宛在眼前。我摇了摇头，啊，终究还是难以忘情。

当我将你埋藏在记忆的深处，生活变得如此平静、平庸、轻松。没有了痛苦，神经迟钝而麻木。如果说从前常常为你不能和自己相守而忧伤，现在则常常面临如何摆脱男人的追逐。但是，总是清醒地意识到这只是一场场难以投入的游戏。我更喜欢的是沉浸在这静寂的深夜里，对他们的渴望静默无语。

欲望之海有多深呢？我是差点溺死的。我常常一眼看穿对方，明白他们只是怀着欲望和想象，想要拥有这其实已经不再丰饶的身体，和那迷茫眼神下让人感到神秘的心灵。

但是，没有呼应的情感是苍白的。偶尔，出于寂寞，我也会应邀，给他们意外的惊喜，但是，我的腕上总有意识地戴着你送的玉镯。你送的礼物屈指可数，而我愿意让这些礼物提醒自己，将为你守身如玉。

今天见到一个男子，坐在对面审视我，脱口说："大家传言你长得很美，果然，你的美是性感而古典的。"他拉了我的手过去，细细看我的手纹："你有一个情人，潜伏的时间很长，在二十二岁至三十岁之间达到极致的热烈，但这里有个断纹，意味他最终会离开你。"

我感到可怕，手纹会泄露一个人内心的秘密吗？如果说岁月在一个女人脸上写着她的经历，我是相信的。

是的，我思念着你，一生中唯一爱过的男人，这种思念是那样平静，那样忧伤，那样沸腾，又将是那样永久。

这些天一直想念着你，我明白，在我的生命里，爱你，就是我的命运与事业，虽然我会死一般地忧伤。

在茫茫然的人生中，在生活最困窘、精神最孤独脆弱的时刻，你出现在生命里，给我那样的温暖和抚慰。

爱一个人，就应该接受他的全部，放弃一个人，随便一个理由都可以。无论如何，我明白，应该感谢你给予的抚慰，无论如何，命运中已经相遇，这已足够神奇和美好。

2000年8月27日　阴

以为一切都已无疾而终，这天夜里，你却突然出现在我的梦境里，穿着白大褂，和其他医生谈笑风生，拉起我的手腕为我诊脉，对我视若无睹。

我看着你的眼睛，痛苦地说，你不认识我吗？你漠然而笑说，你的要求也太高了，我每天要看多少病人，不可能记住每一个病人。

我说，我想要你的爱情。

你张开嘴巴响亮地笑了起来，旁边的医生护士和病人都笑了起来，爱情？爱情是什么？他们的笑充满了嘲弄、质疑和不可思议。

我想我是真的病了。也许爱情真的如孩子吹起的泡沫，飘忽而斑斓，只几秒后便破碎得踪影全无。

2001年12月30日　冬雨

杳无音讯与突如其来，永远都是你的方式，多少年了，从未改变。

我们之间，一定是前生有过相遇，也许，我曾经是千年前的辩机，而你是高阳公主，所以，总是这样痴烈，又是这样脆弱。

这个冬天不是细雨连绵，就是阴晴不定，回想起来，好像只晴了那么一天，在你的怀里时，阳光灿烂得整个世界如梦幻一般不真实。

这是一年的最后一天，疲惫而焦躁的心情、漫天飞舞的雪，使我想起了你。拒绝了你，才明白自己的孤独与倔强。没有了你，冬季是如此寒冷枯寂。漫天雪舞激不起欣喜。没有了你，我的心海不再有汹涌的潮汐。春天的温暖，是那样遥不可及。狂奔在雪野，静寂的大地，何处有你的气息？

我渴望着你，渴望着奇迹出现。果然，你穿着深蓝的衣服，向灰色的我走来，然后又匆匆而去。还有四天过年，你的日程全已排满，不可能再过来。

你神情颓丧地说，我觉得自己的人生很失败。只有和你在一起，才会有亲近感，在其他任何地方，对其他任何人，永远在防范着，甚至妻子，她动辄会威胁我。

你走的那一瞬间我有些慌乱，那是见你特有的幸福。突然又有些心酸。我看见你的白发，那样多。我甚至不忍心再看你。你真的老了，好像只是恍然一梦，你已风华不再。而我，在你心中，是否也是灰暗憔悴地凋残？

在暮色中回家，看见门厅里挂着那对鱼，想起也曾经送你这样一对小鱼，我们既不能相濡以沫，也不能相忘于江湖。

夜晚静极。一个人躺在床上读书。庄子说，终身不仕，以快吾志。此刻，你正在觥筹交错。日复一日这样的生活，不知你是否感到可怕。

每年过年，都会感到特别的悲伤。

2002年6月2日　阴雨

这一天，约了相见，却因你提前出国而取消。心绪纷乱，夜读佛经，渐至静寂，回想与你的一切，冥冥中有无形的力量总在阻挠着我们，也许天意如此，一时悲欣交集，有尘埃落定之感。

很久没有音讯，一切都似乎淡漠了，然而，这个下午，那张来自澳洲的卡片飞到我的桌子上，那熟悉的笔迹映入眼帘，一切都又重新开始。

我爱，隔着重峦叠嶂，隔着遥远的海洋，抚摸你的笔迹，默想你的身姿。

我爱，晚霞后的飞机跑道，苍茫远寂。暮色中狂想你，泪落如雨。其实明白，我已足够幸福。初夏的野草，丰茂如纷乱的思绪。在深浓的夜色中，我张开羽翼，想穿越辽阔的海洋、神秘的湖泊、岛屿，去完成尘缘中的奇迹。

2003年3月16日　晴

相对于你的深情，好像我反而平淡了。我觉得和过去不同，你不再是令我迷醉的幻影，而成为尘世中的一份温暖。

最近对佛学很有兴趣，尤其对《金刚经》很有感应，佛学的好处是让人调整生活的方式和心态，在世俗的生活之上更增智慧。

我们相见在阴冷之后的晴美天气，你的气度足够完美。

我发现自己还是不能向你倾诉内心的悲苦无依，如果不能放弃自尊的假面，说明我还是不够爱你。而且，我依然没有兴趣听你讲述政界的是非，因为我觉得那摧残你的身心而毫无意义。

2004年8月28日　雨

那天的相见与分别都太平淡而且平静，让我怀疑自己是否曾经爱你那样长久，或者我只是爱着一个虚幻的影子。

最近读法国总统密特朗私生女的传记，她在书中说：我的母亲是一部没能欣赏到的电影的女主角，她忠诚地守卫着自己的秘密，对她来说，否认自己的存在就是她的生活。但她是比我幸福的，至少，她还拥有一个女儿。

阴雨连绵的日子，春寒料峭，反复无常的天气，心情一直特别阴郁而烦躁。明知是煎熬，明知无前路，心却收不回来。

总觉得有什么事要发生，果然发生了。晚上洗澡时全身摔倒在地，并没有受伤——镯子断为三截，即使补上也会留有痕迹。

很多事都是如此：你越怕，越是担心，它偏偏就会发生。

心里悲伤极了，我不知道这是否意味着我们缘尽难留。

2005年8月31日　晴

相见，别离，构成人生。

七夕这天，早晨发信给他，晚上他才回过来：秋风渐起，思念愈浓，多想能和你在这蔚蓝的天空下自在来去。岁月渐去，佳期如梦，情丝绕指却似梦幻泡影，不管尘世何年，我却真的知道：爱和情都在那里心也在那里，为你而默默燃烧，守望一生，欢喜一世！我非常感恩上天能在我这一生里安排有你，能让我有这么长久的思念、渴望、欢喜！

深夜他赶回来，形容憔悴，眼睛充满红血丝，说是再次和妻子提出离婚，妻子居然跑到县委大闹，拿着绳子声称要在他办公室门口上吊。

我听得毛骨悚然，天下竟有这样不理性的妻子，他说，一是因她的心理疾病，二是身处官场，种种顾忌而对她百般忍让，从而让她变本加厉。

拥我入怀时，他泪下，说，离不了。这可能是我们的命吧，人生苦短，实在对不起你。这样的生活，我真的没有办法向别人倾诉，真是太过悲苦。

2006年9月20日　阴

繁花满枝，桂香流溢，我最喜欢的季节来临了，而他依然不可能和我共沐这浓郁的花香。

也许是思念太甚，昨晚不经意中梦见，在人群中他搂紧了我的腰，使我大惧，他却毫不在乎别人的目光。早上醒来，腰间似乎依然有他手指的温存。在去茶楼的路上，意外地发现他的短信：

今年工作非常繁忙且压力很大！虽然经常想你却无暇相聚！总觉得这些年我们彼此那么牵挂，却为你做得很少，许多事是你独自面对，我希望能为我的所爱遮风挡雨！

这样的表白是那样久远而又让我感动。因为有你，生命才不那么悲伤；因为有你，宇宙才不那么荒凉；因为有你，我才这样幸福而惊慌！

突然想起那年我们一起去青龙寺，那些盛开的重重叠叠的花瓣，粉白与桃红交织而成花的海洋，如一片片绚烂华美的云彩，与那古老佛寺的殿宇檐角交映，美得让人惊叹无语。转瞬间十年已过，那美丽的樱花如同我们的爱情，令人惆然而忧伤。乐游原上的青龙寺，惠果大师的青龙寺，空海法师的青龙寺，樱花盛开的青龙寺，也是深印在我们生命记忆里的青龙寺啊。

2007年7月7日　阴

思念着你。

是一种慢而痛的折磨，从决定放弃你开始。

我的隐退与放弃，缘于从未料想我是如此的脆弱、狭隘和自私，居然没有勇气去面对你即将开始的一切。

曾经以为，和你的交往会持续一生，现在才明白，男女之间的情感，是多么不堪一击。就如同我在大家面前特别优雅，但在你面前特别想当一个泼妇，尤其是偷看你的手机发现某个女人想要主动投怀送抱时，觉得自己简直要疯了。

一个人时，会静静回想我们之间的一切。

你穿着灰白的夹克，含笑从那个精致而古雅的园子走出，那时，并不知道这个男子，将走进我的生活。

那是我生命中最孤独无助的一段时光。

那时，我常常在晚上加班到深夜，心情黯淡，一个人走回宿舍，在孤独中怀疑生活，在焦虑中失眠。

你每天发来短信，给我温暖身心的问候。坚持下来，真的不易，而你始终如此。

在我们屈指可数的见面中，我常常迟到，你总是说，等候是一种幸福。

对你给予的抚慰，一直心存感激。

而我能给予你什么？我是如此乏味的女子。敏感，脆弱，喜欢孤独，溺于伤感。

我们有很多次的放弃，又因为难舍而重新相聚。我们说过了永不分离，却依然如此决绝地放弃。

2007年9月30日　晴

生日。昨夜狂风怒吼，感觉天寒地冻，没想到清晨依然晴光灿烂，突然收到他的短信：我在美丽神秘的贡嘎雪山上祝福你！愿你今日快乐！一生快乐！吉祥安康！随信附来的，是六张雪山皑皑的绝美照片，使我惊喜万分。

他说，想念并祝福你！刚才在那燃满了酥油灯的寺庙里为你祈求生日快乐！如果今生能如愿以偿娶你为妻，很期盼能和你一起静静来这里！

我深深感动，那也是我的梦想！我说：形式并不重要，生命中有你我很幸福！

他说：康定情歌是一份情绪，一种感觉，一段情怀，以及那难以忘记的青春和年少时对爱的童话般的憧憬，最后沉淀成每个人一生对爱的执着追寻。

25. 意外的小生命

母亲是流着泪走的，临走还怯怯地说："这一切都怪我，都怪我！那时我不该让你回来，真不该让你回来。"

森林还是平常那样大大咧咧的样子："妈，我的事我做主，和你有什么关系呢?"送走母亲回到房间，她的泪水也下来了。以前她对母亲有份怨恨是真的，但现在，她完全理解她的一番苦心。从一年级到高三，她的成绩一直名列前茅，但同时，她对小说和诗歌的狂热也从来没有改变过，她是一个孤傲学霸与浪漫诗人的结合。在母亲眼里，那些或高或矮、或胖或瘦的男孩，哪个都配不上自己的女儿，她心目中理想的女婿形象从来都没有出现过。母亲认为森林对文学的热爱反倒害了她，只有森林自己知道，那些流逝的年华蹉跎的岁月，只是因为自己的心结。现在，这个心结碎了，人生好像真的到了一个了无牵挂的境界。

长假还没有结束，森林也懒得到学校接受大家的指指点点，淹没在那些唾沫星子里。她慵懒地躺在沙发上看着电视，李宇春穿着格子西服在那里唱着：

抱歉　现在不流行感人肺腑　只求刀枪不入

注意　追求的是对象的宽度　别执着关系的长度

空虚　有太多温馨外快帮补　善忘的人都不愁销路

当心　说什么人非草木　就注定孤独

一情深就庸俗　一怀念就落伍　酷酷的快活容不下多余的感触

一认真就会输　于是乎不在乎　酷酷的幸福属于热情冷血动物

酷　冷酷的酷　酷　不讲心情讲态度

哭　哭什么哭　连行尸走肉都不如

酷　装酷的酷　装　才能装得下满足

不　回什么顾　还要不要新的客户

抱歉　现在不欢迎执迷不悟　只落得被挖苦

注意　要比的是放下的速度　不曾天真就要成熟

分开　是场悦目的行为艺术　是割断神经线的手术

当心　用脑袋就别用心　就没有包袱

酷　残酷的酷　酷　新人都像一见如故

哭　哭什么哭　知情识趣就别真情流露

酷　装酷的酷　装　装到自己都搞糊涂

不　领什么悟　最高的本领就是没感悟

她很为这样的歌词震惊，却又莫名落泪，想，自己就是落伍的那个。

打开电脑，范理涵在邮箱里告诉她，他也请了长假，办理去美国做访问学者的相关手续。他说，一段成熟的感情是什么样子呢？我很赞赏《神探夏洛克》里华生对玛丽说，你的过去我不愿过问，那是你的事情，你的未来我希望参与，那是我的荣幸。

他说，我原以为，我们可以拥有一种成熟的伴侣关系，两个人都是独立的、自我负责的，有自己清晰的边界，我认为能够理解你所有独特的想法、感受、情绪与幻想，也希望我们之间能相互依赖，当一个人悲伤、挣扎、脆弱、激愤的时候，另外一个人能够包容、理解，并能成为他栖息的港湾。能在对方面前做真实的自己，呈现自己的不成熟，也能包容对方不成熟的部分。叔本华说，在时间上，如同每一瞬只是在它吞灭了前一瞬之后，随即同样迅速地又被吞灭而有其存在一样，如同过去和将来只是像任何一个梦那么虚无一样，现在也只是过去未来间一条无广延无实质的界线……曾经，我多么希望，在这无限的虚空之间，我的生命里有你，而你的生命中有我，那么，我们的生命将完全不同，现在才明白，那只是我一个奢侈的梦境。

最后他说，也许你说得对，我是孤独的，我是自由的，我就是自己的帝王。

那封邮件看得她泪涌。那不就是自己所期待的一种情感状态吗？此刻，她才明白，原来她一直在混沌的梦中，而他，却始终是清醒的。

在北京期间，她收到他的信息，知道他曾几次到小区来过，希望能和她好好谈谈，但她一直没有回复。她为自己，也为他感到难过。如果不去北京，她不会接受他，现在，命运突然给她挖了一个黑洞，她无所谓之下的澎湃激情、她缤纷多彩的理想主义，全都掉在这黑洞里，使她觉得喘不上气来般的窒息。

当然，她还是感谢范理涵的，为他的理性，为他远远高于自己的真诚。她也第一次开始反省自己，为过去那些或真或假的恋爱，为那些仅限于身体上的艳遇而感到后怕。几个月来，她第一次回信给他：谢谢您长久以来的关注，反思自己，我这样的女人，其实并不值得。

而他的回信依然让她意外：我始终相信，因为有诗人和孩子，这个世界才有希望。

而她的希望是什么呢？生活突然失去了方向，那些朦胧的期冀也逃逸无踪，甚至失眠渐渐开始侵扰她。森林站在阳台上晒着初冬的阳光，嗅着衣服上的烟味，有些恨自己的颓废。她的目光在园子里游移，突然发现了那个游泳池，想起最初入住这个小区时，曾经一度爱上游泳，她在抽屉里翻出那张游泳卡，提了泳衣就走了出去。

在池边做完热身，一个深呼吸屏气凝神跃入水中，冰冷的水无情地包裹着身体，头顶仿佛有一支冰箭射入，深吸在体内的那口气往上翻涌，不得不立刻浮出水面，四肢百骸都是痛，不是钻心的痛，而是撕裂肌肤万针齐扎的痛。虽是恒温泳池，远低于体温的水却在吸收身体的热量，心在紧缩，每一条血管都在紧缩，指尖麻木，脚尖麻木，全身麻木，整个世界只有冰冷的自己。

毕竟半年没有入水，身体明显有些僵滞，入水只几分钟，身体快和水一样冰冷了，森林伸展四肢奋力游着，她的心脏开始强力收缩再释放，有一股暖暖的热从心底升腾上来，四肢逐渐欢快自如。

一圈下来，冰冷战栗已转化为澎湃的热，整个身心舒展起来，她觉得心里郁结的冷和体内尘封的热，都散发在这柔软的水中了，上岸时虽然气喘吁吁，但并无疲乏劳累，反而感到清爽而振奋有力。

森林甚至想仰天大笑，她没有想到，这个冬日清晨，在这泳池中浸润内心的枯涩，对自己竟成为一种涅槃，让她再次复活！

北京西安都下雪了，即使隔着秦岭，清冷的雪意也弥漫在凛冽的风中，银杏树叶在这一天如同约定好了一般，哗啦啦跳起了华丽的舞蹈，蹁跹飘落为满地的黄金。

组织部部长找天书谈话时，她很意外。部长说，听说了纪委的调查结果，也收到了你们系统干部对你的举荐信，我们相信，群众的眼睛是雪亮的，同时，组织也不会被一些别有用心的人蒙蔽。发展全域旅游任务很重，这几年你的工作也取得了显著成就，这个职位你应该完全可以胜任。到目前为止，你是市政府组成部门里唯一的女性一把手，希望你不要辜负组织的信任和群众的期望，把咱们梁州旅游工作创出新局面。

天书很受感动，她笑着说："我很感谢组织的信任，也不会辜负这份重托，但我希望组织任命我不仅仅因为我是女性，更是因为我的能力。"

部长也笑了："这几年的旅游旺势就是你工作能力的见证。我认为旅游的最高境界，是人和自然的融合，和文化的融合，但我们梁州这方面还相当欠缺，说起来我们是国家级历史文化名城，但缺少代表性的独特景观，怎样让游客身处其中就知道这是梁州，希望你在这方面多些思考。"

天书说："是啊，我也在想，市区桥南桥北东环西环这些广场路标千篇一律，缺少我们梁州深厚的文化气质，县区现在借助城镇化建设发展乡村旅游力度很大，但道路都修得那样宽阔笔直畅通无阻，反倒让人失去停驻下来慢慢品味的情怀，以后还请领导们多帮我们宏观决策。”

“你这些想法我很赞同，现在大家发展旅游的积极性很高，但如果用工业化城镇化的方式来发展旅游，可能会造成更大的生态破坏。我到欧洲游览过一些小镇，你没有办法长驱直入，但是在曲径通幽中领略那原始的民居风情，恰恰是最佳的旅游状态。”

从组织部出来，天书的心里感到的不是轻松和喜悦，反倒是更为沉重的责任和压力。天空蓝得十分澄澈，因睡眠不好导致的隐隐头痛减轻了很多，心里甚至开始有些愉悦。

很难说这究竟是好天气带来的愉悦，还是因为将和森林出行带来的兴奋。远远看着森林充满活力的身体，感到她周身散发着一种从前所没有的冷静而自信的美，而为她感到宽慰。

今天她们的目标，是到紫柏山滑雪。留坝县在紫柏山天坦奇观、栈道漂流和张良庙等景点基础上，又新建了滑雪场，填补了冬季旅行的空白。天书知道森林的北京之行受了重创，便邀她一起去滑雪，也正好体验一下滑雪场的细节服务。

森林的房间出奇的整洁清爽，至少一进门鞋子都收进了鞋柜而不是无处下脚了。森林正在吹洗过的长发，她看着电视上的节目说：“虽然大家对杨二车娜姆有很多看法，但她有几句话我还是喜欢的，其一是：焦虑是焦虑，但还是要美美的。其二是，要爱就爱得淋漓尽致。其三是，我是个忠诚的人，在一段爱情没有结束之前，不会开始另一段。”

等森林整理行装时，天书有了新的发现：森林的冰箱里不再是成堆的巧克力饼干，而是放着新鲜的香菇青菜。她有些难以置信，到厨房一看，台柜上油盐酱醋全齐备了，从前那个天马行空信马由缰的云端天女突然降落到了凡尘。她突然想起来：“看来我们相识了十年，都没有才认识几个月的范理涵对你影响大。”

森林面无表情，说：“我们最近没有联系。”

但她说的并不是实话，她的手机上还保留着范理涵前几天发来的一条信息：“昨夜梦见与你彻夜地欢愉，沉浸在爱意里的身体丰盈饱满，仿佛天地间只有你我，那一刻便是世界的尽头！请不要嘲弄我无聊无耻，在即将远离时，我只想告诉你，很长时间以来你一直是我的渴望，言破无毒而已。也许人生是没有意义的，但对你的爱使我的内心充满了力量。

“现在明白什么叫相忘于江湖，就是在最遥远的距离过着老死不相往来的安稳生活，互不打扰，平安喜乐，你却在我心中最柔软的地方深深埋藏，永不提起，岿然不动。”

两人坐上旅行社的大巴，在山重水复的山路中前行，望着窗外褒河水库中绿绸一般的水面，森林说：“你算是众望所归当局长了，不过你好像并没有特别的喜悦。”

“如果放在以前，可能我会很期待，很有成就感，可是现在，我第一次发现，其实这并不是我想要的结果，但是要感谢组织给我这样一个平台，为自己喜欢的事去付出努力就是一种幸福。你呢，未来一段时间有什么想法?”

森林笑说：“我们剩女也是有等级的，二十七岁之前为寻找伴侣而英勇奋斗的，叫剩斗士；到三十一岁还因为事业等种种原因没有佳偶的，别号必剩客；三十五还依然单身，就被尊称为斗战剩佛；三十六岁往上，那就是齐天大剩了。我今年还是斗战剩佛，明年就是齐天大剩了。我想我还缺少杜拉斯那样的魅力，满脸皱纹了还有小男孩送上门来爱她陪她直到死去。让我去抢别人的老公，好像我的社会主义核心价值观还根深蒂固，不想被人在街上扒掉衣服乱打，既然没有那么幸运，就自己一个人过吧！”

天书笑说：“不结也好，大家都是为爱情而结婚的，但婚姻生活一长，爱情的悸动全部消失，只剩下相伴到老的亲情。在婚姻之外，就总还有份对爱情的憧憬在那里。”

森林觉得有趣了：“这么说，你还是期待着一份新的感情？”

天书说：“没那么快，还有点心如死灰。昨天晚上我还梦见苏三，我们几个在她茶楼里喝茶，她穿着一件黑色的裙子，好像脸色很苍白。不知你怎么想，我现在每次想起苏三，就会很为她心痛。”

森林的眼睛也红了：“其实我也很想念她，说女人对男人朝思暮想而男人对女人往往会朝秦暮楚未必全对，但我一直在想，也许男女之间，无论你怎样全身心地爱过哪个男人，无论这个男人多么让你神魂颠倒，女人放弃自己去成全男人，倒还不如成全自己。”

天书说：“说实话，我还是希望你结婚的，我就不信这个世界没有适合你的男子。”

森林觉得好笑：“我们已经把婚姻看得很透彻了，为什么还要劝我结婚呢？”

天书说：“我也说不清，我还是希望你能有一个自己的孩子。每次走在街上，我最喜欢看的就是孩子，他们能让你感到生命的神奇复苏。我们终有一天都是要像父母一样老去的，但人世间有一个亲人，有一份对孩子的牵挂，老了至少不会太孤单吧！其实所有的激情最后都会转化为亲情，也许这就是婚姻的意义吧！”

车已进入紫柏山，盘山公路渐行渐高，坐在车内可见蜿蜒来路，窗外大雪纷飞，随风飘扬曼舞，掩盖了地上堆积的枯叶，整个山野被雪覆盖成白色的世界，那么圣洁，那么清寂而静默。

下了车，清冷的山风扑面而来，噎得人喘不过气来，空气却是清冽而新鲜，让人精神一振。游客们的欢呼声在山野间回响，置身在茫茫雪野之上，雪地是那么松软洁白、晶莹剔透，让人不忍心踩上去。天书心神还有些恍惚，森林却拉了她过去看高速雪道，一个身穿红色滑雪服的矫健身影从山顶一纵，夹风带雪直冲而下，在雪片四散飞舞的雪地上呈S形左右飘移，翩然掠至谷底，一个漂亮的转身停了下来，激起数米高的雪浪，引起一阵尖叫。

这份狂野美妙，激发了她们滑雪的兴致，换了滑雪服，租了雪具，踩着沉重的雪靴走进滑雪场初级道。孩子们都是欢天喜地，轻盈地在雪地上飞奔，大人们则同天书一样，笨拙地踩着雪橇跟跟跄跄前行，艰难地只滑出几步便失去平衡，头重脚轻摔倒在雪地上，沾上一脸冰凉的雪粒。回头看森林却如入无人之境，脱缰野马一般冲了下去，她急速滑行的优美身姿令游客纷纷驻足而视。好在有教练耐心细致的讲解示范，两三个回合之后，天书掌握了内扣八字减速法，任风从耳边呼啸而过，虽然大汗淋漓，总算左闪右避顺利到达终点了。

那天黄昏，她们精疲力竭地收拾好雪具，刚出滑雪场，县上的旅游局局长带一帮人也刚出来，看见她吃惊地张大了嘴巴："楚局长您……"

天书忙挥手打断他的话："陪朋友来体验，服务不错，你忙你的，不用客气。"

喝着热巧克力坐车下山时，森林望着窗外的村落说："想不到这里的村落保存得这样好，下次我们多拉几个人好好转转。"

天书说："这里是山地度假旅游示范区，夏天有栈道漂流紫柏天坦，冬天有滑雪场和老县城，还有青少年足球训练营，孙娜在这里改建了两家客栈，下次我们可以直接住她那里，体验一下隐士的生活。”

看着远处被夕阳笼罩的山峰，天书突然说：“森林，告诉你一件事：我绝经了。”

森林惊讶地看着她：“怎么可能，你还这么年轻！”

天书将脸枕到手臂上去时，森林突然发现，天书头顶竟然长出一圈白色的头发，这让她有些震惊。她看着天书坦诚而沉静的眼睛，和那苍白脸颊上的鱼尾纹和法令纹，时光仿佛在那一刻加速了。

她理解天书的心情，那是每个女人青春不再、韶华已逝的悲凉，有那么一刹那，她的手一抖，热巧克力洒了一腿。

天书看她手捂腹部，一脸的惊慌，以为她腹痛：“不舒服吗？痛得厉害吗？”

森林神情恍惚地看着她：“天哪，命运像一个魔咒。”

“什么意思？”

“你刚才的话一提醒，突然想起来，我上个月就没有来例假！”

天书迟疑了片刻才明白：“你是说，可能怀孕？”

“天知道！”森林顾不得去擦腿上的巧克力汁，反倒抓紧了她的手。

天书看着她紧张的脸，不禁笑了起来：“野马要被上套了，明天赶紧去做个检查。如果证实怀孕怎么办？你连结婚的想法都没有，又怎么做一个母亲呢？不过话说回来，我倒真希望你脚踏实地起来。回想苏三当初怀孕的样子，简直像全世界的珍宝都在她肚子里似的。”

森林晃着她的手：“可是我真不敢相信，会有一个生命突然出现在我肚子里!”

一下车，森林就在街边一个小药店买了两个早孕测试纸，回家后冲进卫生间按照说明进行测试，天，颜色居然真的变了，她不相信，又测了一次，同样的结果。这一夜，森林都睡得不安稳，她觉得，从前命运都在自己手里，而现在，命运在操纵自己了。清晨，顾不得眼眶下边的青晕便跑到医院，为防别人认出自己，她还特意戴了口罩。一见门诊室外乱哄哄密压压的人群，就暗自庆幸提前挂了号，得以几分钟后就进了诊室，医生开了检查的单子，做血HCG检测，再拿了检测结果到妇科，医生只扫了一眼，就确信无误地告诉她：“恭喜你，你怀孕了。上次月经什么时候来的?”

森林一听怀孕，头都大了，支吾着说：“我不记得了。”

医生盯着她：“怎么会不记得了？例假是判断女人身体健康的一个重要标准，怎么会不记得？你好像并不高兴自己怀孕？那就要想清楚，这个宝宝要还是不要，如果要，就要建卡，按时到医院做产检，做好孕期各项保健工作，如果不要，就要在最佳时间做人流。”她又扫了一眼单子：“女人的最佳怀孕年龄是二十八岁以前，你已经三十五岁，算是高龄产妇了，我建议你留下这个孩子。”

森林拿起单子说：“谢谢您，我再想想。”出了诊室，她快步走出医院，给天书打电话时，手指还在颤抖：“我真的怀孕了，我还从来没有这样慌张过!”

“有什么好慌张的，想不想要这个孩子?”

“我不知道，太突然了，我完全没有准备，但我知道的是我不能承受自己去摧残这个小生命。”

“那就告诉范理涵。”

森林无语了，时过境迁，那个愿意接受她全部的范理涵已经从身边走过了，她没有办法去告诉他，自己有了他的孩子，好像在逼他就范。但是，不如此又如何呢？她是个对疼痛极度敏感的人，她曾经陪苏三去做过一次人流，苏三在手术室里歇斯底里的哭喊声让她毛骨悚然，做掉这个孩子，从身体里捣碎一团新鲜的血肉，她没有勇气。

这天夜晚，森林在焦虑困顿中失眠了，她在书架前徘徊良久，突然看见那套《顾城哲思录》，她想起他们第一次见面，范理涵曾说起顾城，他在回去的路上买了这套书送她。伏枕夜读，她被那些唯美到极致的文字安定了下来，那是一种神性的安宁。

范理涵在很多诗句那里做了记号。

顾城说，从叶到花，或从花到叶，于科研是一个过程，而于生命自身则永远只在此刻。生命是闪耀的此刻，不是过程，就像芳香不需要道路一样。

一个人，可以做一个艺术家，可以锯木头，没有多大区别，但是有一点，就是他不能面目可憎，不能变成一个鬼，不能说鬼话，说谎言，不能在醒来的时候看见自己觉得不堪入目。一个人应该活得是自己并且干净。

犹豫再三打开邮箱，却发现有一封范理涵昨晚发来的邮件，他说，只是想告诉你，今天刚刚收到签证。他用一句诗做了告别：

情深何处寄，浮生梦里人。

人生中也许永远不会再见了。森林呆坐了很久，第一次发现自己是这样慌乱，这样焦灼，这样忐忑不安。

26．最期待的那个人

赵汉京换了三个心脏瓣膜，麻醉后手术做了六个小时，混沌之中，如有千军万马奔腾般轰鸣、混乱，亢奋而又恐惧，比梦还纷乱离奇。手术结束后身上如同章鱼般枝枝蔓蔓插了四五十根管子。在苏醒过来的瞬间，眼前的一切都模糊不清，混混沌沌，身边人说话的声音也如天上的云彩一样飘忽移动，无数张眉目含糊的脸孔在脑海中飞过。他陷入失忆状态，拼命地想，也想不起来自己是谁，身在何处，发生了什么。他难以置信地闭上眼睛，瞬间发现自己变成了希特勒，正冲锋在枪林弹雨中，听着子弹的呼啸和炮弹的轰炸，发出狂暴的笑声。整个人处于失重状态中，好像一片树叶在空中飞速旋转。医生按动电钮为他加速心跳的一瞬间，仿佛一枚高速飞行的子弹啪地射入胸腔，使他再次失去了记忆。

在重症监护室的三天时间里，他一直处于昏迷状态，好似一条鱼沉入了海底。他感觉到自己挣扎着艰难地呼吸，但海水的压力与海底的幽暗使他窒息，他不停地说着一些谁也听不清楚的话。直到第三天醒过来，他才明白什么是九死一生，接着感觉到生不如死。他的全身都被固定着，能转动的只有眼睛，几十年烟龄导致的咽炎使他每次轻咳一下，就如无数根细密的铁刺深深插进身体，那种牵一发而动全身的痛楚永生难忘而又难以描述。

那时他慢慢想起自己，却依然想不起任何一个亲人，痛苦得真想一把揪下管子。在病床上，他渐渐清醒过来，回忆起自己的一生，发现那些曾经让他奋斗不止、曾经让他颇感成就和价值的职务名称和名目繁多的社会荣誉，在刚刚经历过的死亡面前已全部变得黯淡无光、毫无意义了。黑暗中，他看着监护室里各种金属检测仪器发出的红红绿绿的光标和吱吱的声响，感到死神阴森的呼吸随时在向自己逼近。那一瞬间他想，人的一生什么最重要呢？也许并不是前呼后拥的权力和可以打点一切的金钱，那些东西也许可以满足自己身为男人的欲望和价值，却无法带来内心的抚慰和幸福。

虽然手术前他已详细读过那近百个条款，但手术过程还是太恐怖惊险了，他明白，只要血喷五秒，就意味着死亡。真奇怪，人在健康时什么都想争，而躺在这里时就明白，所有的争强好胜、争名夺利都毫无意义。生命是那样脆弱，只在瞬间的呼吸之间。经过生死的体验之后，他把一切都看得很透了，人生不需要名利这些空虚乏味的东西，只需要一个温暖的家，一份真挚的情感。

在清醒过来的那个深夜，他被一阵悲恸的号啕惊醒，看见一袭白布覆盖的病床被缓缓推了出去，是一个人走了。那布是那么单薄，又是那么冰冷，包裹着那失去知觉的肉体，包裹着死亡，那一瞬间，他突然想起了奶奶，她总是禁止家里人穿纯白色的衣服，也许就来自这份忌讳。癌症是隐身在黑暗中的魔鬼，随时可能扑上来掐住你的脖子，置你于死地。生命就是这样无常，看着生龙活虎的人，进来没几天说走就走了，即使在昏迷之中，他好像也感到了死神摸到头上脸上的冰手。

三天后，他终于能够从监护室出来，过道里一个比他年轻的男病人俯身对他说："老兄，你也从鬼门关活过来了？够顽强，以后要好好活！"接着压低声音说："我在监护室那几天，那个护士呆头呆脑如木偶一样，看着真是受罪，要是像你有个清秀的女护士在身边，疼痛也会减轻一些。"

赵汉京忍不住笑了，他想，这就是男人，生死挣扎时都忘记不了美色。

心脏和移植的瓣膜渐渐合拍，手脚可以松开自由活动时，感觉身体如宇宙人在太空中一样飘飘欲仙。他绝没有想到，恢复记忆后，想起的第一个人竟是他的妻子，当她那张憔悴、苍老、阴郁的脸孔出现在他的脑海中时，他的心中充满了沮丧——如果生活就是和她在哭闹、猜疑中重复，那他宁愿在手术中血喷而死。

接着，一个年轻男孩的声音响起，他从男孩的眉毛和眼睛看出自己，又从他的鼻子和嘴巴看出了妻子，总算明白了那是儿子赵豫。平时头发朝天冲的酷酷发型现在东倒西歪乱蓬蓬一团，脸也蜡黄一片。他让赵豫打通了妻子的电话，曹小君在电话里显然很是惊愕，但很快恢复了平静："我以为要通知我去西安接你的骨灰盒，没想到你还活着。"

赵汉京知道她说的是实话："你知道吗，我恢复记忆后能够想起来的第一个人就是你。"

听着赵汉京死里逃生后的声音，曹小君沉默了片刻，笑了起来："那当然，还算你有点儿良心，我从十八岁嫁给你，到现在成了满脸黄褐斑的老太婆，就算恨了你一辈子，你也是我的全部。"

她在那边轻叹了一声："活着就好，如果你死了，逢年过节儿子还要到山里去悲悲切切地给你烧纸。活着虽然折磨我，也比死了好。”她突然又提高了声音，“你现在也折磨不了我了，我有孙子了，以后也不和你折腾了。”

电话断了，赵汉京回想着她的话，茫然半天才想起来：“小瑜生了？”

赵豫高兴地说：“爸，你有孙子了，上周生的，妈一直在医院里忙着。”他把手机里的照片放出来给他看，曹小君怀里搂着一个正在酣睡的胖嘟嘟的婴儿，乐得脸上的皱纹都舒展开了。

呵，我有孙子了！一个新鲜的小生命！赵汉京一脸喜悦的笑容，他忽然想起来一件事：“告诉你妈，不要办满月宴，千万不要张扬，她给我添的乱够多了。”

赵豫诺诺答应。组织考察赵汉京时，因曹小君私自买了三套门面房而他完全不知情，他的财产审查出现问题，差点影响他的升职，这个利害赵豫是知道的。

静夜里躺在病床上，望着窗外的月光，那些沉淀在心灵记忆中的纯真炽热的情感涌上心头。他期待着另一张面孔，她是他灰暗生命中的阳光，是他恢复记忆后唯一真正的渴望。

在黑暗静寂之中，在混沌的睡眠中，苏三的身影突然闪现，她穿着一件红色的旗袍，婷婷袅袅向他走来，脸上却全是忧伤的泪水。她越来越近，那张脸突然变成面目模糊的黑色，红色的旗袍也化作一团红色的烟雾，浓烈如血向他涌来，让他窒息到难以呼吸。他拼命喊叫，却始终难以喊出声音。他挥舞的双手惊动了护士，被拍醒的瞬间，他从那诡异的梦境中醒来，大口大口艰难地呼吸着，却清晰地记着梦中的场景。

他用刚刚恢复自由的手指抖抖索索拨通那熟悉的号码，他期待的声音始终没有响起。他不肯放弃，再打过去，却是一个陌生女孩的声音："是赵大哥吗？苏姐已经圆寂了，您的电话始终打不通，听说您在做心脏手术，也就没有再联系。我们刚刚按她的遗愿处理完她的骨灰。"

难以置信中，他全身血液都涌了上来，一片昏黑之后再次失去了感觉。在昏迷中，好像苏三来到了身边，她拿着一根烧得通红的管子插进了他的胃里，那灼热的液体将他的胃冲洗得干干净净，然后是小肠，千曲百折中，那里面食物的残渣、肉的残骸，到大肠里那些密集的粪便，紧紧地结在肠壁上的黑色的宿便，都一层层被清理、融化，最后他发现自己变成了一个洁净而透明的婴儿。他低头看着自己透明的脏腑、怦怦跳动的心脏、哗哗流淌在血管里的新鲜血液，感到无比震惊，抬起头，发现自己躺在苏三的怀里，不禁有种脱胎换骨般的喜悦。

苏醒过来后，赵汉京怀疑自己是否做了一个梦，苏三离去的消息仅仅只是梦语，他再次打到李天宁那里。李天宁迷迷糊糊的，听到他的声音才清醒过来，说昨晚值的夜班，正想着要来看他。听他问到苏三，李天宁明白无误地告诉他，苏三走了，还留下了一个女婴。

赵汉京再次震惊了，他甚至不知道苏三怀孕，在他升任副市长后的忙碌中，苏三在癌症中竟然孕育了一个孩子，如同天方夜谭。

他突然明白，他们最后一次在一起的那个夜晚，她知道他戒烟后那么欢喜，欢爱时她的痴狂疯癫，她说想要孩子时的期冀眼神，被自己否定后她的暴怒。原来那时她已经做好了准备。

他想起调离前最后一次来到小区门前，坐在车里看她从小区里走出来，那个风姿绰约，让人总是忍不住想多看两眼的苏三不见了。她的背第一次佝偻了下来，完全变成了一个被病痛笼罩的女人，那一刻，他在震惊的同时也感到深深的悲伤，他的手紧抓着方向盘，抑制着自己推车门而出的冲动。如果重新将她拥入怀里，是否可以吸出她的悲伤，让她焕发出生命的光辉来呢？那个第一次相见，一眼便从人群中闪耀出来的光辉，被他的爱所滋润出的光辉，全部消失了，她与身边那些中年妇女一样，被时光，被生活，被爱情伤害磨损了，黯淡了，平俗到如满地的尘埃。

他回想起她第一次流产后，躺在他怀里痛得毫无知觉。他看着她那张苍白如纸惨不忍睹的脸，手术时哭喊咬破的正在渗血的唇，痛惜地想，一定要用自己的一生，让她的唇永不干裂，让她的脸永远红润娇艳。

她曾经告诉他，在他们长久分别时，她常常会在梦中见到他。有时，梦见他在一片绿如碧玉的湖水之中建了一座房子，房檐上垂落着长长的绿藤，而天空有红色的云彩投射在湖水之中，于是整个梦境都变得斑驳陆离。他就躺在身边，温热的手指触摸她的身体，她甚至会在亢奋与饥渴中大叫出声，醒来还全身是汗。

每次离别时，她的索求都是贪婪的，好像要将他吞噬掉似的，让他精疲力竭。因为她说，这样强烈地爱一次，可以慰藉她很长时间，而他一旦远离，随时都有愿意投怀送抱的女人。他回想起这一切，想起那些和她在一起的时光，在兴致好的时候，他喜欢去取悦她，看她娇艳如花的脸上的红晕，渗出的汗珠。每次睡觉时，她都要抱着他，如同藤条一样缠绕在他的身上才肯睡去。

在濒死临危、徘徊鬼门之后，他躺在床上回顾过往，其实官场何尝不是同样如临深渊，如履薄冰，一切如走钢丝一样惊险。

他承认自己过于绝情，但也是迫不得已。苏三不会知道，在升职考察过程中，有多封反映他和苏三多年保持不正常关系的举报信，组织郑重和他谈过话，而他信誓旦旦，称自己与苏三早已完全断绝了关系，今后也不会有任何瓜葛。

电视上正在上映一部老片，男人说：当我对世事厌倦的时候，我就会想到你，想到你在世界的某个地方生活着，存在着，我就愿意忍受一切。你的存在对我来说很重要。

他的泪水浸湿了枕巾，如果重新再来一次，自己是否可以不伤害她，是否能够给她理想的爱情与幸福的婚姻？他已经了解到，癌症的发生需要一个长期渐进的过程，从正常细胞演变成癌细胞到形成肿瘤，需要相当长的时间，只有当机体防御系统损害严重，免疫力低下时才可能发生。不能否认她的病痛他是应该有责任的，她活得那样焦虑，那样压抑，自己给不了她想要的生活，给不了她任何希望，这使他有负罪感。

那种极刑般的痛苦，他已经遭受并将继续承受，政界的纷争他可以举重若轻地处理掉，但病痛对身体的摧残才刚刚开始。自己一生在意的这些东西，除了带来现实的利益，对于人生的本质而言，又有什么意义呢？只有从死神手中逃回来之后的渴望才是最真实的，那些根深蒂固的理性、虚伪的道德、虚幻的宗教，都是对人的本质需要的一种桎梏。

尽管李天宁常常给人做手术，但他还是不忍心看赵汉京那伤痕累累的身体，一条三十多厘米的刀口贯穿了整个胸部，缝合的线一根一根横在上面，像一条大大的拉链拉在骨肉上面，猛看上去就像腹部爬着一条大蜈蚣，很是狰狞丑陋。他的大腿内侧也开了两条十来厘米的伤口，小腿内侧开了一条，心脏需要的三根血管，是从腿上取下来的。整条腿都是黑紫的，加上肌肉松弛，像是风干的树皮，真是惨不忍睹。

赵汉京告诉他，手术后出现过心率过速、早搏等问题，背部疼痛难忍以致无法睡眠到注射杜冷丁的地步，多亏了医生用心调整药物，终于把病情控制住了："医生说严禁烟酒，现在我几乎是个残废男人了。经历了这些苦难才明白，健康才是人生最大的福气，但是如果失去爱，就觉得活着也没啥意思。"

李天宁想要安慰他，在赵豫面前也不知从何说起："朱珠本来要和我一起来看你的，县医院一直催她回去报到，只好推后再来。"

"回县上也好，那我就放心了。"

赵汉京让赵豫出去，细细听李天宁说了苏三去世的经过，虽然极力控制，还是哽咽流泪了："我这一辈子，最对不起的人就是她。天宁，我们哥几个，现在只有你家庭是完整的，一定要好好珍惜，不要等参加葬礼才去感慨，不要等大病卧床才去后悔，现在我虽然明白了，却已太晚了。"

李天宁脸上浮起虽然困倦却甜蜜的笑，他想起了妻子，她已经和女儿在另一个城市，田圆终于同意了女儿的选择。以她的习惯，每次外出进货前总要把他折腾得筋疲力尽，免得他想入非非。听别人说四十岁就分居，李天宁常常奇怪，他们只要在一起，她那个贪婪啊，真让人害怕。

赵汉京说："老李，我不行了。"看李天宁没听懂他的意思，他沉重地摇摇头："你知道吗，我一想到要重新回到政界，整天像陀螺一样忙碌着旋转，就感到一种恐惧。现在，我整个人是木的，心是空的，她把我的心带走了。"

李天宁看着他那呆滞而悲伤的眼神，一时也不知该如何安慰他。他突然想起苏三常常读的那段经文：

一切有为法，如梦幻泡影。
如露亦如电，应作如是观。

27. 曹小君的快乐

虽然没有离婚，但这么多年曹小君过着形同寡妇的生活，她也学会了自娱自乐，明白这辈子等赵汉京回来对自己甜言蜜语就是做梦，她现在最擅长的就是花钱。逛街时见到喜欢的东西，必定要买到手里，再贵也在所不惜，无论是宝姿的裙子还是古奇的手袋，买下自己中意的物品那一刻，她的虚荣心会像气球一样迅速膨胀，虽然宝蓝色的裙子衬得她的皮肤更加灰暗。

逢年过节商家打折、送礼、限量发行等各种蛊惑之下，她的购物冲动也会油然而生，既然没有男人给自己买，就自己犒劳自己吧，结果是花很多钱买回一大堆并不需要的东西。更多的时候，是和赵汉京吵架之后，当然这些吵闹都是她觉得寂寞无聊时的心血来潮，或是听说赵汉京又得了什么表彰觉得他太春风得意时，她需要去灭灭他的威风，让他丢人现眼，重新引起大家对她的关注。有时她冲进他的办公室如泼妇一般大骂一番，让赵汉京气急败坏，达到目的后她真有凯旋得胜的喜悦。更多的时候，是赵汉京完全无视她的存在，让她全身心充满被羞辱被否定的郁闷感，这时的她最迫不及待的就是冲上街头，冲进商场，把那满腔的怒火转化为大包小包的东西，从中获得满足感和成就感。

儿子赵豫对她采购来堆积如山的无用品常常烦恼无比，再三劝阻也毫无收效，便让妻子小瑜教她学习网上购物，反正淘宝的东西便宜，看她怎么折腾。曹小君学会之后，一周五天差不多每天都有她的快递，打开穿上就展示给大家看，让领导和同事都不胜其烦。Shopping一词音译过来就是血拼，对曹小君来说，真是达到了信达雅的境界。后来买得太多，快递送过来的东西对曹小君来说，就成了最典型的“买了也不会拆，拆了也不会用，用了也不会再用”。

当然，这些年曹小君的快乐程度也在不断升级，近两年她和一帮官太太迷上旅游，先是国内游，之后是国外游，别人在那里拍照发微信，她只在意买东西。新马泰不必说，就是到了巴黎伦敦，她的眼睛都要看花，觉得什么都好，什么都比国内便宜，即使儿子儿媳在电话里再三嘱咐她什么也别买，她的卡不刷到五位六位数是不肯罢休的。那些导购的男孩女孩见了她这样的主顾都心花怒放。因此，家里的服装、美容品、健身器材、保健药品，都是成堆成堆的，有的甚至放变质连包装都没拆开过，好像只有这样，才能将她郁结的肝气酣畅淋漓地发泄出来。

现在，曹小君的快乐升华到了人生的最高境界：她有孙子了！从此，不用担心晚景的凄凉、赵汉京的冷落，她有的是时间和精力来侍弄孙子。从孙子出生那天起，她脸上的皱纹全部舒展开去，人仿佛年轻了十岁，开心的笑容就没有断过。

赵豫打来电话时，她正喜滋滋给孙子换尿布：“我们宝宝真是能吃能睡，一天一个样！什么？不办满月宴？真是死过一次的人说的鬼话，他什么时候管过这个家？我就这一个孙子，别人能办为什么我就不能办？当然要办，还要办得风风光光！就算给他冲冲喜!”

她气冲冲挂断电话，一看孙子又欢喜地笑了起来，刚才有句话她没说：有权不用，过期作废，赵汉京差点死了，活过来就要发挥活着的作用。

曹小君是精明的，赵汉京不管她，总不能不管儿子吧！她有她的杀手锏。儿子大学毕业后没考上公务员，她找人将他安排在发改委的下属单位，之后儿子又开办了自己的公司，参与一些工程项目和土地房产开发，很快，儿子有了宝马车和别墅。赵汉京训斥儿子太过招摇时，她勃然大怒：“你的儿子你什么时候管过？他姓的是赵，他在商场取得成功，是在为你们赵家光宗耀祖!”

赵汉京当然不知道，逢年过节，别人送到他那里碰壁的，一部分就送到曹小君这里来。这些年她收取过不少翡翠玉镯、钻石名表，自己还买了三套门面房，指望不上赵汉京，这些是她安度晚年的保障。

最近，赵市长有孙子的消息已经扩散出去，赵市长手术成功的消息也已经确认，源源不断的贺金贺仪送到曹小君手上，她当仁不让地全盘接受。一人得道，鸡犬升天，她能从赵汉京那里得的好处，也只有这些了。这时的曹小君，确实有些后悔当初对赵汉京太绝情了。

赵汉京升职时，曹小君听说他要到外地任职，索性恶人做到底，她写了数十封反映赵汉京经济问题和作风问题的举报信，从中纪委一直到市纪委送了个遍，不但如此，她还找了几个人跟踪赵汉京，照她的想法，要在县委和苏三住的小区周边布下天罗地网，让赵汉京原形毕露。

让她失望的是，赵汉京的升职因这些举报信被搁置了半年多，但并没有太大的困扰，因为在这个西部省份，赵汉京的工作在这些年里已经有了广泛的影响。

赵汉京所在的县，是全省信访缠访最厉害的县，有几十个在全国信访办挂号的老缠访户，这些年单是县镇村各级到北京到省城接访的费用就十分惊人。赵汉京担任县长后，在县城中心广场把县上二十多个县级领导和各部门各乡镇负责人的职务分工、办公电话和手机号码进行了公开。在坚持县级领导每周定期公开接访的同时，推动落实镇村领导干部的接访工作，建立包组联户工作台账，把矛盾排查和纠纷化解的责任落实到人，与年度考核挂钩，畅通信访渠道。群众打电话是不分时间的，起初，在县委常委会和政府常务会上，领导们也常接到群众打来的电话，干扰了正常的工作，有时深夜睡觉时也会接到电话，一度怨声四起，但赵汉京毫不退缩。这样坚持下来，领导们接到的电话越来越少，全县的信访量逐年下降，第三年开始，这个县实现了零上访，被评为全国的信访工作先进集体。

赵汉京呼声很高的另一个因素，是他对孤儿的关注。到这个县区之初，听取残联工作汇报时得知，这个县区的孤儿在全市是最多的，赵汉京感到了震惊。他第一次见到朱珠和她的弟弟时，两个孩子表情木讷，眼睛里全是无助和恐惧。在赵汉京的提议下，县里提高了孤儿的基本生活费，在全县建立起牵手孤儿的帮扶机制，将孤儿列入县级和科级领导的帮扶对象，从生活上解决孤儿们的实际困难，从学业上给予资助，保障这些孤儿直到完成大学学业的学习费用。因此，老百姓给赵汉京取了个别号，叫他“赵菩萨”。

至于经济问题，赵汉京多次在会议上强调，不要给他送礼，那些煞费苦心装在茶盒礼品盒中的现金，他全部交到残联民政局或是直接交到纪委，都有账可查。在纪委调查期间，无论是班子成员还是部门乡镇领导，大家对他的共同评价是：从不沽名钓誉，只讲踏实工作。反倒是曹小君自己，哪里经得起办案人员的旁敲侧击软磨硬泡，最后忍痛割爱，从床下私藏的柜子里交出这些年收受的翡翠珠宝金银细软，还退赔出几十万现金。当然，当她得知赵汉京向组织承诺，他不会和苏三再有任何交往时，她总算是痛快地长舒了一口闷气。

28. 苏三的日记

天书把苏三没有烧毁的日记通过天宁转交给了老赵。在一个彻夜难眠的深夜里，赵汉京掏出了那串红玛瑙的佛珠。佛珠在灯光下幽幽散发着异样的光泽，仿佛失重一般让他难以自持。一粒粒抚摸过去，如同在抚摸她的一根根冰冷清凉的手指。

赵汉京终于有勇气从抽屉里拿出苏三的日记，读了下去。

2005年12月31日　阴

我记得从前不能听见你的声音，你的消息，即使在哪页书上看见一个“赵”字，都会紧张。而现在，看见你的电话，我的心平静无波，这是一种成熟还是你说的一切归于平淡？其实我常常会想念你，我孤单的时候，你永远不会看见，因为在你面前，我总是想要你看见我欢喜的一面。但是，想起你时，是痛苦和悲伤交织的记忆，你似乎从来都不能和我的情感对等，使我常常嘲笑自己。但是，即使你珍惜我的情感，又如何呢？我的心已是那样虚弱而疲惫，不敢再经受任何的折磨与伤害了。

我决定放弃了。我也不能不选择放弃。我们的情感落入俗套，这也是我不能承受的。一种简单而纯净的生活，就是我的理想。

2006年2月14日　晴

那天我拒绝见面，并没有觉得遗憾。感觉里，我们之间好像隔着五百个世纪，但同时，却又好像从未分离。我们之间是如此云淡风轻，但激情依然会在记忆深处沸腾。

请原谅，我可能永远无法平静地面对你。因此，我永远也不会再见你，但，在离开这个世界时，我一定会在心里和你默默告别。

在这个城市，在这个尘世匆匆而过，只为了一个人。

在如水流逝的时光中，在渐渐老去的岁月里，你是我生命中，盛开的花朵。

2006年7月9日　晴

离这个景区越近，就越觉得恐怖，那些从前的记忆扑面而来，夜灯下高大的梧桐树身姿婆娑，这个景区是这样幽静，这样陌生又这样熟悉，使我紧张而又窒息。

其实我很清楚，这份记忆不能重复。那个夜晚，我辗转难眠，梦境纷繁，泪湿沾巾，始知念你之深。清晨你发来短信，说，洛阳之行，恍然若梦，去岁重游，不胜嘘唏，美景依旧，佳人却非，正是“此情可待成追忆，不堪幽梦太匆匆”！

这时明白，要淡忘一个人，一个用自己一生去爱过的人，是那样艰难。我原本以为可以很轻易，因为抓痕事件之后，我曾决绝地换掉了门锁，拒绝你的进入。然而梦两次显示出我内心的虚弱，原来我并不能做到那样狂妄，一切并不能随时光的流逝而淡漠。我的生活中没有你，是多么呆滞机械啊。我很想问，何时能够相见？

你完全知悉我的心思，说：想见即可见，不想见永不能见。我也深感这一生美景，就停留在若干年前某一个晴朗的上午，那一江清澈的水，那披拂肩头的袅袅的柳。想念你很深切！

看着你的短信，我的泪潸然而下。

在去洛阳的路上，那个高速路上静寂的正午，我在疾驰的车上完全无法自控地痛哭，我明白，在我的生命中，你就是终极。

2008年11月30日　阴

那个黄昏，我们在夜色渐渐深浓中穿越秦岭，窗外是雾霭重重的山影。

远离你的日子，好像总有很多的话想对你说。真的相对，一路却都是静默。

你说，人生是多么的漫长，又是多么的短促。转瞬之间，我们相识已二十年。从风华正茂到迟暮衰残。是啊，每一个日子，都让人无比眷恋，又无比悲伤。

窗外，又是秋雨迷蒙，你看我的文字，一定会觉得沉重与忧伤。反思自己和你之间，我常常陷在自己的情绪里，并没有给你欢愉与轻松，其实我只是一个又笨又蠢的女人。

不知你还要在政治的漩涡中挣扎多久，竞争总是那样残酷，而且对身心那样地摧残。何时才能抽身而退，享受清风明月的闲适呢?

因为我明白你的孤独，和你强悍外表下内心的虚弱。

当然，也许是我多虑，你天生适应了在政界游刃有余。而对我来说理想的生活，在你眼里是索然寂寞的。

2009年七夕　晴

那天你发来一条消息，我看后很有感慨：

脸上有酒窝，脖后有痣，胸前有痣，身上有胎记，此四种人不能错过！相传人死后，过了鬼门关便上了黄泉路，路上盛开着只见花不见叶的彼岸花。路尽头有一条河叫忘川河，河上有一座奈何桥。有个叫孟婆的女人守候在那里，给每个经过的路人递上一碗汤，凡是喝过孟婆汤的人就会忘却今生今世所有的牵绊，了无牵挂地进入六道，或为仙，或为人，或为畜。

孟婆汤又称忘情水，一喝便忘前世今生。一生爱恨情仇，一世浮沉得失，都随这碗孟婆汤遗忘得干干净净。今生牵挂之人，今生痛恨之人，来生都相见不识。

可是有那么一部分人因为此生有种种未解之缘，不愿意喝下孟婆汤，孟婆没办法，只好在这些人身上留下记号，或在脸上留下酒窝，或在胸前脖后点颗痣。这样的人，必须跳入忘川河，受水淹火炙的磨折，等上千年才能轮回，转世之后会带着前世的记忆寻找前世的恋人。

你说这四种标志我都有，可见我们前世便已有宿缘，今生的相遇只是为了完成前世未了的情缘。

这份情感一直是那样情炽如火。你是爱情上的快乐主义者，情之所至，便恣意享受，情随事迁，也许有淡淡的怅惘，却绝不会有浓浓的哀愁。

2010年2月2日　阴

隐隐地担心，感觉你太过于锋芒毕露，所有你勇猛面对的，都是我欠缺的。这真是一条险途。对于工作而言，我是逃兵，而你是先锋。无意中看见你的体检报告，让我忧心忡忡，肝硬化、高血压、脑梗、冠心病，一连串那么可怕的名字！为了工作，命都可以不要，这种人生，真使我觉得悲伤，以病弱之身承载强悍之事业，我很担心你的身体是否可以支撑到从政界退隐。

回想你这么多年，一直身陷工作的负累、婚姻的纠结、病痛的折磨之中。也许你如释迦，要经历诸般的苦痛才能成佛悟道，而我则是那个牧羊女，只能在你寒冷孤苦时送上一碗粥喝。

相见虽然欢喜却也令人悲伤，一切消逝得这样快，一切都是这样来不及。回想这些年我们的相见屈指可数，转眼韶华已逝就觉得伤感。

你说，昨晚失眠，也想起我们这么多年的点点滴滴！细算我们相识二十余年，难以相信将步入晚年！想念你时，觉得青春还有痕，还有值得回味的景，还有难以忘怀的人。

元旦时你寄来卡片，封面是喜气洋洋的红色，一个扎着冲天辫的红衣男孩和一个手持莲花的蓝衣女孩，他们都骑在飞奔的白兔身上。上面写着：一年就这样匆匆而去，日子就这样渐渐波澜不惊。许多人已模糊，却总有身影挥之不去。虽然是那般的稀少相见，而你却始终静默在我一生旅程，无论多么艰苦的历程，总能感受你温暖的守候。每逢新年，总想对你说许多情浓的话语，千言万语还是一句平常的问候和祝福，愿你新年一切都好，健康快乐！

2011年七夕　晴

生活似乎将永远这样毫无希望地过下去，理想的生活永远不会出现，而时光又是如此飞逝。我明白，在你前呼后拥的繁华后边，一定也是有这样黯淡的时刻，但是你太聪明了，不会让自己深陷进去，而我，却掉进一个悲哀的困境里。

七夕意外地收到你的短信，在这样敏感而多情的一个日子：惦念无声，思念无语，爱却浪漫，祝福永远！送你玫瑰，节日快乐！

看着你的短信，静默无语。痴恋二十年的情感，为你狂乱，为你痛哭，为你忧伤，为你欢喜，我所期待的，就是这寥寥数语。

如果能在你身边，多么幸福。

近日，每到寺院心里总是很安静，在大殿里焚香敬佛，从前心中会有很多祈求，诸如祈请佛祖保佑母亲的平安，护佑你的健康，现在站立佛前，心中常空茫一片，涌起的只是无尽的悲悯。

佛说，众生皆有佛性，只因欲念而产生妄想、执着、分别。所以佛又说，求佛就是求己，去掉那些贪嗔痴之念想，则佛性自显。

本光师在微信里说："生活在娑婆世间，每个人都渴望身心的安顿，有的人身处豪宅却夜夜辗转难眠，有的人四方云游却可以席地安卧。真正的安顿，是内心的安宁，心若没有归宿，到哪里都是流浪，正所谓此心安处是吾乡，当你真正放下物欲时，你才能做到随遇而安，以平常心面对一切。"

我很敬畏出尘修行的法师，还有那些在家修行的居士，他们享受禅定时静寂的喜悦，并虔诚相信西天永恒的极乐。不悲过去，不贪未来，心系当下，由此安详，多么好。

凡俗如我，又如何能够舍弃红尘中的情爱。

感谢佛祖，在这时光的流转中与你相遇，人生中拥有这份情感，痛苦或是甜蜜。

2012年5月8日　阴

以前的你多么健壮，而现在你那么瘦损，我是很心惊的。

相见，我知道对你来说，也是不易的。因为你的自尊是那么的强。

你气度依旧，只是不似从前让人感到虚幻。更平实，更真实，更沉稳，更深情。

昨晚去买了一套内衣，只是因为你希望我如此。试穿时，看着镜子里的自己，泪水突然流了下来。

被我忽略已久的乳房，那么无力地下垂着，使我想到蓬勃青春的远逝，痴狂之后的黯然，还有那，飘忽无情的岁月。

2013年10月25日　晴

静静地看着时间一分一秒地流逝，你是如此近在咫尺，世俗的阻力又使我们远隔千里。人生注定如此。阴差阳错的屡屡，既然见面如此艰难，唯愿你安好，我就满心欢喜。

很奇怪吧，每次远行前，都那样想念你，平日淡漠平静的情绪，会在瞬间汹涌纷乱，长时间地痴呆不语。远行是梦想的开始，又是一段生活的终结。离你愈远，渴望你愈深。

最后一次站在心爱的房间里，我控制不住情绪哭了起来，我甚至不敢像往常一样到阳台上去，那会让我想起，无数次看你离去时的甜蜜与忧伤。我感到一阵痉挛，几乎喘不过气来，痛得心如刀绞，好像一切都就此结束，我们永远不会再有可能见到彼此。

2013年11月22日　阴

远离你，并非绝情，只是不想再承受无谓的伤害，只是希望更纯净地生活。还因为，一直觉得我们之间的情感并不对等，你的生命中并不需要我。

当你重新出现在我的面前，我没想到，你的身体伤损到这个地步。好在，你的天性不像我这么脆弱。我喜欢你身上我所不具有的坚强。我一直想，如果有一天我深陷病痛中，无论如何憔悴，一定要再见你一面，才能离开这个世界。因为，我不知道，下辈子我们是否有缘再次相遇。

同时也有深深的愧疚，在你病痛的日子里，我一直在拒绝你，没有给你应有的抚慰和温暖。即使对你的想念与祝福从来都没有间断，又有什么意义。

2015年3月18日　阴雨

只有身陷病痛之中，才会明白，人生在世所有孤独的感受中，疾病的疼痛感才是最让人真实无助的孤独感，它那样痛入每一条细密的神经和血管，痛入骨髓的深处，那样残忍地将你与这个世界、与所有人都隔离开来，尤其是在被疼痛折磨的深夜，你会觉得自己被所有人抛弃了，而陷入一种恐惧绝望之中。这个时候，尤其不能想你，一旦想到你，内心的疼痛会加剧身体的疼痛，恨不得即刻死去。

三个本子看完了，还有一个没有封口的大信封，里面是二十余张卡片。赵汉京随意抽出来，是这些年来自己寄给她的卡片，她居然一直收藏着，有一张没有寄出的卡片，上面是苏三抄录的里尔克的《一缕生命的阳光》：

挖去我的眼睛，我仍能看见你，
堵住我的耳朵，我仍能听见你，
没有脚，我能够走到你身旁，
没有嘴，我还是能祈求你。
折断我的手臂，我将拥抱你；
用我的心，像用手一样。
钳住我的心，我的脑不会停息；
你放火烧我的脑子，我仍将托付你，用我的血液。

读完卡片，赵汉京陷在一种奇异的静寂中。他回忆起二十年前那些往事，抚摸着那本苏三常读的《金刚经》，一种痛从心底慢慢升腾，幻化成一团烟雾，模糊了他的双眼。

从那个房子出来时，他以为只是暂时的分离，现在却成为永远的诀别，这样的悲伤，苏三留给了他，是一份变本加厉的残忍。其实，他的内心从来未曾想要舍弃，那份缱绻入髓的情爱，是他在这个世界上唯一的珍宝。

29．那些狮子

这是个明媚的春日，雨后的空气清新而柔软，渗着一股甜蜜的花香。树林已透出一层毛茸茸的新绿，白色的玉兰花瓣落了一地，梨花却依然灿烂，雪白无染地盛开在枝头，香樟树冠上新发了一层娇嫩的树芽，粉色的樱花湿漉漉地垂在枝头，好像树枝已承负不起那厚密花朵的重量，就连远处的青山也增添了一份别样的妩媚。天地是如此丰盈澄澈，让天书有些重生般的惊喜。

下班回家，不自觉地望向楼上，门依然空寂地关着。楼上那对新婚夫妇半年前外出旅行时，在高速路上遭遇连环撞车，男的没救过来，女的再也没有回来住过。楼上倒是清静了，但天书的睡眠并没有好转。这天晚上，也许是潜在的恐惧带进了梦里，她梦见一个黑衣的女人，眼神幽怨，瘦弱得让人怜惜，她想上前去安慰她却被对方紧紧抱住，那两只纤细的手臂化作无数条粗壮的藤蔓将她紧紧缠绕。她拼命挣扎，想要大喊，却一句也喊不出来，全身颤抖中猛然醒来，心还在咚咚狂跳。

她提醒自己，周世忠从身边消失已经有一年多时间了，但他并没有完全带走她的幸福和对未来生活的信心。如果从一个局外人的角度来看待自己的一切，其实只是生活中一个平淡的变故。

她很庆幸有一份自己喜欢的工作，使她从那种失败阴郁、万念俱灰的情绪里走了出来。内心更加平淡与外在的处变不惊，可算是婚变带来的收益之一。

坐在飞机上，看着窗外那些山林间深深浅浅的绿，她能判断出松柏那深沉的墨绿、白杨树叶娇嫩的浅黄，还有不知名的乔木和野花，在层叠的山间簇拥出不同的色彩和风景。但她的内心依然陷在那种阴郁的情绪里，和周围好像有着一层冰冷的隔膜，当飞机在空中遇到冷气流而颠簸不已时，身旁的老人焦躁不安地喊着空姐，她发现自己有些暗自的高兴，并很快为自己这种幸灾乐祸的情绪震惊，难道我在期待着空难的发生吗？难道等待着飞机坠落在坚硬的地面上轰然爆为微尘吗？颠簸平息下来时，她第一次发现，自己并没有预期的那样坚强。

身后两个男子议论着三亚亚龙湾风景的优美，又品评谁进洞更多，也许是专去海南打高尔夫回来，她暗笑，都说陕北多暴发户，可见也未必全是。走出机场，阳光是那样灿烂而明亮，淋浴着阳光的温暖，她感觉自己的痛苦也消融了。

周世忠离开以后，天书就想着要去陕北一趟，他的父母去世后，这些年很少回去。恰巧有一个全省的工作会议在榆林召开，虽然在一个省份，陕南到陕北却是千里之遥，远在结婚时她就领教过了，当时坐火车整整坐了三天三夜。

会议期间，她请假去了绥德。应她的要求，陪同的人还特意带她去参观了炕头石狮展。这批炕头石狮最大的不过十五厘米高，最小的仅有两三厘米高。有的石狮因长期烟熏手摸已变得黝黑，有的因多年风化与磕碰已布满裂缝和伤残。在这一块块普通石料后面，有一种敦厚的情感和神秘奇妙的力量。这使她想起家里那只小狮子，从左右两个侧面和正面看时，会各自呈现不同模样不同神态，十分可爱。

旁边的干部解释说，绥德是塞上文化名城，毗邻西域，多次经历少数民族与汉民族融合，历代统治者重视在此广建寺刹。佛教里，狮子具有神通广大，能降伏一切的威猛力量，因此形成陕北民间的崇狮之风。而炕头石狮的打造有许多讲究，如时间选择上，先要看日子，第一次要等到晚上夜深人静月满星全之时，选择一条水渠或是水井旁方可动手。匠人在选好的石料上拟划姿势，由势生态，因态生情，因情雕形。以后白天也能凿，但最好是午时，要凿够一百天，撂下一点儿活到最后一晚，等到子时，在初始的地点一气完成，经常是点点眼睛，抠抠爪子，一点眼就开光，狮子就出世了，然后裹上红布系上红绳送给主家。在小孩只会爬行期间白天拴腰间，晚上拴脚腕，会走路以后只在过生日时拴，直到孩子满十二岁魂全了以后才解掉，炕头石狮就是孩子的守护神。

从绥德千狮大桥上经过，这座贯通东西、横跨无定河两岸的大桥，两端有一千零八个造型各异、千姿百态的石狮子。它们有的威风凛凛、庄重大气，有的神采奕奕，严肃中带点天真，威猛中带点稚气，蹲坐、站立、趴卧、仰望、憨笑，情态各异，栩栩如生，给人以质朴的美感。

在一些墓葬里，她看见一些石头上的画像，并没有死亡的恐惧、离别的悲哀，反倒是聚饮欢宴、喝酒行令的场面，甚至有一对男女正在野地里交合，她觉得匪夷所思。也许，是想以新鲜生命的延续来对抗阴森的死亡吧！

晚上吃饭时，会议还特意安排了演唱，自然是信天游。昔日的陕北，地广人稀，居住分散，少雨多旱，土地瘠薄，农作物收成低下，兼之苛捐杂税繁重，民不聊生，穷苦人为了生存活命，只得给财主打长工，搞驮运，卖苦力，背井离乡走口外，在那单调而漫长的旅途和寂寞繁重的劳动中，只有敞开喉咙唱上几句信天游，才能消除愁闷、孤独和疲乏。他们触景生情，借信天游托物言志，正如一首信天游唱的那样："信天游，不断头，断了头，穷人就无法解忧愁。"

那些旋律时而徐缓悠长如辽阔的大漠，时而深情如奔流的大河。里面有不少重词叠字，说不出的好听。那女孩子唱的是《想哥哥》：

想哥哥想得浑身身软，全身没力气眼眶眶酸。

想哥哥想得好心慌，半夜起来喝了碗红豆豆汤。

想哥哥想得睡不着觉，嘴上起些火燎焦泡泡。

前半夜想哥哥我唱两声，后半夜想哥哥扇不熄灯。

想哥哥想得迷了窍，大白天走路跌进个石灰窑。

想哥哥想得盼不到天明，翻过来踅过去难活死个人。

想哥哥想得心发慌，一天的时光比一年长。

想哥哥想得脸儿黄，一天只喝一碗稀米汤。

前半夜想你吹不熄灯，后半夜想你翻不过身。

想你想成病人人，抽签打卦问神神。

龙眼山上的石头窟野河里的水，哭瞎那个眼睛也盼不回哥哥你。

而那个身板壮实的男子唱的是《十爱》：

一爱你青丝头发赛如墨染，又爱你苏州头真是好看。

二爱你柳叶眉赛如月弯，又爱你两脸蛋赛如牡丹。

三爱你江南官粉擦满面，又爱你樱桃小口一点鲜。

四爱你穿衣裳真会打扮，又爱你十门扣整齐美观。

五爱你紧罗裙上下齐整，又爱你走路好似一阵风。

六爱你绿绸裤颜色鲜艳，又爱你芙蓉花绣在两边。

七爱你十样锦带子盘几盘，又爱你白裹脚好似雪莲。

八爱你红绣鞋挑在脚尖，又爱你兰花花镶在上边。

九爱你白绫绫高低赛如金莲，又爱你银铃铃坠在下边。

十爱你走路好比风摆浪，又爱你站着好比一炷香。

听着那缠绵悱恻的歌声，她忽然想起了多年前周世忠在她宿舍楼下唱歌的情景。他满脸络腮胡子，歌声毫无遮掩、坦坦荡荡，二十年前那个男孩，充满着原始的野性。那个向她的每一寸肌肤每一根血管注入狂热爱意的男孩，是那样深深烙刻在她生命的深处，她把他弄丢了。她没有料想自己突然间会那么强烈地思念原本以为已决然忘记的那个身影，有不争气的眼泪悄悄溢出眼眶。

如果他这时出现在身边，她会毫不犹豫地扑进他的怀里，放下所有的自尊，祈求他永远不要离开。

她没有周世忠北京的号码，给立春打过去，响了近半分钟才通，声音很嘈杂，说在演唱会现场。立春大声说，爸爸心情一直不好，我让他去马尔代夫散心去了！我要上场了！便挂断了电话。

天书一时愣在那里。回酒店躺在床上，她回想起几年前同事去马尔代夫旅行，带回当地的旅游画册，周世忠对那个由一千多个岛屿组成的国家念念不忘，甚至还逐一比较岛屿之间的差异。他对一个叫拉古娜的小岛特别向往，说如果去了那里，他将躺在纯净洁白的沙滩上，听着大海的涛声写诗，或是从海上木屋的阳台上跳下海，做一尾自由自在的鱼。

因为工作习惯，天书每到外地景区，总是不自觉地以审视的目光比较可供梁州借鉴的地方，缺少完全放松自己去旅游的心情。那时她还笑他，嫌五百美元一晚太奢侈了。周世忠说，体验一下当海神的感觉，奢侈也是值得的。原以为无穷无尽的时间，就这样水一般流走了，现在，倒是儿子帮他实现了一个小小的愿望，天书感到了愧疚。

她觉得有很多话想对人倾诉，不假思索就给森林打了过去。

天书电话打过来时，森林正在收拾房间。不错，森林结婚了，并且有了一个名叫沙沙的女儿。当她第一眼看见沙沙时，她就想，爱情、婚姻、幸福，甚至诗歌，这一切算得了什么呢，看她熟睡的样子、咧嘴笑的样子、含着乳头贪婪吮吸的样子，这粉粉嫩嫩的生命才是一个奇迹。那个不久前还只知哇哇大哭的圆滚滚的小婴儿，眨眼间开始认认真真一字一顿跟着森林牙牙学语了。

每一天，当孩子在她的怀里醒来，睁开眼睛看见她，娇弱地偎到她怀里时，森林觉得一种无可比拟的幸福暖流涌进身体。连她自己都吃惊，不知是什么力量，会让慵懒成性的她在夜里一次次突然醒来，看小丫头是不是把被子蹬开了。也许是感觉得到即使睡着也会有关注的目光落在自己身上吧，她总在梦中甜甜笑着，这笑靥就是给森林的最高奖赏了。

这是自己吗？她问自己，早知如此，她可能会在十八岁就去恋爱结婚，尽快诞生这个新鲜娇嫩的生命，何必自以为是地虚掷那么多的时光。她整理着女儿的衣服，忍不住把那一件件鲜艳柔软的童服蒙在脸上，闻衣服上的奶香，这一切远比自己那些絮絮叨叨的诗歌重要，虽然她向范理涵承诺过，她将成为女儿一生的御用诗人。

在卫生间给女儿洗澡的范理涵突然大喊起来："快来听啊，女儿会作诗了！"沙沙快三岁了却还不会连贯地说话，只会说简单的重复语，森林不知范理涵为什么那么咋呼，走进去见范理涵满脸欢喜，好像中了百万大奖，说："宝贝，再给妈妈说一遍。"

沙沙拍打着浴缸里的水花，红润的脸蛋像美丽的花朵，仰起脸一字一顿地说："喷头给我洗澡澡，我是爸爸的好宝宝。"

森林心里的惊喜真是无与伦比！在一家人的欢笑嬉闹声中，她没有听见天书的电话。等她第二天想起来给天书回电话时，生活又有了新的惊喜。她一直坚持给沙沙喂奶到一岁两个月，沙沙特别黏她，到现在每天晚上还要摸着她的乳房才肯睡觉。这天早晨沙沙醒来却不肯起床，眯着眼睛赖在床上，看见她换衣服就痴痴地笑，说："妈妈，我有个谜语让你猜。"

森林看着她娇憨的脸："什么谜语啊？"

沙沙甜甜地笑着说："白盘盘，红边边，里面有个红蛋蛋。"

森林还在莫名其妙，范理涵却已搂住沙沙笑个不停，父女俩一边看着她换内衣一边在那里开怀大笑，她这才恍然大悟，扑过去抓她："妈妈以前是白碗碗，都是你这个小吸血鬼，把妈妈吸成白盘盘了！"

30. 尾声

离开榆林时，天书很有些恋恋不舍，这个天高地远的边塞城市，有着与梁州迥然不同的辽阔、粗犷，在那广袤无垠的黄土地里，却又渗透着一种刻骨铭心的似水柔情。

坐在飞机上俯瞰秦岭巴山之间的梁州盆地，阳春三月的梁州，山岭上依然是连绵起伏的苍翠和弥漫飘移的雾岚。田野间则是正在盛开的金黄的油菜花，连同那碧绿如绸的汉江，交织成一幅热烈壮美的画卷。天书仿佛第一次来到这里，她好似嗅到了这块土地独有的湿润与芬芳，她的眼泪突然涌出眼眶。这块形如蝴蝶的土地，从来没有像此刻这样斑斓美丽。

2015年2月初稿

2016年2月定稿